KB106331

나만 믿고 따라와

두 번째 이야기
미국 횡단 여행

나만 믿고 따라와 두 번째 이야기 **미국 횡단 여행**

발행일 2018년 12월 12일

지은이 이 순 환
펴낸이 손 형 국
펴낸곳 (주)북랩
편집인 선일영 편집 오경진, 권혁신, 최승헌, 최예은, 김경무
디자인 이현수, 김민하, 한수희, 김윤주, 허지혜 제작 박기성, 황동현, 구성우, 정성배
마케팅 김회란, 박진관, 조하라
출판등록 2004. 12. 1(제2012-000051호)
주소 서울시 금천구 가산디지털 1로 168, 우림라이온스밸리 B동 B113, 114호
홈페이지 www.book.co.kr
전화번호 (02)2026-5777 팩스 (02)2026-5747
ISBN 979-11-6299-447-4 04810 (종이책) 979-11-6299-448-1 05810 (전자책)
979-11-6299-459-7 04810 (세트)

이 도서의 국립중앙도서관 출판예정도서목록(CIP)은 서지정보유통지원시스템 홈페이지(http://seoji.nl.go.kr)와 국가자료공동목록시스템(http://www.nl.go.kr/kolisnet)에서 이용하실 수 있습니다.

이순환 지음

나만 믿고 따라와

두 번째 이야기
미국 횡단 여행

한 남자의 삶이 나락으로 빠졌을 때
아내가 남편을 구하고 아이들이 아빠를 지탱하면서
행복해지는 이야기

『나만 믿고 따라와』의 저자 이순환의 두 번째 이야기

북랩 book Lab

Prologue

....

내가 떠나는 이유

우주를 구성하는 입자들은 존재하기 때문에 인식하는 것이 아니라 우리가 관찰하고 인식하는 순간부터 비로소 존재가 사실이 된다. 측정 전의 입자는 존재할 수도, 존재하지 않을 수도 있는 모호한 중첩 상태라는 말도 안 되는 양자 역학의 정의는 현대 물리학의 상식이 되었다. 입자의 불확정한 위치와 운동량을 결정하기 위해서는 확률로만 존재 가능성을 표현할 수 있다.

그렇다면 입자의 조합에 불과한 인간도 누군가에게 관찰되고 인식되어야 비로소 존재가 사실이 되는 것일까? 사람들은 타인과의 관계에서 자신을 인식시키는 것이 삶에 의미를 부여하는 유일한 방법이라는 본질을 태생적으로 자각하였기 때문에 자신의 존재를 부각하기 위해 이토록 처절하게 서로 경쟁하는 것일까?

최근의 다른 물리학 이론에 의하면 입자들이 존재하고 사라져가는 모든 과정은 우리가 그 존재를 경험적으로 확인하지 못한 창조자가 결정해 놓은 프로그램의 시뮬레이션일지도 모른다고 한다. 살아온 날들을 돌이켜 보면 내 삶의 한순간, 한순간이 우연이라기보다는 모두 미리 정해져 있었을 가능성이 크다는 생각을 하게 된다.

나는 내가 이 우주에 존재하기로 스스로 계획하지 않았으며 지금의 부모님 몸을 통해 내 존재를 창조하겠다고 선택하지도 않았다. 중년이 된 지금까지 행동과 판단에 영향을 미치는 트라우마가 된 유년 시절의 가난도 내가 계획한 것은 아니었다. 정해진 운명을 탈출할 방법으로 여겼던 공부와 학교 진학은 단 한 번도 내 희망대로 이루어지지 않았다. 행운이라고 여겼던 취직과 굴욕적인 퇴직 이후 이어진 사업의 시작과 실패도 자의에 의한 것이 아니었다. 내게 주어진 운명은 불행한 모습일 것이라는 어렴풋한 예감 때문에, 내게 프로그램된 운명에서 벗어나기 위해 그동안 행한 나의 모든 간절한 행위는 결과적으로 내가 의도하지 않은 상태로 결론지어져 왔다.

하지만 여행은 내게 주어진 운명을 조금이라도 흔들어 놓을 수 있는 유일한 방법이라는 사실을 깨달았다. 여행 자체가 내 운명을 바꾸지는 못하지만, 여행하면서 경험하는 감동과 가족 간의 신뢰는 내게 주어진 운명을 막연히 두려워하던 내 삶의 자세를 완전히 바꾸어 놓았다. 내가 살아온 과거는 돌이킬 수 없지만, 여행에서 마주치는 예상치 못한 상황들과 중첩되는 지난날들을 회상하면서 그 기억들이 불행했던 내 인생의 암흑기가 아니라 지금의 행복을 위한 밑거름이 되었다는 생각으로 바뀌었다. 그리고 삶의 의지를 희망으로 불태우면서 점점 행복해졌다.

우리 가족의 세계 여행은 오랫동안 나 혼자만의 상상이었다. 나는 삶이 우울할 때나 사업이 힘들어 극한의 상황에 부딪혔을 때, 세계 여행 계획을 비밀 노트에 적으며 용기를 잃지 않으려고 노력했다. 5년 가까이 억지로 유지하던 사업을 재작년에 고통 속에서 정리했다. 내 인생에서 두 번째 사업이자 두 번째 실패였다. 실패는 처참했고, 회복은 불가능해 보였다. 그리고 내 나이도 어느덧 마흔이 되었다. 섣부르게 시작한 사업을 유지하기 위한 인고의 5년은 내 삶이 불행해지는 이유를 분명하게 깨우쳐 주었다. 경제적인 성공만을 갈망하다 보니 욕심이 많아졌고, 욕심을 채우기 위해 내가 가진 능력 이상으로 무리하게 되고, 욕심을 채우지 못하면 초조하고 불안해졌다. 우울함과 패배감에 사로잡힌 나의 정신과 육체는 피폐해졌고 인생은 갈수록 불행의 나락으로 빠져들었다.

그제야 보편적이고 객관적인 관점의 사회적 성공이 나에게 진정한 행복을 가져다주지 않음을 알게 되었다. 남을 의식하지 않은 채 나를 행복하게 만드는 소박한 목표를 이루어 가는 일상을 즐기는 삶이 인생의 진정한 성공이라는 사실을 그 5년 동안 뼈저리게 경험했다. 다른 사람들의 부러움을 한 몸에 받을 수 있는 거대한 목표를 이루어야만 행복해질 수 있다는 생각이 얼마나 어리석은지 깨달았다. 마흔 살 이후의 내 인생은 나와 내 가족을 진정으로 행복하게 만드는 일에 열정을 바치기로 결심했다. 조금 더 시간이 지나면, 이 일만 끝마치면, 이것만 안정되면, 돈이 모이면… 등의 수많은 이유로 미루고 미뤘던 상상의 세계 여행을 실현하기로 했다. 인생의 목표를 이룩한 보상으로 즐기는 여행이 아니라 상상 속에서만 머물렀던 여행을 실행하면서 조금씩 행복해지기로 마음먹었다.

우리 가족의 세계 여행을 사람들은 쉽게 이해하지 못할 것이다. 여행을 위해 아빠는 한 달 이상 일을 하지 못하고 같은 기간 동안 아이들은 학교를 결석해야 한다. 장기간 집 밖에 머물러야 하는 일정은 상당한 체력과 인내력이 필요하다. 여행지에서 4인 가족의 생활 비용은 집에서보다 훨씬 많이 소요된다. 게다가 우리 가족의 여행은 인생의 엄청난 성공 후에 즐기는 여유에서 시작된 것이 아니라 사업을 연거푸 실패하고 내 인생 최대 위기의 순간에 시작되었다. 누군가는 부러워하겠지만 대부분 의아해할 것이다. '여행이 그만한 가치가 있을까?'라는 의문을 가질 것이다. 여행이 내게 주는 행복을 그들은 결코 이해하지 못할 것이다.

여행의 긴장감과 모험이 행복으로 변해 가는 짜릿함을 작년의 유럽 여행에서 경험했다. 새로운 것을 보고 느끼고 경험하는 지적 충족은 나의 내면세계를 풍요롭게 만들었다. 이제 여행은 내 인생의 다른 부분을 희생해서라도 반복하고 싶은 간절한 욕망이 되었다. 아이들이 학업에 몰두해야 하는 고등학교 진학 전에 전 세계를 일주하는 여행 계획을 세웠다. 유럽은 항상 그 계획의 제일 선두에 있었다. 자동차를 직접 운전해서 40일 동안 유럽을 여행하는 쉽지 않은 일정을 작년에 성공적으로 마쳤다. 노트에 적으며 상상했던 유적지와 아름다운 자연을 내 눈으로 보고 내 발로 디뎌 서며 가슴 벅찬 감동을 받았다. 여행은 고뇌하고 불안한 나날들의 연속이었던 내 인생에 커다란 전환점을 만들어 주었다. 여행은 내 무의식을 장악하고 있던 두려움과 무기력과 외로움과 슬픔을 이겨 낼 수 있도록 해 주었다. 무의미하게만 여겼던 지난 내 삶에 새로운 가치가 부여되었다.

물론 단 한 번의 여행으로 내가 마주하고 있는 암울한 현실이 기적처럼 변하는 마법은 일어나지 않았다. 가장 중요한 변화는 나 자신이었고 가족을 더 신뢰하고 사랑하게 되었다. 가족 간의 사랑을 확인하는 낭만적인 기회였으며 장기간의 가족 여행에 대한 막연한 두려움을 없애는 계기가 되었다. 서로를 더 아끼고 배려하였다. 말도 제대로 통하지 않는 낯선 곳에서 길과 숙소를 찾고 아름다운 자연과 경이로운 유적들에 감탄하며 우리 가족은 점점 더 하나가 되었다. 예상하지 못한 상황을 두려워하지 않는 도전 정신도 생겼다. 이런 긍정의 힘들이 모이면서 그동안 나와 내 가족 안에 머물러 있던 어두운 기운이 조금씩 물러나기 시작했다. 연재의 아토피 증세가 확연히 좋아졌으며 아내는 나를 더욱 사랑해 주었다. 동생의 사무실 한편을 빌려 시작한 회사는 장기 거래처를 확보하여 안정적인 운영 기반을 다질 수 있게 되었다.

행복과 성공을 위해 가장 두려워해야 할 것은 알지 못하는 미지의 무엇에 대한 막연한 두려움 그 자체이다. 내게 여행은 그 두려움을 없애 주는 가장 좋은 방법이 되었다. 두려움이 없으면 인생은 훨씬 행복해진다. 중년에 접어들어 이제는 늙어 가야 할 인생의 전환점에서 행복의 첫 번째 조건은 더 이상 물질적인 성공이 아니다. 아이들이 바르게 성장하는 일과 가족의 사랑이 최우선이다.

아이들이 바르게 자라기 위해서는 자신이 사랑받는 존재라고 느끼게 해야 한다. 사랑을 바탕으로 스스로를 믿는 자신감과 삶을 올바르게 판단하는 가치관을 갖도록 해야 한다. 세상과 미래에 대한 막연한 두려움을 갖지 않도록 해야 한다. 그렇게 해야 아이들이 살아가면서 겪게 될 수많은 시련 앞에서 단단해질 수 있다. 삶의 여정에서 시도하는 여러 번의 도전이 모두 성공할 수는 없다. 아이가 굴곡의 세월을 보낼 수도 있다. 하지만 한 사람에게 오직 한 번만 주어지는 인생의 모든 과정에서 두려움 없는 그 도전이 인생을 더 가치 있고 풍요롭게 만들 것이라 확신한다. 더욱이 그것이 나와 내 가족만을 위하는 이기심이 아니라 나 이외의 주변 사람들을 배려하는 너그러움과 함께한다면, 한 인간으로서 세상에 작은 보탬이 될 수 있지 않을까? 그것이 내 인생의 궁극적인 바람이며 내 아이들에게 가르치고 싶은 삶의 아름다움이다.

남들이 이해하지 못하는 삶이라 해도 그것이 타인을 괴롭혀서 얻어 낸 결과가 아니면서 나를 행복하게 만드는 일이라면 나는 앞으로 그것에 열정을 바치려고 한다. 나를 행복하게 만드는 일에 몰입하면서 내 인생의 역동성을 끊임없이 유지해 나갈 것이다. 여행은 끊임없이 되풀이되는 생존 경쟁이라는 삶의 전장에서 나를 끄집어내는 가장 확실한 방법이다.

Contents

삶에 대한 두려움을 없애는 방법

우리 가족의 두 번째 세계 여행의 목적지는 미국이다. 유럽은 다양한 나라로 구성되어 있지만, 언어가 다른 것을 제외하면 여행자들의 국경 이동이 자유롭고 문화의 뿌리가 같기 때문에 국가 간의 차이를 크게 느끼지 못한다. 반면 미국은 하나의 나라이긴 하지만 동부와 서부의 문화와 산업에 차이가 있고 내륙의 초원과 사막, 그리고 태평양 가운데 떨어져 있는 하와이까지 다양한 자연환경을 가진 나라다. 그렇기 때문에 미국 전체를 한번에 모두 돌아보겠다는 여행 계획은 무모하다. 여행에 투자할 수 있는 기간과 비용을 정하고 가야 할 곳을 선택해야 한다.

자동차를 직접 운전해서 대륙 횡단을 시도하고 싶었지만, 할리우드 영화나 드라마에서 본 미국의 외딴 도로는 언제나 잔혹하고 변태적인 범죄자들로 득실거리는 위험한 장소였다. 안전한 패키지여행도 고려했지만, 작년 유럽 여행 경험 덕분에 자유로운 자동차 여행의 이점을 잘 알고 있었다. 틀에 박힌 여행은 매력이 없을뿐더러 비용도 훨씬 많이 소요된다. 게다가 내가 구상하는 일정에 맞는 패키지를 제공하는 여행사는 없었다.

그래서 가고 싶은 곳에 알맞도록 여러 가지 여행 방법을 섞기로 했다. 영화 속 잔혹한 범죄자들의 주무대가 되는 악명 높은 도시인 뉴욕과 동부 지역은 여행사 패키지로 안전하게 관광하고, 라스베이거스와 그랜드 캐니언 주변 지역은 현지 가이드의 도움과 자유 여행을 조합하여 여행한 후, 하와이에서는 자동차를 빌려 섬 구석구석을 돌아보기로 계획했다.

그렇게 해서 '뉴욕·워싱턴·보스턴·나이아가라를 관광하는 미국 동부 7박 9일 여행사 패키지 → 뉴욕 맨해튼 자유 여행 2박 → 국내선 비행기로 라스베이거스로 이동 → 그랜드 캐니언 1박 2일 현지 가이드 투어 → 라스베이거스 3박 자유 여행 → 하와이로 이동 → 오하우섬 3박 렌터카 자유 투어 → 마우이섬 2박 렌터카 자유 투어 → 호놀룰루로 돌아와 3박 와이키키 해변 휴식 후 귀국'하는 총 22박 24일간의 일정을 확정했다.

여행 비용을 줄이기 위해 가장 많은 돈이 소요되는 항공 요금을 줄이는 방법을 조사했다. 항공 요금은 목적지까지 가는 환승 횟수가 늘어날수록 저렴해진다. 서울 김포 공항에서 부산 김해 공항까지 국내선으로 이동하여 김해에서 동경 나리타 공항까지 짧은 국제선을 탑승한 후, 나리타에서 비로소 뉴욕으로 가는 비행기를 환승하는 복잡한 여정을 감수하면 서울에서 곧바로 뉴욕으로 날아가는 비행기보다 일 인당 요금을 거의 반값 수준으로 절약할 수 있었다. 나는 시간보다 돈이 더 귀했다. 신체의 안락함은 언제 어떤 곳에서나 내가 가진 돈의 양과 비례하기 마련이니, 돈이 없는 사람은 신체의 불편을 감수해야 여행을 즐길 수 있다. 하지만 여행을 추억할 때 때로는 그때 겪었던 몸과 마음의 고통들이 더 기억에 남기도 한다. 비행기와 숙소, 렌터카 예약에 필요한 도움을 받고 싶었지만, 우리 일정에 맞는 예약을 대행해 주겠다는 여행사는 없었다. 내가 직접 인터넷 사이트를 찾거나 전화해서 준비를 마쳤다.

출발하는 아침, 김포 공항까지 데려다줄 콜 밴이 집에 도착하는 시간에 맞춰 우리 가족은 새벽 5시에 일어나 출발 준비를 마쳤다. 이른 출발이라 공항에 여유롭게 도착하리라는 내 예상과는 달리 새벽부터 공항으로 향하는 고속도로는 차들로 꽉 막혀 있었다. 지난 저녁부터 내리던 비가 여전히 그치지 않고 도로를 적시면서 차량의 운행을 더 더디게 만들었다. 8시에 김해로 출발하는 비행기를 놓치지 않을까 초조해졌다. 나는 반복해서 시간을 확인하고 차창 밖으로 목을 빼 교통 상황을 계속 살폈다. 출발 20여 분을 남겨 두고 겨우 공항 터미널에 도착했다. 빨리 탑승 수속을 마치고 가쁜 숨을 내쉬며 비행기에 뛰어오르자마자 승무원의 출발 안내가 시작되었다. 김해까지 짧은 비행 후에 나리타를 경유해 뉴욕으로 가는 국제선으로 바꿔 탑승했다.

전 세계에서 가장 많은 민간 여객기를 보유한 델타 항공은 국적 항공사에 비해 비행기가 많이 낡았다. 좌석에 VOD조차 설치되어 있지 않았다. 무료한 비행시간 동안 즐길 수 있는 다양한 볼거리를 놓친 아이들의 실망이 컸다. 나 역시 답답하고 지겨운 비행시간 동안 무엇을 할지 난감하기는 마찬가지였다.

무료한 일상이 지속되거나 반대로 생각이 너무 복잡해져서 마음을 가라앉혀야 할 때, 나는 종종 동양 고전을 베껴 쓴다. 생각을 정리하거나 일렁이는 감정을 추스르는 좋은 방법이 된다. 하얀 종이와 펜 끝에 정신을 집중하면서 열과 행을 맞춰 한 자, 한 자 한문을 적어 내려가다 보면 머릿속을 쉼 없이 떠다니는 잡념과 고민에서 정신을 떼어 놓을 수 있다. 장시간의 비행 동안 무료함을 덜어내 주고 복잡한 고민을 가라앉혀 줄 책으로 도올 선생의 노자 강의를 선택했다. 그러나 불규칙적으로 흔들리는 좁고 어두운 비행기 테이블에서 정교한 한문을 베껴 쓰는 일은 무료함을 달래기는커녕 피로감만 높여서 오래 지속할 수 없었다.

다행히 김해에서 나리타까지는 두 시간이 채 걸리지 않았다. 짧은 비행시간 동안 손님들에게 줄 식사와 음료를 챙기는 승무원의 분주한 손놀림이 마무리될 무렵 우리는 나리타 공항에 도착했다. 비행기 음식은 포만감이 없다는 아내를 위해 공항 대합실의 우동 가게에 갔다. 우동의 종류를 결정하고 계산부터 하려는데 백 달러 고액권을 받지 않았다. 미리 잔돈을 준비하지 않은 내 부주의를 나무라며 아내가 버럭 화를 냈다. 지금까지 여행을 위해 손품, 발품을 팔아 가며 여행사에서조차 고개를 내저은 빡빡한 스케줄을 직접 조정하고 예약하고 준비한 나였다. 꿀꺽 마른침과 함께 화를 삼키며 공항 이곳저곳을 뒤져 환전소를 찾았다. 달러를 작은 액수의 엔화로 바꿔 우동값을 지불했다. 화를 가라앉히느라 우동을 먹는 내내 얼굴이 잔뜩 굳어 있는 내 눈치를 보고 있던 아내는 비행기가 다시 나리타를 출발하고 얼마 지나지 않아 내 팔을 슬쩍 잡아끌더니 사과를 했다.

나리타에서 날아오른 비행기는 태평양을 건너 뉴욕까지 13시간 동안 비행한다. 아내는 그새 잠이 들었고 아이들은 가져간 게임기에 푹 빠져 있었다. 게임을 하기 편한 자세로 이리저리 몸을 비틀던 아이들이 갑자기 내게 비즈니스석은 어떤 곳이냐고 물었다. 2층으로 자유롭게 드나들 수 없다는 것을 잘 알고 있었지만, 저 앞쪽 계단으로 올라가면 구경할 수 있을 테니 궁금하면 직접 보고 오라 했다. 녀석들이 호기롭게 비행기 앞쪽으로 갔다가 얼마 지나지 않아 잔뜩 흥분한 모습으로 돌아왔다. 비즈니스석 안쪽으로 직접 들어가지는 못했지만, 커튼 틈새로 내부를 구경한 모양이었다. 옆자리와 분리된 넓은 공간, 뒤로 완전히 누울 수 있는 의자, 편한 슬리퍼가 있는 비즈니스석의 모습은 같은 비행기

안의 또 다른 세계였다. 저렇게 좋은 곳을 놔두고 우리 아빠는 왜 비좁고 답답한 좌석을 선택했을까? 두 녀석은 이해할 수 없다는 눈빛으로 내게 그 광경을 설명했다.

"아빠! 우리도 다음부터는 비즈니스 타면 안 돼?"

아무것도 모르는 아이들의 천진함이 안쓰럽다가도 먼 훗날 아빠 엄마와 함께 떠난 여행의 추억만큼은 일등석에 앉은 사람들 부럽지 않게 해 주리라 다짐하며 나는 고개를 끄덕였다.

철없는 아이들의 푸념이 즐거운 여행의 추억 중 한 장면으로 기억되려면 지금 내가 처해 있는 경제적 궁핍에서 반드시 벗어나야 한다. 직장에서 퇴직하고 두 번의 사업을 연거푸 실패한 후 나의 경제적 여유는 제로에 가까워졌다. 아파트는 전세금이 없어 월세로 살고 있었고 설립한 지 1년도 되지 않은 회사에서는 한가하게 장기간의 여행을 다닐 만한 이익이 발생하지 않았다. 여행 경비는 협력 업체에 지급해야 할 공사 대금 지급 기일을 늦추어 마련했다. 내 인생에서 이천만 원이라는 통장 잔액보다는 그 돈으로 얻을 수 있는 여행의 행복이 무너져 버린 내 꿈을 다시 일으켜 세우는 원동력이 될 거라 확신했다.

내 가족이 경제적인 궁핍에서 벗어나기 위해서는 앞으로 수 년 혹은 수십 년이 걸릴 수도 있다. 어쩌면 남은 내 일생 동안 영원히 가난에서 벗어나지 못할지도 모른다. 소름 끼치도록 두려운 일이다. 가난은 아이들의 성장 과정에 부정적인 영향을 크게 끼친다. 가난에서 벗어나기 위해 항상 우리 형제들 곁에 부재했던 엄마, 아빠에 대한 유년의 기억은 중년이 된 지금까지 나의 행동과 판단에 영향을 미치는 강력한 트라우마로 남아 있다. 내게 주어진 운명은 가혹했다.

야쿠르트

교실 바닥 나무 마루가 군데군데 썩어서 색깔이 시커멓게 변해 있었다. 썩은 나무를 밟으면 우지끈 부러지면서 밑으로 푹 내려앉을 것 같았다. 나무 모서리가 들떠서 결을 따라 길게 쪼개진 가시가 아이들의 발바닥에 박히는 끔찍한 상상을 하면서 팔 바깥쪽에 까슬까슬한 소름이 돋았다. 마루 끝과 회색 벽이 만나는 가장자리에 한 줄로 쓰러지는 도미노처럼 아이들 가방을 나란히 세워 놓았다.

'괜찮겠지? 쓰러지지는 않겠지?'

나는 가방 안에 숨겨 놓은 야쿠르트병이 넘어져 내용물이 흐르지 않았을까 걱정하며 글자 공부를 가르치는 선생님에게 억지로 시선을 돌렸다.

교회에서 무료로 운영하는 유치원이었다. 집마다 적지 않은 아이들이 있던 1970년대였다. 부모들이 일하는 낮 시간 동안 대부분의 아이는 집에 방치되었다. 동네 교회에서 운영하는 유치원에서는 형편이 어려운 집의 초등학교 취학 전 아이들을 낮 시간 동안 돌보아 주었다. 한 가족당 한 아이에게만 기회가 한정되어 있어서 첫째인 나만 유치원에 다닐 수 있었다. 주말이면 예배당으로 쓰이는 강당에서는 동네 아이들을 모아 한글을 가르치고 놀이를 했다. 점심과 간식도 먹을 수 있었다.

"자, 이건 어떻게 읽죠?"

선생님은 칠판에 붙은 자음과 모음을 골라 글자를 맞추며 말했다.

"비행기!"

아이들이 소리치면 선생님은 미소를 지으며 종이로 만든 비행기를 그 단어 옆에 붙이고 박수를 쳤다. 짧은 단발머리가 세련되어 보이는 선생님은 눈이 크고 눈썹이 짙었다. 복숭아뼈를 덮는 두껍고 긴 스커트가 걸음을 옮길 때마다 사각사각 소리를 내며 다리를 감아서 불편해 보였다.

"잘하네요. 자, 그럼 이건 어떻게 읽죠?"

"호랑이!"

아이들이 소리치면 선생님은 호랑이 그림을 글자 옆에 붙이고 다시 박수를 쳤다. 아이들과 같이 소리를 질러 대답하기는 했지만 내 눈은 선생님의 시선을 피해 마루 끝에 있는 내 노란 가방에 고정되었다.

'하나, 둘, 셋… 열, 열하나, 열둘! 저기 열두 번째, 가방끈 한쪽이 찢어진 가방이 내 것 맞지!'

며칠 전이었다. 나는 안방 문틀에 아빠의 가죽 허리띠를 걸어 두고 "아아아!" 고함을 지르며 방 안에서 밖으로 번갈아 그네를 타고 있었다. 키가 닿지 않아 내 모습을 부러운 표정으로 보고만 있던 동생 녀석이 말릴 새도 없이 옷걸이에 걸린 내 책가방 어깨끈을 잡고 그네를 타기 시작했다.

"어어, 야. 끈 떨어져."

깜짝 놀라서 얼른 동생을 밀치고 가방을 살폈다.

"야, 이 자식아! 여기 매달리면 어떡해?"

어깨끈의 노란 비닐 표면이 찢어져 보풀이 일어났고 안쪽 실 몇 가닥이 겨우 끈의 형태를 유지하고 있었다.

"엄마, 얘가 내 가방 이렇게 만들었어!"

울먹이는 내 목소리를 듣고 달려온 엄마는 동생의 엉덩이를 힘껏 소리 나게 내리쳤다.

"이놈의 자식! 이걸 찢어 놓으면 어떡해?"

동생은 기가 죽어 아픈 엉덩이를 한 손으로 문지르며 끔벅끔벅 엄마를 쳐다보았다. 엄마는 곧 끊어지려는 끈을 한참 들여다보더니,

"할 수 없다. 이렇게 끝을 묶으면 당분간은 쓸 수 있겠네!"

하면서 끈 양쪽을 매듭으로 묶어 다시 어깨에 걸 수 있도록 만들어 주었다.

조금 전 쉬는 시간에 종남이가 자기 가방에 있는 연필을 꺼내며 손으로 밀치는 바람에 내 가방이 옆으로 조금 기울었다. 그 가방 안에는 은박지 뚜껑을 뚫고 하얀 빨대가 꽂혀 있는 야쿠르트 한 병이 위태롭게 서 있었다. 내가 유치원을 마치고 돌아가면 큰길까지 나와 나를 기다리고 있을 두 동생에게 나누어 줄 소중한 간식이다. 한쪽으로 기운 가방 안에서 야쿠르트가 흘러내리고 있을지 모를 일이다. 동생들은 달콤한 야쿠르트 한 모금을 상상하며 추위를 견디며 내 모습이 보이기만 기다리고 있을 것이다. 야쿠르트를 나눠주며 뚜껑을 뚫어 빨대를 꽂아 버린 선생님이 너무 미웠다.

지난달부터 유치원에서는 점심을 먹고 오후가 되면 누런 옥수수 식빵 한 덩어리와 내 손바닥보다 작은 회색 플라스틱병에 담긴 야쿠르트를 한 병씩 나누어 주었다. 야쿠르트는 그때까지 경험하지 못했던 새로운 맛의 세계로 나를 안내했다. 혀끝에 닿는 달콤한 끈적임과 목으로 넘어가는 시큼한 뒷맛은 입안에 긴 여운을 남겼다. 야쿠르트를 처음 맛본 다음 날부터 나는 옥수수빵을 반으로 잘라 물과 함께 아껴 먹고, 남은 반쪽은 비닐봉지에 다시 싸서 찌그러지지 않도록 조심스럽게 가방에 숨겼다. 야쿠르트는 뚜껑을 따지 않고 옥수수빵 밑에 깔아서 보이지 않도록 했다. 한 모금 벌컥 입으로 들이켜고 나면 없어져 버리는 적은 양이었지만 동생들에게 야쿠르트의 황홀한 맛을 느끼게 해 주고 싶었다.

집으로 돌아가면 동생들과 둘러앉아 쇠젓가락으로 조심스럽게 은박지 뚜껑에 조그만 구멍을 뚫는다. 동생들은 눈을 크게 뜨고 내 손에 들려 있는 야쿠르트에 집중한다. 군침 넘어가는 소리가 귓속에 공명한다. 혹시나 쏟으면 어떡하나? 어느 한 놈이 많이 들이켜서 금방 없어지면 어쩌나? 걱정하며 나는 오른손 엄지와 검지로 야쿠르트병을 힘껏 움켜쥐었다.

"너희들, 한꺼번에 많이 먹지 마. 조금씩 돌려 가며 먹어야 돼. 한 번에 많이 빨아 먹는 사람한테는 더 이상 안 줄 거야."

적은 양을 천천히 아껴 먹기 위해 한 번에 많이 먹지 말라고 여러 번 다짐을 받은 후에 야쿠르트 쥔 손을 동생들 입에 갖다 대 준다. 막내 남동생이 먼저였다. 동그란 눈을 크게 뜨고 조그만 입술을 오물거리더니 야쿠르트병에 입을 대고 목구멍에 힘을 준다. 동생 입으로 야쿠르트가 조금 넘어가는가 싶으면 나는 팔에 힘을 주고 병을 동생의 입에서 떼어 낸다. 동생은 혓바닥에 묻은 야쿠르트를 핥으며 아쉬운 입맛을 다신다. 다음은 여동생 차례다. 갑자기 야쿠르트를 잡은 내 손을 자기 손으로 움켜쥐더니 입으로 옮겨 간다.

"야, 너 왜 이래. 그냥 입만 대란 말이야. 그렇게 하면 너무 많이 나온단 말야!"

동생의 손을 뿌리치며 나는 깜짝 놀라 소리를 지른다.

"너, 이러면 안 줄 거야. 입만 대고 먹으란 말이야."

"알았어. 알겠다고. 대신 똑바로 입에 대 줘."

오빠가 화가 나서 안 줄지도 모른다는 생각이 들었는지 여동생은 움켜쥔 손을 얼른 풀고 입을 쑥 내민다. 내가 마지막이다. 동생들이 몇 번 빨았더니 조그맣던 은박지의 구멍이 조금 넓어졌다. 주먹을 펴고 병을 들어 얼마나 남아 있는지 확인했다. 남은 야쿠르트는 병 가운데 오목한 부분까지 내려가 있었다.

혀끝에 닿는 은박 포장지의 특이한 느낌이 불편했다. 구멍 가장자리의 거친 부분이 혀끝에 먼저 닿으면 공기가 들어오지 않도록 입술을 오므려 막고 힘을 주어 빨아 당긴다. 플라스틱병이 안쪽으로 약간 찌그러지면서 새콤달콤한 액체가 혀끝에 닿는다. 아까운 야쿠르트를 한꺼번에 너무 많이 먹지 않기 위해 혀를 다 적시기도 전에 얼른 목젖에 힘을 푼다. 자기들은 마음대로 먹지 못하게 하고 형이 다 마셔 버릴까 걱정하면서 지켜보는 동생들의 눈초리가 매섭다. 혀를 안쪽으로 말아 올려 달콤하고 진한 액체가 입안에 조금이라도 더 오래 머물도록 한다. 하지만 얼마 지나지 않아 나도 모르게 입안에 침이 가득 넘쳐흐르면 꿀꺽 삼키지 않을 수 없는 지경이 된다. 아쉽게 목구멍으로 액체가 타고 넘어가면 아쉬움과 황홀함이 교차한다.

"반은 남았네. 우리 한 번씩 더 먹을 수 있겠다."

남은 야쿠르트를 눈짐작으로 삼등분 하고 각자 마실 수 있는 목표 지점에 엄지손톱 끝을 대고 다시 조심스럽게 빨아먹고 나면 우리의 황홀한 야쿠르트 시식 행사는 끝이 난다.

그날 이후 동생들은 내가 유치원에서 돌아올 시간이 되면 집을 나와 큰길까지 마중을 나오기 시작했다. 매일같이 우리는 그 황홀한 맛에 중독되어 갔다. 추운 날씨에 벌벌 떨며 기다리는 동생들 생각에 야쿠르트는 더 이상 나만의 음식이 아니었다. 학교를 마치고 돌아오는 내가 시야에 보이기 시작하면 동생들은 환한 얼굴을 하고 뛰어온다.

"멀리 나오지 말라니까 왜 또 나왔어. 집에 있으면 내가 잘 가지고 갈 텐데."

어른 없이 어린 동생들만 지키고 있던 집에 도착하면 가방에 숨겨 온 야쿠르트를 꺼내 우리들만의 특별한 행사를 시작한다. 반 남은 빵과 조그만 병 속의 야쿠르트를 나누어 마시는 동생들의 행복한 표정을 보면서 나는 더 이상 내 몫의 야쿠르트를 먹을 수 없었다.

그러던 어느 날이었다. 율동을 하고 숫자 공부를 끝내고 간식을 나누어 주는 시간이었다. 빵과 야쿠르트를 받기 위해 아이들이 선생님 앞에 줄을 섰다. 어! 그런데 그날은 선생님의 손동작이 전날과 달랐다. 빨대의 포장 종이를 하나하나 뜯더니 야쿠르트 뚜껑에 꽂아 은박지에 구멍을 내고 있었다. 선생님은 아무 설명이 없었지만, 간식을 아껴 가는 아이들이 나 말고도 여럿 있었기 때문에 음식을 집으로 가져가는 것을 막기 위해서였다. 불안한 마음으로 내 차례가 오기를 기다렸다. 선생님은 나를 보며 미소를 지으시더니 빨대의 포장지를 벗겨서 양쪽 끝을 요리조리 살피며 뾰족한 부분을 찾아 야쿠르트의 은박 뚜껑에 사정없이 구멍을 뚫어 버리고 말았다.

간식을 먹기 위해 아이들이 마룻바닥에 둥글게 둘러앉았다. 하얀 빨대 위로 노르스름한 액체가 넘쳐흐르기 시작하는 야쿠르트와 투명 비닐 속의 옥수수빵을 내 앞에 내려놓았다. 집에 돌아갔을 때, 가방에서 꺼내 놓는 야쿠르트를 보고 환호하는 동생들 모습이 눈에 아른거렸다. 내 가방에 야쿠르트가 들어 있지 않다는 사실을 알면 추위에 떨던 동생들이 크게 실망할 것이다.

"너희들, 날씨가 추우니까 너무 일찍 나와 있지 마. 유치원 끝나면 야쿠르트 가지고 곧바로 집으로 올 테니까 너무 일찍 나오지 마. 알겠지?"

내가 집에 도착하기 한참 전부터 추운 길에서 기다리는 동생들을 말리기 위해 야쿠르트를 다 먹고 나면 나는 항상 이렇게 이야기했다.

"그럼 딱 30분만 기다릴게. 빨리 와야 해. 최대한 빨리."

"안 돼. 이렇게 추운데 30분을 어떻게 기다려. 너무 추우니까 10분만 기다려. 알겠지?"

"알겠어, 알았다고."

하지만 동생들은 약속을 지키지 않을 것이다. 오늘도 내가 도착하기 훨씬 전부터 내가 가져가는 야쿠르트를 기다리며 추위에 떨고 있을 것이 분명하다.

오늘은 어제보다 바람이 훨씬 차갑다. 살이 튼 동생의 손등이 오늘 같은 날씨에는 갈라지고 고랑이 생길지도 모른다. 대책이 있어야 했다. 빨대가 꽂혀 있는 부분을 살폈다. 빨대와 은박 뚜껑의 간격이 걱정했던 것보다 크지 않았다. 병을 바로 세워 두기만 한다면 야쿠르트가 병 밖으로 흘러나오지는 않겠다. 가방 안에서 병이 쓰러지지 않게 조심해서 운반하면 집까지 무사히 가져갈 수 있을 것 같았다.

빵 봉지를 뜯는 소리가 요란스러워졌고, 몇몇 녀석은 벌써 병 밑바닥에 남은 야쿠르트를 마저 빨아먹기 위해 빨대에서 쪽쪽 소리를 냈다. 나도 비닐봉지를 벗기고 옥수수빵 한쪽을 씹었다. 거친 밀가루가 혀를 까칠하게 자극하면서 입안에 옥수수 향이 가득 풍겼다. 야쿠르트병을 최대한 가릴 수 있도록 손바닥을 크게 만들어 움켜쥐었다. 입술로 조심스럽게 빨대를 물었다. 입안에서 빨대 끝의 출구를 혀로 막고 볼을 살짝 모으며 병 안의 액체를 빨아들이는 시늉을 했다. 혹시 선생님이 야쿠르트를 남겨 가는 내 모습을 발견한다면 강제로 모두 먹게 할지도 모른다. 나는 빵을 조금씩 뜯어 씹으면서 병을 손에 움켜쥐고 빨대를 빠는 시늉을 반복했다.

아이들이 어지간히 간식을 먹었다고 판단한 선생님이 드디어 빵과 야쿠르트를 담아 온 플라스틱 바구니를 들고 복도로 나가셨다. 나는 선생님 눈을 피해 재빠르게 내 가방이 있는 곳으로 달려갔다. 빵을 입에 물고 한 손으로 가방의 버클을 풀었다. 가방에는 종이접기 시간에 쓸 색종이와 풀 그리고 부피가 큰 벙어리장갑이 들어 있었다. 우선 벙어리장갑을 가방 한쪽으로 밀어 공간을 만들었다. 야쿠르트를 바닥에 내려놓고 빨대 끝을 손가락으로 눌렀다. 야쿠르트에 잠겨 있던 빨대의 다른 끝부분이 툭 부러지며 병 안으로 쏙 들어간다. 빈 공간에 야쿠르트를 내려놓고 장갑을 평평하게 눌러 펴서 남은 공간을 채웠다.

'이 정도면 쓰러지지 않겠지?'

가방은 수업이 끝날 때까지 이곳에서 움직이지 않을 것이다. 옆으로 기울거나 쓰러지지 않도록 조심해서 집으로 가져가기만 하면 동생들에게 야쿠르트를 줄 수 있다. 가방을 다시 제자리에 세웠다. 양옆에 있는 다른 아이들의 가방을 조금씩 더 밀착시켜 쓰러지지 않도록 했다. 선생님이 돌아오시기 전에 얼른 제자리로 돌아왔다. 마른 옥수수빵과 긴장감 때문에 목이 말랐다. 교실 앞쪽의 물통에서 물 한 컵을 따라 마시고 자리에 앉았다. 이제 수업이 끝날 때까지 가방이 쓰러지지 않도록 주의 깊게 살펴야 한다.

시장에서 일하는 부모님은 이른 아침을 먹고 나가면 항상 저녁 늦게 돌아왔기 때문에 점심과 저녁은 나와 동생들이 알아서 해결해야 했다. 아침에 엄마가 해 놓은 밥을 데워 먹는 것 외에 간식은 없었다. 지난 일요일에는 찬장에서 찾아낸 콩고물을 밥에 비벼 색다른 점심을 준비했다. 식은 밥을 큰 그릇에 담고 나무 주걱으로 이리저리 뒤적여 밥풀들이 어느 정도 떨어지도록 만든다. 고운 콩가루를 조금씩 밥에 뿌리면 밥알에 마른 고물이 묻어 한 톨, 한 톨 흩어진다. 콩가루가 골고루 섞이고 나면 설탕을 약간 뿌려 맛을 낸다. 보슬보슬해진 밥은 숟가락으로 그냥 떠먹어도 되지만 손으로 오물조물 한 입 크기로 뭉쳐 먹어도 맛있다.

짧은 겨울 해가 기울기 시작하는 저녁, 엄마가 돌아올 시간 즈음부터 비가 내리기 시작했다. 엄마는 집에서 버스로 30분쯤 가야 하는 시장 건물 외벽 한쪽에 지붕도 없는 가게를 빌려서 부엌에서 필요한 잡다한 물건들을 팔았고 아빠는 엄마가 파는 물건들을 트럭에 싣고 전국의 시골 장을 찾아다니며 장사를 했다.

우리는 우산을 하나 더 챙겨 들고 버스 정류장으로 갔다. 엄마가 비를 맞지 않도록 하는 이유도 있었지만, 우리에게는 숨은 목적이 하나 더 있었다. 엄마가 기분이 좋은 날이면 버스 정류장에서 집으로 돌아오는 길에 지나치는 시장에서 과일이나 호떡, 만두를 얻어먹을 수 있고 빵집에서 카스텔라를 사 줄 때도 있었다. 아직 걸음이 서툰 막내와 한 살 아래 여동생 손을 잡고 버스 정류장 앞 레코드 가게 출입문 처마 아래에서 비를 피하며 엄마를 기다렸다. 엄마가 타고 오는 5번 버스가 지날 때마다 버스에서 내리는 엄마를 놓치지 않을까 불안해하며 한 사람, 한 사람을 자세히 살폈다.

"엄마!"

마침내 엄마가 버스에서 내리는 모습을 발견하고 달려갔다.

"비 오는데 왜 나왔어?"

엄마는 우리가 건네는 우산을 받아 들며 칭찬인지, 핀잔인지 모를 대답을 했다. 우리는 움찔 놀라며 겁을 먹고 기가 죽었다. 집으로 돌아가는 길에 간식을 얻어먹으려면 엄마의 기분을 잘 살펴야 한다. 엄마는 매일 아침 일찍 가게로 나갔다가 해가 지고 시장이 문을 닫는 시간에 맞추어 집으로 돌아왔다. 둘째, 넷째 일요일, 한 달에 이틀은 시장 전체가 문을 닫아서 쉴 수 있었다. 가게에 나가지 않는 날이면 엄마는 항상 방에 이불을 깔고 누워 온종일 잠을 잤다. 가끔은 끙끙 소리를 내며 앓았고 어떤 날은 얕게 흐느끼는 소리도 들렸다. 어쩌다 우리가 장난치는 소리가 휴식을 방해라도 하면 엄마는 이불을 걷어차며 고함을 질렀다.

"야, 이놈들아! 내가 좀 살자, 내가 좀 살아!"

엄마는 감정이 복받치면 늘 "살자, 살자." 하며 혼잣말을 읊조렸다. 엄마의 삶은 힘겨웠다. 우리가 할 수 있는 유일한 일은 항상 엄마의 눈치를 잘 살피는 것뿐이었다. 엄마가 기분이 좋은 날에는 어리광을 피우다가 엄마가 힘겨운 날에는 엄마의 신경을 건드리지 않도록 피해야 했다. 아빠는 한 번 집을 떠나면 보통 일주일 후에나 얼굴을 볼 수 있었다. 그렇다고 해서 일주일 만에 만나는 아이들을 안아 주거나 따뜻한 말을 건네는 일은 없었다.

버스 정류장 뒤쪽 길을 돌아 시장 골목으로 들어섰다. 엄마가 앞서가고 우리는 몇 발짝 떨어져 주춤주춤 따라가고 있었다.

"오빠, 빨리 얘기해."

제일 먼저 마주치는 만두 가게 앞을 지나며 여동생이 내 옆구리를 찔렀다. 군침 흐르는 간식들을 파는 가게를 모두 지나치기 전에 사 달라고 말을 꺼내야 하는데 엄마는 다급하고 간절한 우리 마음을 아는지 모르는지 빠른 걸음으로 골목을 앞질러 갔다. 가게를 하나씩 지나칠 때마다 동생들의 눈빛이 점점 바빠졌다. 호떡 가게 앞을 지나고 과일 가게, 빵 가게를 지나쳐 집 앞에 도착할 때까지 나는 끝내 용기를 내지 못했다. 엄마는 뒤따라가는 우리의 소곤거림과 소란을 끝까지 모른 척하며 무심히 골목을 지나쳐 집 대문을 열어 버리고 말았다. 그날도 우리 작전은 실패였다.

저녁 식사는 언제나 된장찌개와 밥이었다. 고된 장사에 지친 엄마는 가족의 식사를 준비하는 수고를 줄여야 했다. 큰 뚝배기에 된장찌개를 한꺼번에 많이 끓여 삼사일은 충분히 먹을 수 있도록 만들었다. 국물이 졸아붙어 물기가 없어지고 짜지면 식사 때마다 물만 조금 더 부어 다시 끓여 내주었다. 이삼일이 지나면 된장찌개의 양파와 고추가 국물에 절어서 새카맣게 물렀다. 가끔 뻣뻣하게 말라붙은 멸치가 시커먼 양파 아래에서 발견되면 나는 인상을 찌푸리면서 건져 냈다.

설날이 지나면 열흘 안에 사라져 버리는 쌀강정이 일 년 중 우리가 맛볼 수 있는 가장 멋진 간식이었다. 명절 제사에 사용한 씨알 굵은 사과가 몇 개 남으면 엄마는 쌀겨가 가득 담긴 장독에 담아 다락방에 숨겨 두었다. 까칠한 쌀겨를 조그만 팔로 찔러 가며 찾아낸, 몇 개 남지 않은 사과를 다 먹고 나면 그해 겨울 간식은 그걸로 끝이었다. 일 년에 봄, 가을 두 번 소풍을 가는 날에는 제법 마음껏 과자를 살 기회가 생기기도 한다. 소풍 전날 엄마가 정해 준 대로 과자를 고르고 병에 든 탄산음료와 선생님에게 전해 주라는 씨알 굵은 사과 한 개도 산다. 나는 집에 돌아와 소풍 가방을 정리하며 과자의 반을 책상 아래 잘 보이지 않는 곳에 숨기면서 엄마 몰래 동생들을 불러 모은다.

"내일 형이 소풍 갔다 올 테니까, 아침에 엄마가 일하러 나가고 나면 여기 숨겨 둔 과자 먹으면서 기다려. 한꺼번에 다 먹지 말고. 알겠지? 가방에 싸 가는 것도 남겨 올게. 돌아와서 같이 먹자."

드디어 수업이 끝났다. 나는 가방이 있는 벽 쪽으로 제일 먼저 달려갔다. 다른 아이들이 가방을 먼저 집어 들면 내 가방이 옆으로 쓰러지면서 그 안에 있는 뚜껑 없는 야쿠르트가 쏟아질 수 있기 때문이었다. 내 가방을 먼저 들어 조심스럽게 다리 사이에 세우고 외투를 입고 모자를 썼다. 위태로운 가방끈을 주의하면서 어깨에 가방을 가로질러 메었다. 선생님의 구령에 맞추어 남자 한 줄, 여자 한 줄을 만들었다. 붉은 벽돌 문틀 사이로 여닫이문이 열리면서 차가운 겨울바람이 소리를 내며 실내로 밀려들어 왔다. 문 바깥쪽 처마 밑에 서 계시는 선생님과 작별 인사를 하면서 초조하고 위태로웠던 시간이 끝났다는 생각에 안도했다.

"잘 가. 춥다. 옷에 단추 잠그고 조심해서 가. 내일 또 보자. 안녕!"

외투의 지퍼를 목 끝까지 올려 주시면서 선생님의 빠른 인사가 이어졌다. 계단에 쌓인 눈이 얼어 군데군데 빙판으로 변해 있었다. 미끄러지지 않도록 조심스럽게 계단을 내려갔다. 영하의 바람이 얼굴을 스치며 피부를 따갑게 했다. 장갑 없는 맨손이 시려서 입김으로 후후 불고 비볐다. 내 벙어리장갑 한 짝은 야쿠르트가 쓰러지지 않도록 가방 안의 빈 공간을 채우는 데 쓰이고 있었다.

벌써 큰길까지 나와 내가 가져갈 야쿠르트를 기다리고 있을 동생들을 생각하면 마음이 급했다. 시멘트로 거칠게 마무리된 담벼락이 양쪽으로 좁은 골목을 이루는 교회 앞 골목길을 빠른 걸음으로 빠져나왔다. 골목 입구에서 콩국을 끓여 파는 가게 유리 창문에 성에가 잔뜩 껴 있었다. 위쪽 유리를 뚫어 밖으로 내밀어 놓은 난로 굴뚝에서 하얀 연기가 살아 있는 생물처럼 은색 연통 밖으로 꾸물꾸물 뿜어져

나오더니 차가운 공중으로 흩어졌다. 고소한 콩국 냄새에 군침이 목구멍으로 꼴깍 소리를 내며 넘어갔다.

가방이 흔들려서 야쿠르트가 쏟아지지 않도록 오른손으로 가방 밑을 움켜잡았다. 손가락 끝이 시렸다. 가방을 다른 쪽 어깨에 돌려 메고 손을 바꾸었다. 차가워진 오른손은 외투 주머니 깊숙이 찔러 넣었다. 골목을 다 빠져나와 횡단보도에서 파란불이 켜지기를 기다렸다. 페인트가 다 벗겨진 귀금속 가게의 유리 진열대 안에는 누렇게 반짝이는 열쇠와 거북이, 반지, 목걸이들이 빛바랜 천 조각 위에 진열되어 있었다. 반지를 끼워 놓은 붉은 벨벳 상자의 고리가 녹이 슬어 푸르스름하게 변해 있었다.

'저 반지는 얼마나 할까? 저거 팔면 야쿠르트를 얼마나 살 수 있을까? 우리 집 앞 과일 가게 유리 상자 안에 들어 있는 부드럽고 달콤한 바나나는 몇 개나 살 수 있을까? 아마 저걸 팔면 바나나는 실컷 먹을 수 있겠지! 저 반지 하나면 호떡이랑 카스텔라는 원 없이 먹을 수 있을 거야! 이렇게 많은 금덩어리를 가지고 있는 이 가게 주인은 얼마나 부자일까?'

내가 생각하는 부자의 정의는 '내 머릿속에 떠오르는 먹고 싶은 간식을 마음껏 사 먹을 수 있는 돈을 가지고 있는 사람'이었다.

집으로 가는 길에 지나야 하는 시장의 여러 가게 중에서 내 눈길을 제일 많이 끄는 것은 과일 가게의 바나나였다. 빨간 사과와 내 머리만 한 배, 그리고 붉은 홍시도 먹음직스럽지만, 바나나는 무엇보다 내 욕구를 자극했다. 계단식 과일 진열대 위에 나무 상자 하나를 더 놓고 그 위의 조그만 투명 유리 상자 안에 바나나 한 송이가 들어가 있었다. 바나나는 별다른 조명이 없어도 유리 상자 안에서 특유의 샛노란 빛을 반사했다. 과일 가게 아저씨는 가끔 귀금속 가게에 진열된 순금 열쇠라도 된 것처럼 바나나를 조심스럽게 들어서 요리조리 살핀 후에 다시 내려놓고 유리 상자 안팎을 깨끗한 수건으로 정성스럽게 닦았다.

지난 어린이날, 우리를 동물원에 데려간 엄마는 우리 손에 바나나를 하나씩 쥐여 주었다. 나는 바나나가 다치지 않도록 조심스럽게 껍질을 벗기고 반쯤 속살이 드러나도록 했다. 앞니로 속살의 끝을 살짝 깨물면 혀에 부드러운 촉감이 닿으면서 달콤한 바나나 향이 입안 가득히 퍼졌다. 한 입 성큼 깨물어 씹지 못하고 속살을 입술로 가볍게 빨면서 향을 음미하다가 다시 끝을 살짝 깨물어 조그만 과육 조각이 입안에 맴돌면 오물오물 오래오래 씹었다. 동물원 구경이 끝나는 오후가 되어도 내 손에 여전히 반이나 남아 있던 바나나는 제 몫을 다 먹어 버린 동생들의 애처로운 눈빛을 이기지 못하고 그들의 차지가 되었다.

'저 금반지 하나만 있으면 바나나를 실컷 먹을 수 있겠지!'

가방의 버클을 풀고 안을 들여다보았다. 은박 뚜껑과 빨대 사이로 야쿠르트가 약간 흘러나와 뚜껑 주위에 조금 고여 있었지만, 병 밖으로 쏟아지지는 않았다. 병 밖으로 나온 빨대가 가방에 눌려 완전히 부러져 있었다. 빨대는 버리고 입을 병 주둥이에 대고 빨아 먹어야 할 것 같다. 신호등이 파란불로 바뀌었다. 양손을 외투 깊숙이 집어넣고 종종걸음을 옮기는 사람들의 입에서 입김이 하얗게 솟아났다. 시장통에서 짐을 실어 옮기는 달구지를 끄는 말이 차가운 도로에 멈춰 서서 거친 숨소리를 씩씩거리고 있었다. 되새김질하며 오물거리는 입과 콧구멍에서 숨을 내쉴 때마다 하얀 입김이 규칙적으로 뿜어져 나왔다. 말의 날숨에서 온기가 느껴졌다. 빈 달구지 위에 걸터앉아 무료한 시간을 달래는 마부가 피우는 담배 연기에서 짙은 푸른빛이 돌았다. 횡단보도 끝을 막고 있는 말머리를 피해서 인도로 풀쩍 뛰어올랐다.

'동생들이 엄청 춥겠는데! 빨리 뛰어가자.'

손가락에 힘을 주어 가방을 움켜쥐고 조심해서 뛰기 시작했다. 몇 걸음 옮기지도 않았는데 생각보다 가방이 많이 흔들렸다. 속도를 늦추고 다시 걸었다. 그렇지 않아도 병뚜껑 위로 야쿠르트가 약간 흘러나와 있는데 가방이 흔들려서 쏟아지면 큰일이었다.

영화관이 있는 골목길 입구에 대성이 아버지의 양복점이 보였다. 유리창 안에는 목 없는 마네킹이 감색 양복 한 벌을 입고 진열되어 있었다. 아직 완성되지 않은 양복은 옷을 거꾸로 뒤집어 놓은 것처럼 천 조각의 이음새가 다 보이고 바느질을 끝내지 않아서 실밥이 하얗게 드러나 있었다.

'우리 아빠도 하얀 셔츠에 근사한 넥타이를 차려입고 돈 많이 버는 사람이었으면 좋겠다. 그럼 퇴근하실 때마다 양복 품 안에 우리가 좋아하는 간식거리를 잔뜩 안고 들어오시겠지!'

강원도의 시골 장을 한 바퀴 돌고 오겠다며 집을 떠나던 아빠의 티셔츠는 목이 늘어져서 검게 그을린 목덜미가 드러났고 소매 끝이 헤져서 실밥이 풀려나와 있었다. 무릎이 튀어나와 길이가 짧아진 바지는 엉덩이가 닳아서 반질반질했다.

저기 극장 앞만 돌아가면 동생들이 보일 것이다. 삼각형 지붕 극장 건물의 고동색 나무문이 사람들이 드나들 때마다 양쪽으로 여닫히면서 휘청휘청 움직이는 모습이 신기했다. 붓이 지나간 페인트 자국이 거칠게 남아 있는 영화 포스터는 배경과 인물의 비율이 맞지 않아 어색했지만, 영화의 주제를 이해하기에는 충분했다. 지치고 슬픈 표정의 아버지가 내 또래의 남자아이 둘과 함께 바람 부는 바닷가 모래사장에 우두커니 서 있다. 바다 풍경을 구경하는 것인지, 바다에서 돌아올 누군가를 기다리는 것인지? 해변에 하얀 눈이 쌓인 겨울 바다는 삭막했고 바다에서 불어오는 바람은 차가워 보였다. 아버지의 얼굴에는 주름이 깊었고 반쯤 센 머리카락이 거친 바람에 흩어지고 있었다.

엄마는 지난번 쉬는 날에 우리를 데리고 영화관에 갔다. 무슨 영문인지 몰랐지만, 난생처음 영화를 본다는 생각에 우리는 기뻤다. 그날 우리는 눈물 흘리는 엄마의 모습을 처음 보았다. 영화 속 주인공 형제는 병든 아버지를 돌보며 어렵게 살면서 일찍 죽은 엄마를 그리워했다. 나는 영화 속의 형제 이야기가 나와 크게 다르지 않다고 생각했다. 죽지는 않았지만 엄마는 항상 우리 곁에 없었고, 병들지는 않았지만 우리는 아빠를 의지할 수 없었다. 바닷가 염전과 도시의 골목길이라는 배경만 다를 뿐이었다. 어딘가 모르게 남자 주인공의 생김새도 나와 많이 닮았다고 생각했다. 나는 눈물이 나오지 않았다.

극장 위 하늘이 푸른빛을 잃고 뿌옇게 흐려지면서 금방이라도 함박눈이 내릴 것 같았다.

"형아!"

"오빠!"

소리 나는 쪽으로 고개를 돌렸더니 동생들이 뛰어오고 있었다.

"왜 여기까지 나왔어. 추운데."

"저기서 기다리다가 오빠가 이쪽으로 올 거 같아서 걸어와 봤어."

여동생은 나의 걱정스러운 핀잔에 수줍은 대답을 하더니 막냇동생을 내 앞으로 밀어 세웠다. 큰 귀마개가 막내의 조그만 얼굴 옆 부분을 다 가려서 눈만 겨우 보였다. 여동생의 얼굴이 엄마의 낡은 목도리에 반쯤 파묻혀 있었다. 큰 외투의 아랫자락이 무릎을 덮었고 얇은 나일론 운동복 바짓단이 헤져 있었다. 여름 슬리퍼 속에 양말도 없는 발가락이 드러나 먼지가 뿌옇게 묻었다. 양쪽 볼이 찬바람에 얼어서 벌겠다. 극장 간판 그림 속에 있는 엄마 잃은 아이들 모습과 다르지 않아 보였다. 나는 영화를 보면서도 흘리지 않았던 눈물을 참느라 애써야 했다.

5월 18일. 뉴욕

익숙하고
낯선 도시

아이들의 천진난만한 행동을 보면서 내 어린 시절의 기억을 떠올리는 동안, 비행기는 태양을 거슬러 태평양을 동쪽으로 횡단했다. 날짜 변경선을 넘어 비행하면서 내 인생에 하루가 더 생겼다. JFK 공항에 도착한 시간은 여전히 출발한 날과 같은 날의 오후 2시였다. 장시간의 비행과 시차 때문에 생기는 피로는 여행을 힘들게 하는 큰 원인이다. 등받이가 꼿꼿하게 서 있는 좁은 이코노미석에 앉아 열 시간 넘게 시간을 보내야 하는 고통은 엄청난 인내를 요구한다. 가난한 여행자들은 편안히 누워 갈 수 있는 비즈니스석은 꿈에도 그릴 수 없다. 나는 사람들이 꽉 들어찬 비행기 안에서 쉽게 잠이 들지 못한다. 제트연료 냄새가 섞인 실내 공기는 바짝 메말라 눈과 목을 따갑게 하고 요란한 엔진 소리는 비행 내내 청각을 고문한다. 쉼 없이 흔들리고 어두운 비행기 안에서는 책을 읽는 것도 쉽지 않다.

공항과 항공기를 이용할 때마다 나는 우리나라와 외국의 서비스 개념에 큰 차이가 있다는 사실을 깨닫는다. 고객들을 극진하게 응대하는 우리나라 사람들에 비해 외국인들은 정해진 일만 한다. 우리나라의 서비스가 까다로운 주인을 대하는 하인의 자세라면 외국인들이 생각하는 서비스는 고객의 일을 대신해 주는 에이전트 개념이다.

우리나라의 인천 공항은 전 세계 공항 서비스 평가에서 4년 연속 1위를 차지했다. 공항으로 가는 리무진 버스 기사부터 체크인 카운터 직원과 짐을 검사하는 세관 직원, 그리고 어떠한 경우에도 미소를 잃지 않는 승무원들까지, 비행을 위해 마주치는 모든 사람이 친절하다. 특히 우리나라 기내 승무원은 완벽하다. 깔끔하게 묶은 머리가 단정하고 반듯한 유니폼이 일부러 불러 세우고 싶을 만큼 아름답다. 눈만 마주치면 보내 주는 미소는 승객의 마음을 즐겁고 편하게 만든다. 하지만 몸에 꽉 끼는 유니폼과 바람에 휘날리는 모양으로 블라우스 칼라 위에 고정된 스카프는 쉼 없이 요동치는 비행기에서 일하는 복장으로는 많이 불편해 보인다. 비행 중인 항공기에서 수행해야 하는 그녀들의 노동 강도는 매우 높다. 그런데도 승무원은 젊은 여성들이 제일 선망하는 직업 중의 하나다. 우리 딸아이가 자라서 이런 일을 하겠다면 나는 말리고 싶다.

날씬하고 젊은 여성이 대부분인 우리나라 승무원에 비해 외국 항공사의 승무원은 우선 평균 연령이 높다. 이번 비행에서 이코노미석의 서빙을 담당하는 승무원은 사십 대 후반의 덩치 큰 아줌마와 사십 대 초반의 일본계 아줌마 둘, 삼십 대 중반의 라틴계 아줌마와 쉰은 넘어 보이는 살찐 아저씨 그리고 삼십 대 초반의 젊은 백인 남자 한 사람이었다. 이들은 유니폼이 모두 다르다. 색깔도 다르고 입는 방법도 제각각이다. 바지와 치마의 통일성도 없다. 승무원을 호출하면 승객이 요구하는 것을 듣고는 대답도 없이 돌아갔다가 말한 것을 아무 말 없이 한 손으로 툭 던지듯 건네주고 돌아간다. 자기네들끼리 할 이야기가 있으면 승객들보다 더 큰 소리로 떠든다. 승객이 그들의 대화를 방해하면 잠깐 기다리라며 불쾌해할 때도 있다. 화장실은 지린내가 진동하고 물을 먹기 위해 찾아간 비행기 뒤쪽의 승무원 대기 공간은 흩어진 쓰레기와 쏟아진 음료수로 엉망이었다.

JFK 공항 터미널은 천장이 낮아 답답했다. 비행기에서 내려 30분이 지나도 나오지 않는 짐을 기다리면서 컨베이어 벨트 주변에서 일하는 공항 직원들을 관찰했다. 여행의 흥분으로 한껏 들떠 있는 승객들과 공항 직원들의 심드렁한 표정이 대비되었다. 누군가에게는 가슴 설레는 이곳이 또 다른 이들에게는 따분히 반복되는 일상이었다. 덩치 큰 흑인 남자가 무표정한 얼굴로 팔짱을 끼고 여행객들을 물끄러미 바라본다. 주변의 다른 직원들도 퀭한 눈을 껌뻑이며 벽에 한쪽 어깨를 기댄 채 잡담 중이다. 일 처리가 무성의하고 느릿하다. 그들의 행동과 말에는 고객을 만족시키려는 어떤 의도도 보이지 않는다. 입국 심사를 마치고 짐을 찾기까지 한 시간 이상이 소요되었다. 낡고 좁은 공항 건물은 작년에 런던 히스로 공항에서 느꼈던 것처럼 이곳이 정말 세계 최고의 공항이 맞나 싶었다.

입국 수속을 마친 승객들은 여행 가방이 실린 카트를 밀며 각자의 일행과 목적지를 찾느라 분주했다. 입국 게이트 밖에서 기다리는 사람들은 저마다 찾으려는 사람이나 회사의 이름을 적은 종이를 높이 들어 흔들며 입구를 빠져나오는 사람마다 눈을 맞추면서 알아봐 주기를 기다렸다. 그 무리 끝에 동양인 남자가 여러 명의 여행객을 모아 놓고 명단을 확인하는 모습이 보였다. 나는 그에게 다가가 "혹시 한국투어…."라며 말끝을 흐렸다. 우리 가족을 기다리는 한국 가이드가 아닐 수도 있었다. 남자는 여행객들이 모두 나오지 않았으니 저쪽에서 기다리라는 대답을 하며 벽 쪽의 플라스틱 의자를 가리켰다. 그곳에는 중년 부인 대여섯 명이 낯선 주변을 두리번거리면서 귀에 익숙한 경상도 사투리로 떠들고 있었다.

다른 여행객들과 같이 좁고 긴 터미널 통로를 걸어 공항 주차장으로 갔다. 앞이 비대칭적으로 뭉툭한 박스 모양의 미니버스가 우리를 태우기 위해 기다리고 있었다. 내가 짐칸에 가방을 싣는 동안 아내와 아이들이 먼저 차에 올라 자리를 잡았다. 운전을 겸하는 가이드는 입국 수속이 많이 지연되어 퇴근 시간 교통 정체를 걱정했지만 낯선 도시를 처음 방문한 여행객들에게는 차가 밀려 있는 도심의 모습마저 신기한 구경거리였다. 브루클린을 지나 뉴욕만을 가로지르는 화이트스톤 브리지를 건너면 뉴저지다. 고속도로 옆 숲속에 위치한 힐튼 호텔에 도착했을 때는 어느덧 창밖에 노을이 펼쳐지기 시작했다. 높고 낮은 산이 먼 시야를 가리는 한국과 달리, 끝도 없이 펼쳐진 평원의 지평선 아래 서서히 내려앉는 낙조는 우리나라에서는 볼 수 없는 장관이었다. 뉴욕을 관광해야 하는데 맨해튼에 호텔을 잡지 않고 왜 강 건너 멀리 뉴저지의 호텔을 이용하는지 이해할 수 없었지만, 호텔은 깔끔하고 쾌적했다.

시차 때문에 공항에서부터 졸고 있던 아이들을 서둘러 씻기고 재웠다. 아이들이 곤히 잠든 것을 확인한 나와 아내는 조용히 방을 빠져나왔다. 3층까지 높게 뚫린 천장에서 쏟아지는 실내 폭포 옆에 설치된 에스컬레이터를 타고 2층에 오르자 '스포츠 바'라는 간판이 보였다. 가운데 원형 바의 가장자리에 손님이 앉으면 안쪽의 바텐더들이 술을 만들어 주는 구조였다. 작은 무대 앞에 포켓볼 당구대가 있고 그 옆의 목재로 마감된 벽에는 다트판도 걸려 있었다. 천장 가운데 매달린 TV에서는 미식축구를 중계했다.

우리는 바 한쪽의 높은 의자에 앉았다. 백인치고는 키가 작고 나보다 나이가 많아 보이는 바텐더가 메뉴판을 건넸다. 한참을 들여다봐도 어떤 술인지, 무슨 음식인지 도무지 알기 어려웠다. 나는 바텐더를 불러 어떤 종류의 술이 있고 어떻게 주문하면 되는지 물었다.

"원하는 칵테일은 뭐든지 만들어 줍니다."

자신 있게 말하는 바텐더에게 나는 칵테일에 대해 아무런 지식이 없으니 알코올 도수가 약하고 맛이 달콤한 칵테일을 추천해 달라 부탁했다. 도무지 알아들을 수 없는 칵테일 종류를 장황하게 설명한 그녀는 잔에 술을 따르고 샤워 꼭지같이 생긴 장치에서 나오는 여러 가지 액체를 섞어 흔들더니 금방 칵테일 두 잔을 만들어 주었다.

우리는 뉴욕 입성을 축하하며 잔을 들었다.

"건배!"

아내가 내 어깨에 얼굴을 기댔다. 행복하다고 작게 속삭이는 아내의 목소리가 그동안 여행을 준비하며 겪었던 어려움을 말끔하게 씻어 주었다. 술을 못 마시는 나는 도수가 낮은 칵테일 한 잔에도 금세 얼굴이 붉어지고 눈이 충혈되었다. 확장된 혈관이 얼굴 피부를 바짝 당겼고 심장이 요동쳤다.

가족 모두 새벽 일찍 잠이 깼다. 생체 리듬이 하루 만에 밤낮을 뒤집어 적응하지 못한 데다 뉴욕이라는 도시가 주는 설렘이 잠의 규칙을 깨트렸다. 이른 아침 식사를 마치고 맨해튼으로 가는 버스가 출발하기 전까지 무료하게 호텔 로비를 배회했다.

일정과 지도를 비교하고 있는 내 귀에 익숙한 피아노 선율이 들렸다. 연재가 로비 한구석에 있는 낡은 피아노를 연주하고 있었다. 이 층까지 트인 로비의 높은 유리창으로 쏟아져 들어오는 아침 햇살이 하얗게 반사되는 대리석 바닥에 놓인 피아노 앞에 작은 아이가 요정처럼 앉아 피아노 건반을 두드렸다. 서툴고 기교 없는 아이의 연주가 오히려 사람들의 시선을 끌었다. 아이의 순수한 동심이 새벽의 적막한 호텔 로비에 잔잔한 감동을 일으켰다. 연주가 끝난 순간 사람들은 박수와 환호를 보냈다. 예상치 못한 박수 소리에 부끄러워진 아이가 내 품으로 뛰어들었다. 낯선 도시에서 하루를 시작하는 첫날, 사람들에게 깜짝 감동을 선사해 준 작은 피아니스트를 자랑스러운 마음으로 꼭 끌어안았다.

여행 출발 시각이 가까워질수록 버스의 좋은 자리를 차지하려는 사람들의 신경전이 대단했다. 아내와 아이들이 먼저 버스에 뛰어들고 나는 짐을 트렁크에 싣고 천천히 버스에 올랐다. 연재는 자기가 잡은 자리를 내게 내주며 육상 대회에서 일등이라도 한 것처럼 우쭐했다. 많이 낡은 버스였다. 좌석 모서리가 해져 있고 실내에서는 지린내가 풍겼다. 출발하고 얼마 지나지 않아 두통이 생겼다. 다른 관광객들도 곤욕스러운 표정이었다.

뉴저지와 맨해튼을 나누는 허드슨강 아래를 관통하는 터널 안은 차량들로 혼잡했다. 매일같이 지나다녀야 하는 현지인들에게는 힘겨운 출근길이겠지만 낯선 이방인에게는 오히려 도시를 천천히 구경할 수 있는 기회였다. 같은 상황이라도 누구에게는 지루하고 답답한 고통이지만 또 다른 사람에게는 새롭고 신기한 광경이 될 수도 있겠다는 생각이 들었다. 터널을 빠져나오니 하늘을 찌르는 높은 건물들이 도로를 따라 끝이 보이지 않는 일직선으로 이어지는 또 다른 세상이 눈앞에 펼쳐졌다. 드디어 우리는 미국의 심장, 뉴욕의 한가운데로 들어왔다.

버스는 자유의 여신상으로 가는 유람선이 출발하는 선착장을 향해 맨해튼의 마천루 사이를 가로질렀다. 건물 사이의 좁은 하늘이 햇살 없이 희뿌옇게 흐리고 기온이 쌀쌀했다. 유람선에 오르니 실내는 중국 단체 관광객들이 독차지하고 있었다. 여기저기에서 서로를 부르는 큰 목소리 때문에 실내에서는 경치를 제대로 즐길 수 없을 것 같아 우리는 배의 제일 위층 실외로 자리를 옮겼다.

차가운 강바람이 윈드 파카의 틈새를 파고들었다. 항구를 떠난 배는 멀리 어렴풋이 보이는 자유의 여신상을 향해 물길을 갈랐다. 사람들은 점점 더 가까워지는 여신상을 카메라에 담기 위해 분주했지만 나는 유람선 뒤쪽으로 보이는 맨해튼 빌딩의 풍경이 더 눈에 들어왔다. 직선으로 겹쳐지는 마천루와 브루클린 브리지 케이블의 거대한 원호가 기하학적인 조화를 이루었다. 현대적 빌딩과 고딕 양식 다리 외관이 한 화면에서 잘 어울렸다.

배가 리버티 아일랜드에 가까워질수록 맨해튼과 그 주변 풍경을 보는 시야가 점점 넓어졌다. 수면에 떠 있는 것처럼 착시하게 하는 마천루와, 바다와 도시를 연결하는 거대한 다리가 한눈에 들어왔다. 차가운 강바람이 거세게 불어닥치는 배 위에서 휘날리는 옷자락과 머리카락을 감싸 쥐었다. 눈앞의 광경이 실제인지, 소란스러운 관광객들 때문에 정신이 어지러운 찰나의 착각인지 구분이 어려웠다. 선실 밖으로 몰려나온 중국인 관광객들 때문에 배는 한순간 아수라장으로 변했다. 큰 소리로 서로를 부르며 내 앞을 지나가다 어깨를 치고 발을 밟기도 했지만, "sorry."나 "excuse me." 한마디 없었다. 경치를 감상하면서 밀려오는 생각들에 잠겨 보려는 시도는 불가능했다.

반면 아내는 잔뜩 들떠 있었다. 자유의 여신상 앞에 서 있는 가족의 모습을 카메라 앵글에 담기 위해 분주했다. 그사이 배는 리버티 아일랜드에 도착했다. 다양한 매체를 통해 무수히 보았던 조형물은 '아! 내 눈으로 직접 보는구나!' 같은 일차원적인 감상 이외에 별다른 느낌을 주지 못했다. 오히려 먼 거리에서 보는 맨해튼의 스카이라인과 브루클린 브리지의 멋진 디자인이 눈을 사로잡았다.

내가 이런 감상에 젖어 드는 동안 자칭 캡틴이라는 사람의 목소리가 시끄럽게 스피커를 울렸다. 처음에는 소란스러운 중국인들과 함께 배의 분위기를 망치고 있다고 생각했지만, 쉬운 어휘를 정확하게 발음하는 그의 말을 이해하게 되면서 코믹하고 열정적인 그의 설명에 웃음을 참지 못했다. 맨해튼으로 다시 돌아온 배의 출구에서 뽀빠이 모자를 쓴 은발의 캡틴이 내미는 보자기에 팁을 넣었다. "설명이 정말 인상적이었습니다. 감사합니다." 라는 인사도 잊지 않았다. 그는 내게 악수를 청했고 아내는 그와 사진을 찍었다.

버스는 이스트강을 따라 북쪽으로 이동했다. UN 본부 건물을 관람하고 점심을 먹기 위해 한인 타운에 도착했다. 뉴욕에서 첫 번째 식사가 한인 타운의 김치찌개라니. 한국을 방문한 미국인을 데리고 맥도날드에 가는 것과 다르지 않았다. 한인 타운의 으슥한 뒷골목, 좁은 계단을 힘겹게 올라야 나타나는 한인 식당에서 정성 제로, 분위기 제로, 맛 제로의 음식을 먹어야 했다. 게다가 불편한 식사를 끝내고 자리를 뜨는 관광객들에게 종업원들은 너무나도 태연하게 팁을 요구하면서 계단을 막아섰다. 팁을 당연히 주어야 한다는 가이드의 설명에 우리는 어이가 없었다. 나중에 안 사실이지만 단체 관광객들에게 저렴한 재료로 값싼 음식을 제공하고 남은 이윤은 가이드와 나눈다고 했다.

낯선 음식에 대한 호기심과 기대는 여행을 즐겁게 만드는 중요한 부분이다. 여행에서 한 끼의 식사는 단순히 공복감을 채우기 위한 수단이 아니다. 음식은 그 지역의 문화를 엿볼 수 있는 가장 쉽고 즐거운 매개체이다. 단순히 맛있는 음식을 배불리 먹는 것 이상의 의미가 있다. 여행 중에 경험하는 생소한 음식은 여행의 기억을 풍성하게 만들고, 나중에 그 여행지를 추억하는 중요한 단서가 되기도 한다. 하지만 어리둥절한 단체 관광객들에게 가이드의 커미션이 없는 뉴욕의 유명한 맛집을 방문할 기회는 주어지지 않는다.

식당 골목을 빠져나와 마주 보이는 건물이 엠파이어스테이트 빌딩이었다. 워낙 유명한 건물이어서 빌딩의 외관을 금방 알아볼 수 있었다. 이 세계적인 건축물은 건물의 역사와 아름다움보다 뉴욕을 내려다볼 수 있는 전망대로 더 유명하다. 전망대로 올라가는 엘리베이터를 기다리는 관광객들의 줄이 건물 앞에 끝없이 이어졌다. 언제까지 기다려야 하나 걱정하는 사람들에게 가이드는 스카이라이더를 타면 시간을 줄일 수 있다고 선심 쓰듯 돈을 요구했다. 빌딩 앞 골목을 몇 겹으로 돌아가며 차례를 기다리는 인파 앞에서 우리는 선택의 여지가 없었다.

넓은 아이맥스 화면에 비치는 뉴욕의 전경을 내려다보며 의자가 화면의 시선을 따라 움직였다. 마치 맨몸으로 뉴욕 상공을 비행하는 착각을 일으켰다. 스카이라이더 출구에서 곧장 전망대로 올라가는 전용 엘리베이터를 탈 수 있었다. 넓지 않은 내부는 10여 명만으로 빈틈없이 들어찼다. 황금색 나무 벽에 음각 문양이 조밀하게 새겨져 있고 대리석 모자이크 바닥이 조명을 반사하며 반짝였다. 뉴욕을 배경으로 하는 갱스터 시대 영화의 경찰처럼 검은색 유니폼과 모자까지 갖추어 쓴 직원이 엘리베이터를 타고 내리는 관광객들을 안내해 주었다.

순식간에 86층 전망대에 도착했다. 맨해튼뿐만 아니라 그 주변에 산이라고는 찾아볼 수 없는 전경이 나타났다. 남쪽의 바다만 제외하면 맨해튼의 나머지 삼면은 도시의 빽빽한 빌딩 숲 너머로 대평원이 끝없이 펼쳐져 있었다. 하늘을 향해 솟아 있는 수

많은 마천루와 도시가 끝나는 지점부터 펼쳐진 푸른 숲의 지평선은 한국에서는 볼 수 없는 낯선 풍경이었다. 동서 방향의 스트리트와 남북 방향의 애비뉴로 바둑판처럼 구획된 맨해튼의 빌딩숲은 마치 장난감 레고 블록으로 만든 가상의 도시 같았다. 월스트리트로 유명한 LOWER 맨해튼과 대서양으로 향하는 바다가 남쪽으로 보였다. 그곳 어딘가에 아직도 세계무역센터 쌍둥이 빌딩이 있었다면 얼마나 더 멋진 광경이었을까 생각했다.

동쪽으로 이스트강을 가로지르는 브루클린 브리지가 보였다. 강 건너에 낮은 빌딩들이 가득한 브루클린 지역이 한눈에 보였다. 반대 방향의 뉴저지는 허드슨강 너머로 눈에 보이는 끝까지 푸른 평원이다. 빌딩들이 숲을 이루는 다른 지역과 달리, 북쪽은 아름드리나무 숲과 호수와 잔디밭이 넓게 펼쳐진 푸른 센트럴 파크 덕분에 눈이 시원하다. 전망대 중앙에 철재 첨탑이 높게 솟아 있다. 지금은 방송 송신 안테나가 운영되고 있지만, 건물 완공 초기에 이곳은 비행선 계류장이었다. 거대한 비행선이 하늘을 둥실둥실 항해하다 이곳 건물 꼭대기에 닻을 내리고 승객들이 타고 내리는 모습을 상상해 봤다. 그러나 계류 중이던 비행선이 첨탑에 부딪혀 폭발하는 사고가 발생한 이후부터는 더 이상 그런 모습은 볼 수 없게 되었다.

전망대 가장자리의 펜스 밖으로 목을 빼내 밖을 내려다보았다. 까마득하게 멀리 보이는 검은 도로 위에 노란색 택시들이 길찾기 컴퓨터 게임 캐릭터처럼 한 방향으로 쌩쌩 달리는 모습이 재미있었다. 영화와 드라마에서 많이 봐 왔던 전망대의 모습은 어딘지 눈에 익었다. '퍼시 잭슨'이 신의 세계로 들어가는 비밀의 문이 있던 곳이었고 <시애틀의 잠 못 이루는 밤>에서 주인공들이 아름답게 사랑을 이루는 배경이었기 때문일 것이다.

가슴 설레는 멋진 전망을 천천히 오랫동안 감상하고 싶었지만, 기온이 낮고 바람이 강해서 아이들이 몸을 떨고 있었다. 가이드가 정해 준 시간도 얼마 남지 않아 그만 내려가기로 했다. 엘리베이터가 도착하는 1층 메인 홀은 3층 높이까지 천정이 뚫린 넓은 곳이었다. 모든 벽면이 금박으로 화려하게 빛났고 정면 중앙에는 건물의 거대한 심벌이 새겨져 있었다. 이런 대규모의 고층 건물을 무려

80년 전에 건설한 이들의 기술에 놀라지 않을 수 없었다. 게다가 지금 봐도 디자인이 세련되었고 인테리어가 품위 있다.

버스는 뉴욕에서 가장 화려한 5번가를 지나 센트럴파크로 향했다. 공원 근처에 버스가 정차했지만, 아내는 잠이 든 아이들 곁에 머물러야 했다. 나는 혼자 플라자 호텔과 콜롬비아 서클을 돌아본 후 돌아왔다. 버스는 타임스퀘어로 이동했다. 가이드는 브로드웨이 뮤지컬 표를 구매한 사람들을 따로 모아 안내할 동안 다른 관광객들은 차에서 내리지 못하게 했다. 차를 다시 출발시키면서 옵션을 선택하지 않은 사람들은 무엇인가 손해 보고 있다는 뉘앙스의 이야기를 했다. 맨해튼에서 뉴저지 힐튼 호텔로 돌아오기까지 2시간 동안 버스에 갇혀 있었다. 먼 숙소를 오가는 시간 때문에 실제로 맨해튼에 머무는 시간은 짧았다. 게다가 뉴욕 투어의 정규 일정은 오늘 하루가 끝이다.

오늘 여행에 참여한 사람들은 집으로 돌아간 뒤 뉴욕을 다녀왔다고 할 것이다. 자유의 여신상을 보았고, 엠파이어스테이트 빌딩을 올랐다며 그 앞에서 찍은 사진을 자랑스럽게 보여 줄 것이다. 하지만 뉴욕으로 가는 비행기에 올라 뉴욕에 내렸다고 해서 그곳을 여행한 것은 아니다. 교통 체증에 멈춰 선 공기 탁한 버스 안에 갇혀서 거리의 사람들을 무의미하게 구경하고 유서 깊은 건물들의 1층 간판만 확인하는 일은 진정한 여행이 아니다. 도시의 골목골목을 걸어 다니며 낯선 모습들과 마주치는 것이 그 도시를 진정으로 여행하는 방법이다. 우리는 패키지 투어 후에 이틀 동안 뉴욕에 머물 일정을 남겨 두었다. 그때는 내가 원하는 방법으로 도시를 여행할 것이다. 마땅히 정해 둔 장소 없이 도시를 배회하다 눈에 띄는 곳이 있으면 들어가 보고, 그러다 지치면 노천카페에 앉아 차를 마시며 쉬고, 배가 고프면 익숙하지 않은 현지 음식을 먹어 보는 즐거움을 만끽해야겠다.

5월 19일. 맨해튼

그들의 상징

워싱턴 DC는 미국의 역사와 문화를 상징하는 건축물로 가득 채워져 있다. 백악관과 국회의사당, 링컨 기념관, 스미소니언 박물관은 미디어를 통한 반복적인 노출 때문에 고대의 피라미드보다 더 유명한 건축물이 되었다. 이 도시가 현대 인류 사회의 정치 경제를 이끄는 중심지라는 인식과 합쳐지면 이곳의 모든 상징은 그들의 짧은 역사와 문화를 현대적인 신화로 승화시키는 도구가 된다.

민주주의 사상의 성인으로 추앙받는 링컨을 기념하는 신전의 전면에는 이집트 오벨리스크를 모방한 워싱턴 기념탑이 솟아 있다. 링컨과 워싱턴을 기념하는 건축물의 사이는 사각형이 기하학적으로 길게 겹치는 연못으로 연결된다. 수면에 선명하게 반사되는 오벨리스크의 날카로운 끝이 절묘하게 링컨 조각상을 향한다. 낮은 언덕이 중첩되는 지형과 오벨리스크 그리고 그 광경을

정면으로 내려다보고 앉아 있는 거대한 링컨의 동상. 강력한 포스가 발산되는 이 모든 상징은 미국인의 사상과 역사를 반영하는 신비한 장치가 된다. 링컨 기념관은 그들의 신전이며 오벨리스크는 그들이 추종하는 특별한 믿음의 정점이었다. 나는 신전 앞 계단에 앉아 한참 동안 그들이 숨겨 놓은 의미를 생각하는 것에 골몰했다.

버스가 백악관에 도착할 때까지 윤재는 잠을 깨지 못했다. 연재와 나만 버스에서 내리고 아내는 윤재 곁에 머물렀다. 상상했던 크기보다 작은 규모의 백악관은 하얀 쇠창살에 둘러싸여 삼엄한 경비를 받고 있었다. 울타리에 접근하지 못하도록 경찰들이 막고 있어서 관광객들은 길 하나를 건너 멀리서 백악관을 바라볼 수 있었다. 백색 건물의 지붕 위에서 검은 제복의 저격수들이 관광객 쪽을 향해 총을 겨누고 망원경으로 주변을 관찰했다. 세상에서 가장 강력한 권력을 가진 미국 대통령은 세상에서 가장 고립되어 있는 외로운 사람처럼 보였다. 하얀 창살 안에서 보호를 받고 있는지, 아니면 그 안에 감금되어 있는지 모를 일이었다.

5월 20일. 워싱턴DC

사랑을 먹고 자라는 아이

버스로 9시간이 걸리는 나이아가라까지 하루 만에 도착하기 위해 우리는 숙소가 있는 뉴저지에서 새벽 4시에 출발했다. 악취 때문에 두통이 생기고 더러운 의자가 찜찜했던 어제의 버스 대신 오늘은 깨끗한 새 버스가 호텔 앞에서 기다리고 있었다. 일단 버스에 타면 다시 뉴욕으로 돌아오는 2박 3일 동안 같은 자리에 앉아야 하는 불문율이 지켜질 것이다. 장거리를 이동하는 버스에서 좌석의 위치는 여행의 질을 좌우하는 중요한 요인이 되기 때문에 좋은 자리를 차지하기 위한 승객들의 눈치작전이 버스가 도착하기 전부터 치열했다. 일찌감치 나온 사람들은 호텔 현관 앞 버스 정류장에 여행 가방으로 길게 줄을 세워 자신의 순서를 표시했다. 이런 일이라면 언제나 연재가 가장 눈치가 빠르다. 버스가 도착하자마자 아이는 어른들의 틈을 비집고 들어가 앞자리를 차지하더니 아빠에게 걱정하지 말라는 눈짓을 보냈다. 나는 우리 가방을 먼저 버스 화물칸에 싣고 다른 사람들의 짐을 정리하는 가이드를 도와준 후 천천히 버스에 올랐다. 아이가 맡아 둔 앞자리에서 확 트인 전망을 보며 여행을 즐길 수 있게 되었다.

여전히 시차가 뒤바뀐 아이들은 새벽에 오히려 눈이 초롱초롱했다. 버스는 푸른 평원이 양옆으로 끝없이 펼쳐진 고속도로를 따라 북쪽으로 달렸다. 떠오르는 아침 햇살이 차창을 비추는 환한 빛에 눈이 부실 무렵, 버스는 고속도로를 벗어나 어느 시골길 잡화점에 들어섰다. 우리가 아침을 먹을 곳이었다. 서부 영화 세트로 쓰여도 될 것 같은 고풍스러운 목조 단층 건물이었다. 우리가 약속 시각보다 일찍 도착했는지 아직 문을 열지 않은 식당 안에서 직원 여러 명이 분주하게 움직였다.

준비가 끝나기를 기다리며 우리는 처마 밑에 내놓은 잡화를 구경했다. 시골 생활에 필요한 소소한 물품과 가공식품 그리고 기념품을 판매하면서 한쪽은 식당으로 운영되고 있었다. 다양한 모양의 흔들의자들이 우리의 눈길을 끌었다. 아내는 의자에 앉아 흔들흔들 장난을 치는 아이들의 모습을 부지런히 사진에 담았다. 겨우 새벽 6시를 넘은 시각, 아침 일찍부터 시작하는 일이 불만스러울 만도 한데 식당 직원들은 모두 친절했다. 테이블과 의자는 물론 내부 벽까지 모두 원목이어서 마치 주방 가구 전시장 같은 식당의 아침 메뉴는 오리지널 아메리칸 브렉퍼스트였다.

구수한 향의 커피와 부드러운 오믈렛 그리고 바삭한 베이컨과 달콤한 핫케이크가 넓은 접시에 푸짐하게 담겨 나왔다. 맛있고 깨끗한 음식이었다. 나는 커피를 한 잔 더 부탁하여 마시고 나오면서 기꺼이 팁을 남겼다. 불결하고 성의 없는 한식당과 국적이 모호한 음식을 내놓는 중국 식당과는 확연히 다른 만족스러운 식사였다.

식사를 마친 일행을 태운 버스가 다시 나이아가라로 달리는 동안, 바로 뒷자리에 앉은 아이가 의자 등받이를 계속 발로 차는 통에 짜증이 났다. 아이에게 화를 낼 수 없어서 웃는 얼굴로 몇 번이나 그러지 말라고 당부를 했지만, 녀석은 어른 말을 우습게 여겼다. 엄마와 여동생 그리고 할머니, 할아버지와 여행을 하는 꼬맹이는 정말 극성스럽고 버릇이 없었다. 응석과 투정에 지친 아이 엄마는 할머니와 같이 앉으라며 아이를 밀어내 버렸다. 자기가 요구한 것을 들어주지 않을 때는 욕을 하거나 할머니를 때리기도 하는 아이의 행동에 주변의 눈치가 보이는지 할머니는 안절부절못했다. 승객 모두 인상을 찌푸렸지만 아이 일이라 참고만 있었다. 바로 앞자리에서 녀석의 발길질을 당하는 나는 아이의 가족만큼이나 곤욕스러웠다.

아내와 나는 주의 깊게 그 가족의 행동을 살폈다. 아이가 왜 그럴까? 이유가 있을 것이라 생각했는데 원인은 다름 아닌 엄마였다. 할머니를 괴롭히는 아이의 눈은 늘 엄마의 반응을 살피고 있었다. 엄마가 조금이라도 관심을 보이면 소란의 강도가 조금 약해졌다가 엄마가 한심하다는 표정을 짓고 외면하면 다시 소란을 키우기 위해 애썼다. 아이의 소란이 심해질수록 엄마는 아이를 더 외면하고 아이가 엄마를 찾으면 경멸의 말을 던지며 아이를 무시했다. 아이의 질문에 대답해 주지 않았고 같은 자리에 앉지도 않았다. 아이는 유일하게 자기 말을 받아 주는 할머니에게 달라붙었다. 엄마의 품에 안긴 여동생을 괴롭히고 일부러 소란을 만들었다. 아이는 소란을 일으켜서라도 엄마의 관심을 얻으려고 애를 썼지만 그럴수록 아이는 엄마에게서 점점 소외되었다. 녀석이 진정으로 원하는 것이 무엇인지 짐작하고부터 나는 아이가 측은해지기 시작했다.

버스가 나이아가라 폭포 하류에 도착했다. 호숫가를 산책할 시간이 주어졌다. 아이들과 내가 유람선 선착장에서 장난치는 모습을 부러운 눈길로 바라보는 작은 악당의 모습이 측은했다. 나는 녀석을 불렀다. 물 위에 떠 있는 나무 부표 위에서 같이 뛰고 쓰러지고 고함치며 즐거운 시간을 보내는 동안 아이가 눈에 띄게 명랑해지더니 말과 행동이 버스에서와 다르게 공손해졌다. 행복해진 아이는 멀리서 지켜보는 엄마를 향해 반갑게 손을 흔들었고, 엄마는 즐겁게 노는 아이를 향해 모처럼 환한 미소를 보냈다. 엄마의 관심을 확인한 아이의 표정은 지금까지의 버스 뒷자리 악당이 아니었다.

아이들은 부모의 사랑을 먹고 자란다. 내 부모가 진심으로 나를 사랑한다고 느끼는 아이는 절대로 남을 해치거나 무례하게 대하지 않는다. 아이들의 비정상적인 행동은 대부분 부모의 관심을 끌기 위한 자신들만의 노력이다. 하지만 우리는 그런 아이의 행동을 꾸짖거나 외면한다. 혹시 나도 우리 아이들에게 같은 잘못을 저지르고 있는 것은 아닌지 되묻는 시간이었다.

*

유년의 나는 엄마의 고단한 젊은 날을 짓누르는 또 하나의 짐일 뿐이었다. 대기업 연구원으로 일하던 몇 년 동안을 제외하면 내가 성년이 되고 장년이 된 지금까지 엄마의 말과 행동에서 나는 분명히 그 사실을 느끼면서 살아왔다. 엄마에게 동생들과 나는 당신이 힘겨운 현실을 버틸 수 있도록 하는 위안의 존재가 아니라, 저것들이라도 없었으면 당신이 겪고 있는 고통의 상당 부분을 덜어낼 수 있을 것이라며 원망하게 되는 존재였다. 우리는 본능적으로 엄마의 사랑을 얻기 위해 눈치를 살피며 어리광을 부리거나 엄마의 수고를 덜어 주기 위해 엄마가 집에 없는 동안 청소와 밥을 도맡아 했지만, 기껏해야 돌아오는 엄마의 반응은 무뚝뚝한 표정으로 우리가 한 일과 우리의 얼굴을 번갈아 몇 번 바라보는 것뿐이었다.

한창 부모에 대한 반항심이 일어나는 청소년기에는 나이아가라에 가는 버스의 악당처럼 문제를 일으켜 엄마의 관심을 얻기 위해 일부러 돌을 던져 학교 유리창을 부수거나 친구들과 싸움을 해서 담임 선생님의 부모 호출을 유도하기도 했다. 집으로 나를 끌고 온 엄마는 내게 매질을 하며 당신의 인생을 더 고통스럽게 만드는 내 존재를 원망하는 말을 아무렇게나 내뱉었다. 어느 날은 엄마가 나를 미워하니 더 이상 한집에 살 수 없다는 편지를 남기고 가출을 시도했다가 하루 만에 돌아왔지만, 엄마는 내 심정을 헤아리며 대화를 시도하기보다 훔쳐 간 가출 비용을 내놓으라며 멱살을 잡아 흔들고 나에게 윽박질렀다.

엄마

운동장의 나무 의자에 웅크리고 앉아 중학교 졸업식이 끝나기를 기다리고 있었다. 줄지은 의자 사이로 흙먼지가 작은 소용돌이를 일으키더니 흩어졌다. 2월의 차가운 공기가 교복 안으로 매섭게 파고들었다. 허벅지 사이에 양손을 모아 추위를 참았지만, 이빨이 저절로 달달달 소리를 내며 부딪쳤다.

부모님들은 연단 옆 콘크리트 스탠드에 앉아 행사를 지켜보았다. 졸업식이 끝나면 아이를 찾아 꽃을 안겨 주고 기념사진을 같이 찍으면서 중학교 졸업을 축하할 것이다. 오늘만큼은 우리 아이가 제일 좋아하는 맛있고 비싼 음식을 골라 마음껏 사 주리라 마음먹고 있을 것이다.

하지만 나는 졸업식이 더 오래 진행되길 바랐다. 아직 엄마가 오지 않았기 때문이었다. 추위는 참을 수 있지만, 엄마 없는 졸업식의 서러움과 창피함은 견뎌내기 힘들 것이다. 무심한 선생님은 추운 날씨 때문에 행사를 최대한 빨리 진행하겠다면서 말을 서둘렀다. 나는 교문 쪽에 시선을 고정했다. 때때로 스탠드의 어른들 사이를 살피기도 했지만, 엄마가 그 어딘가에 앉아 있으리라는 희망은 크지 않았다.

내 기대와는 달리 얼마 지나지 않아 졸업식이 끝나 버렸다. 각자의 아이들을 찾느라 분주한 어른들 사이에서 여전히 엄마는 보이지 않았다. 서러움이 목구멍에서 울컥 솟구치면서 금방이라도 눈물이 쏟아질 것만 같았다. 내 사정을 알아차린 영수가 자기 부모님께 나를 소개하면서 같이 사진을 찍자고 했다.

"너희 부모님은 아무도 안 오셨니?"

영수 어머니가 물었다.

"아니에요. 금방 오실 거예요."

나는 억지로 미소를 지으면서 아무렇지도 않은 듯 대답하고 교문 쪽으로 다시 눈을 돌렸다. 눈에 익은 자주색 치마와 낡은 감청색 재킷이 보였다. 엄마였다. 엄마는 어수선하게 뒤섞인 사람들 사이를 두리번거렸다. 드디어 엄마가 왔다. 엄마가 나를 찾고 있었다.

"엄마! 엄마! 여기야! 여기!"

나를 발견한 엄마가 내게 달려왔다. 손에 꽃은 들려 있지 않았다. 팔을 벌려 뛰어오는 모습이 나를 안아 줄 것 같았지만 손을 뻗으면 닿을 만큼 가까워지자 팔을 슬며시 내렸다.

"졸업식은 다 끝났어?"

늦게 와서 미안하단 말은 없었고 목소리도 다정하지 않았지만, 상관없었다. 나도 이제 엄마가 있다.

머리 정리가 쉽고 미장원에 자주 안 가도 된다며 수세미처럼 보글보글 말아 올린 엄마의 머리카락 사이에서 굵은 땀방울이 뺨을 타고 흘러내렸다. 나는 눈동자로 배출되지 못하고 콧구멍으로 흘러 들어가는 눈물을 꿀꺽 삼켰다. 나는 엄마도 누군가에게 미안한 마음을 가질 줄 안다는 사실을 그날 처음 알았다. 이마의 땀방울과 얕게 내뱉는 한숨 소리와 살짝 젖어 있는 눈빛에서 나는 그것을 충분히 느낄 수 있었다. 아이들이 대부분 빠져나간 운동장에서 먼지 섞인 겨울바람이 불어와 얼굴을 할퀴며 지나갔다.

이후 나는 시내버스를 타고 삼십 분쯤 가야 하는 고등학교에 다녔다. 버스를 타는 정류장은 내가 최신 음악을 처음 접하는 장소였다. 정류장 앞 레코드 가게 주인은 늘 가게 밖 길에 스피커를 내놓고 당시에 유행하는 음악을 골라서 틀었다. 나는 버스를 기다리거나 학교에서 돌아와 집으로 가는 잠깐 동안 음악을 들을 수 있었다. 전축은커녕 제대로 작동하는 라디오조차 가질 수 없는 형편이었기 때문에 버스 정류장 앞은 내가 음악을 들을 수 있는 유일한 공간이었다. 유행하는 로맨틱 팝 발라드가 흘러나오면 길 가던 사람 몇몇은 걸음을 멈추고 음악을 감상했다. 가게 주인은 유리창에 그날 플레이할 곡 리스트를 붙여 두었다. 내가 좋아하는 노래가 나올 차례가 되면 일부러 버스를 놓치거나 집으로 돌아오는 시간을 늦춰서라도 가게의 진열장 턱에 기대어 음악을 듣곤 했다. 그날의 날씨와 계절에 어울리도록 선곡되는 음악들이 내 어린 감성을 한껏 자극했다. 당시에 막 출시되어 유행하기 시작한 일본 소니사의 소형 테이프 레코더 워크맨을 가지는 것은 많은 학생의 로망이었지만, 내게는 감히 상상하지 못할 꿈이었다. 학생들이 각자 좋아하는 음악을 적어 가져가면 레코드 가게의 주인은 LP 음반을 찾아 한 곡, 한 곡 복사하고 곡명을 순서대로 적어 케이스 표면에 붙여서 나만의 음악 테이프를 만들어 주었다. 저작권이라는 개념이 희미한 시절이었다. 그 테이프를 싸구려 테이프 레코더에 걸면 철컥철컥 테이프 돌아가는 소리가 음악 소리보다 더 클 때도 있었다. 부모님의 불호령을 피해 밤을 새워 이불을 뒤집어쓰고 듣느라 비닐 재질의 카세트테이프가 늘어나면 그에 따라 녹음된 음악의 템포도 조금씩 느려졌다. 좋아하는 여학생이 생기면 음악 테이프를 만들어 짧은 편지와 함께 건네는 것이 그 당시에 유행하던 프러포즈 방법이었다.

어느 날, 학교에 다녀오는 버스에서 내리는 길이었다. 습관적으로 레코드 가게 쪽을 보는데 음악이 들리지 않았다. 유리창 안에 앉은 두 사람이 기타 연주를 하고 레코드 가게 총각이 악보를 짚어 가며 연주법을 가르치고 있었다. 내 나이 또래로 보이는 두 명의 수강생은 길 가는 사람들의 시선도 아랑곳하지 않고 강사가 시키는 대로 기타 줄을 잡고 제대로 소리를 내기 위해 애쓰고 있었다. 나는 그 모습에 홀딱 반해 버렸다. 길에서 듣기만 하던 음악을 내가 직접 연주할 수 있다면 얼마나 행복한 일일까 생각했다. 피아노를 배우고 싶었지만 내가 꿈꿀 수 없을 만큼 고가의 악기가 필요했고 배울 곳도 드물었다. 그러나 기타는 도전해 볼 만했다. 가게에서 악기를 빌려주었고 수강료도 저렴했다. 기타를 배우기 시작하고 두어 달 정도 지나 내 손끝에서 조금씩 음악이 만들어지는 기쁨을 느끼면서 내 악기를 가지고 싶었다.

모아 놓은 용돈을 과감히 털었다. 내 기타가 생겼으니 집에서도 연주해 볼 수 있었다. 학교에 가지 않고 레코드 가게 수강이 없는 주말이면 배운 부분을 혼자 연습했다. 점점 리듬과 멜로디가 그럴듯하게 완성되었다. 음악이 주는 위안과 희열은 내가 청소년기에 홀로 겪어야 했던 정서적 고통을 이겨 내는 데 큰 도움이 되었다.

그러던 어느 날이었다. 그날은 엄마가 유독 가게에서 늦게 돌아왔다. 집으로 들어서는 엄마의 지친 눈빛과 마주치면서 나는 그날 저녁 벌어질 일을 직감했다. 피로와 화가 겹쳐진 표정을 짓는 밤이면 어김없이 반복되는 일이었다. 엄마가 고함을 지르며 화를 삭일 수 있는 날은 우리 형제가 한 방에 모여 앉아 엄마가 진정되기를 기다리면 됐지만, 엄마가 그런 표정을 짓는 날의 대부분은 내가 매를 맞아야 할 만큼 잘못한 일인지 전혀 동의할 수 없는 이유로 엄마의 매질을 참아 내야 했다.

그날 밤에도 내가 왜 그렇게 혼이 나야 했는지 이유는 잊어버렸지만, 엄마의 분노한 표정과 그때 내가 느낀 감정은 분명하게 기억하고 있다. 엄마는 말과 몸짓으로 나를 마음껏 경멸했고 나로 인해 당신의 처지가 불행해졌다고 단정하며 비관했다. 내가 느끼는 분노를 표현할 방법을 찾지 못하고 눈만 부릅뜨고 있는 사이, 화를 참지 못한 엄마가 책상 옆에 세워 둔 내 기타의 목을 거꾸로 잡더니 울림통을 책상 모서리에 내리쳤다. 기타의 목이 반으로 부러졌고 선과 조각들이 바닥에 흩어졌다. 박살 나버린 내 유일한 위안을 어이없이 바라보며 나는 극도로 분노했지만 대항하지 않았다. 대신에 살아가는 동안 힘겨운 일을 만났을 때 내가 기대고 의지할 사람이 없어졌다는 허무함 때문에 내 인생의 앞날이 결코 순탄하지 않으리라 자포자기했다.

유년의 상처는 내 의식에 깊은 흉터로 남아 지금도 내 감정과 판단을 지배하고 있다. 상대의 감정을 살피는 데 익숙하고 상대가 나를 미워하거나 그에게 사랑받지 못할까 두려워한다. 사랑을 반복해서 확인하고, 사랑받고 있다면 사랑을 잃어버릴까 늘 불안해한다.

*

유년의 먼 기억을 되살리는 동안 버스가 나이아가라 폭포에 도착했다. 거대한 폭포가 근처에 있다는 사실을 알려 주는 거친 물보라가 창밖으로 보이기 시작했는데 마이크를 잡은 가이드는 나이아가라에 대한 설명은 없고 폭포에서 즐길 수 있는 옵션 설명만 이어 갔다. 모처럼 여행 와서 돈 몇 푼 아까워서 옵션을 하지 않으면 여행의 의미가 없다는 둥, 다른 사람이 옵션을 진행할 동안 멍하니 기다려야 한다는 둥 우리가 옵션을 선택해야 할 이유도 다양했다. 저가에 손님을 받아 옵션 진행비로 수익을 남긴다는 이야기는 들었지만 참으로 성가셨다.

하지만 여기까지 와서 폭포를 눈으로만 빤히 쳐다보다가 돌아갈 수는 없었다. 헬기 투어와 아이맥스, 바람의 동굴, 안개의 숙녀호 탑승을 묶은 옵션 두 가지를 선택했다. 캐나다 쪽 나이아가라로 넘어가는 비용 20불은 일행 모두 추가로 지불해야 했다. 여행 설명서 어디에도 없는 비용이었다. 너무 비싸다고 생각한 헬기 투어는 흐린 날씨를 핑계로 취소했다.

폭포를 지나친 뒤 30분여를 더 달려 헬기 투어를 하는 곳으로 먼저 갔다. 예상대로 비가 내렸다. 취소하기를 잘했다고 생각하며 다른 사람들의 헬기 탑승이 끝나기를 기다렸다. 답답한 버스에서 내려 헬기장 주변을 서성이다 티켓 박스를 발견했다. 그곳

에 헬기 탑승 요금이 선명하게 적혀 있었다. 가이드는 분명 어른, 아이 할 것 없이 1인당 140불을 받아 갔는데 현지 가격은 어른 114불, 어린이는 74불이었다. 화가 치밀었지만, 이상하게 나뿐만 아니라 다른 누구도 가이드에게 항의하지 않았다. 헬기에 탑승한 사람들도 영어를 조금만 안다면 티켓 박스의 요금표를 분명히 보았을 것이다. 여행 기분을 망치고 싶지 않은 것일까? 아니면 여행 일정을 의지해야 하는 가이드에게 느끼는 위압감 때문일까? 관광객들과 가이드 사이에는 묘한 역학 관계가 존재했다.

폭포 뒤쪽 바위를 수직으로 뚫어 놓은 바람의 동굴 엘리베이터를 타면 낙하하는 물줄기의 아랫부분까지 사람들이 내려갈 수 있다. 우리는 그곳에 가기 위해 1인당 20불을 가이드에게 지

불했다. 티켓 박스에 게시된 요금은 어른과 아이가 각각 13불과 9불이었다. 게다가 6세 이하는 아예 무료였다. 이런 나쁜 놈! 일찍 숙소에 들어가 자유롭고 한가하게 나이아가라를 구경하고 싶었지만, 가이드는 옵션을 마칠 때까지 우리를 놓아주지 않았다. 우리의 여행 일정은 좋은 구경보다 가이드의 주머니를 채워 주기 위한 목적이 더 강했다.

아이맥스 영화와 전망대를 거쳐 식사를 하고 숙소에 들어오니 어느덧 밤 10시가 다 되었다. 호텔에 짐을 풀고 나서 내 기분을 뒤집어 놓는 또 다른 사실을 알게 되었다. 우리가 밤을 보낼 호텔은 객실과 식당에서 폭포를 정면으로 볼 수 있고 폭포의 굉음이 지척에서 들리는 멋진 곳이었기 때문이다. 외국 관광객이 한

강의 불꽃 축제를 감상하기 위해 인파를 헤치고 먼발치에서 가물거리는 불꽃을 보고 돌아왔는데, 정작 그가 묵는 호텔이 불꽃놀이가 가장 잘 보이는 한강 강변에 위치한다는 사실을 알았다면 누구라도 화가 나지 않겠는가.

호텔 바로 앞에 폭포로 곧장 내려갈 수 있는 엘리베이터가 있었지만, 운행이 끝난 시간이었다. 요란한 폭포 소리가 어둠 속에서 나를 유혹했다. 나이아가라에 묵는 날은 오늘 하루뿐이다. 오늘을 놓치면 이 장대한 폭포의 야경을 볼 기회는 없을 것이다. 피곤해하는 아내를 설득해 폭포까지 걸어갔다. 짙은 안개 속에서 거대한 물체가 내 앞으로 다가오는 듯한 굉음 때문에 두려움이 느껴졌다. 조명을 받는 희뿌연 물보라의 한쪽 실루엣만 보였고 암흑 속의 폭포는 주변 공기가 공명할 만큼 거대한 물소리와 밤공기 가득히 흩뿌리며 얼굴을 적시는 물보라로 그 거대한 존재를 겨우 짐작하게 할 뿐이었다. 소리를 듣고 물보라를 덮어쓴 것으로 폭포 구경을 대신하고 호텔로 돌아왔다.

토론토에 아내의 후배가 살고 있었다. 결혼 전에 아내와 데이트할 때부터 나도 알고 지낸 후배였다. 시골 마을에서 부모님이 개척 교회 목사 일을 하셨고 그 시골 교회는 몇 번이나 우리의 데이트 장소가 되기도 했다. 그 후배는 호주 유학 후 순박해 보이는 캐나다 남자와 결혼해 대전에서 영어 강사를 하며 살다가 남편의 고향인 캐나다 토론토로 돌아가 잡화점을 운영하고 있었다. 우리가 나이아가라에 간다는 연락을 받은 후배는 자신의 집에서 차로 2시간만 가면 된다며 우리를 만나러 오기로 했다. 10시쯤에 도착할 예정이었던 사람이 12시가 가까워져도 연락이 없었다. 아내의 전화기에서 여러 번의 부재중 수신 기록을 발견했다. 수신음을 진동으로 해 놓고 벨 소리가 울리기만 기다린 것이다. 후배는 이미 1시간 전에 호텔에 도착해서 전화를 받지 않는 우리를 기다리고 있었다. 먼 이국에서 옛 친구를 만난 아내는 행복해했다. 잠깐만 이야기하고 오겠다며 자정이 넘은 시간에 친구의 방으로 건너간 아내는 내가 잠들 때까지 돌아오지 않았다.

5월 21일. 나이아가라 폭포

위대한 자연,
억만년의 기운

나는 언제나 잠을 이루기 어렵다. 불면의 밤은 고통스러운 시간이다. 잠들기 힘들 거란 불안감 때문에 불을 끄고 침대에 들어가는 행위조차 두렵다. 억지로 잠을 청하다가 꼬박 밤을 새우는 일을 피하기 위해 다른 일을 하며 시간을 보낸다. 머리가 꾸벅꾸벅하며 졸릴 때까지 기다려 조심스럽게 잠자리에 누우면 시공을 넘나드는 온갖 생각과 고민이 머릿속을 헤집으며 의식을 또렷하게 깨워 버린다. 십 대부터 시작된 불면증은 성인이 되어 사회생활을 하면서 더 심각해졌다. 출장이나 여행의 잠자리는 특히 곤혹스럽다. 낯선 숙소에서 잠들기 위해서는 적어도 한두 시간은 누워 있어야 한다. 간신히 잠이 들어도 주변의 조그만 소리와 움직임조차 민감하게 느껴지며 깊이 잠들지 못한다. 몽롱한 상태에서 창가에 아침햇살이 비치면 놀란 듯이 깨 버린다. 부족한 잠 때문에 낮 시간의 졸음은 당연하다. 점심을 먹고 배가 부르면

졸음이 밀려오지만, 사무실 소파에 눕거나 의자를 뒤로 젖히며 수면을 준비하면 어느새 잠은 다시 달아나 버린다.

힘든 일정을 보내면서 몸이 피곤했지만, 어제도 나는 낯선 잠자리에서 깊이 잠들지 못했다. 일정한 톤으로 끊이지 않고 울리는 폭포 소리가 귀를 괴롭혔고 아이들의 숨소리와 뒤척거림을 고스란히 느끼며 밤새 자다 깨기를 반복했다. 창밖에 여명이 비치면서 잠을 포기하고 침대에서 일어나는데 아내가 방문을 열고 들어왔다.

어젯밤 어둠 속에서 흐릿한 실루엣만 보였던 나이아가라를 제대로 보고 싶었다. 버스가 출발하기까지 한 시간 정도 여유가 있었다. 잔뜩 흐린 하늘에서 비가 내리지 않을까 걱정하며 폭포까지 갔다. 굉음이 가까워지자 물보라가 흩날려 옷을 적셨다. 내가 있는 전망대 바로 아래 수직으로 강물이 내리꽂히면서 거대한 물보라를 일으켰다. 엄청난 양의 물이 낙하하는 굉음이 저음을 내는 스피커가 일으키는 진동처럼 폭포 주변 공기를 공명시키면서 내 피부에 닿았다. 옅게 흩어지는 물보라 사이로 빛이 투과하면서 형성된 푸른 물안개가 거칠게 흐르는 폭포 전체를 천천히 휘감았다. 서서히 움직이는 푸른 안개 아래로 빠르게 쏟아지는 폭포가 진동시키는 공기의 떨림에서 예사롭지 않은 대자연의 신비한 기운이 감지되었다.

세상을 살다 보면 정체를 명확히 알지 못하는 어떤 기운과 힘 때문에 때때로 인생이 행복과 불행으로 나누어지는 지점과 마주치는 때가 있다. 우리는 보통 그것을 '운' 또는 '복'이라고 표현한다. 많은 사람이 우주에 그런 기운이 실제로 존재한다고 믿고 좋은 기운은 우리의 삶에 긍정적인 영향을 주리라는 막연한 기대를 한다. 좋은 기운을 빨아들이기 위해 종교의 힘을 빌리거나 기운이 강한 자연을 찾아 기도를 한다. 나락으로 떨어진 내 인생을 구하기 위한 노력이 한계에 다다랐다고 느낄 때마다 나도 그런 기운을 얻기 위해 평소에는 존재를 믿지 않던 신을 찾아 구원을 요청하거나, 영험한 장소에 찾아가 명상을 하거나, 호흡을 깊게 하면서 내가 가지지 못한 기운을 얻기 위한 의식을 치르기도 했다.

폭포에서 뿜어져 나오는 에너지를 조금이라도 더 받을 수 있도록 도와주기 위해 아이들을 난간 가까이 들어 올렸다. 같이 눈을 감고 깊게 호흡을 삼켰다. 상큼한 숲 향기와 기분 좋은 물 냄새가 허파 깊숙이 스며들고 물보라가 얼굴 가득히 부딪혔다. 복잡했던 의식이 웅장한 물소리에 빨려 들어가면서 한순간 몸과 마음이 가벼워졌다.

단체 버스를 타고 다음 여행지로 떠날 시간이 되었기 때문에 후배와 헤어져야 했다. 아내가 무척 아쉬워했지만, 단체 관광 스케줄은 우리 상황대로 조정할 수 없었다. 오늘 첫 번째 방문지는 씨닉 터널이었다. 폭포의 측면으로 접근했던 바람의 동굴과 달리 낙하하는 물줄기 바로 뒤쪽으로 연결된 씨닉 터널은 한층 더 실감 나게 폭포를 느낄 수 있는 곳이었다. 이런 시설을 내일 방문할 예정이라고 가이드가 짧은 언급만 했었다면 어제는 아무도 바람의 동굴 옵션을 선택하지 않았을 것이다. 두 가지 옵션을 모두 선택하게 하려는 얄팍한 상술이라 생각하니 다시 부아가 치밀었다. 다른 일행의 터널 관광이 끝나기를 기다리는 동안 나는 버릇처럼 현지 티켓값을 확인했다. 역시, 가이드에게 지불한 금액보다는 30% 이상 저렴했다. 입안에서 맴도는 욕지거리를 꿀꺽 삼켰다.

나이아가라 관광의 여러 가지 어트랙션 중에서 안개 속의 숙녀호 탑승을 가장 기대했다. 폭포 하류에서 배를 타고 폭포 밑까지 거슬러 올라가 거대한 폭포의 물줄기를 온몸으로 받아 내는 모습은 상상만으로도 짜릿했다.

전신을 감싸는 비옷을 입고 배를 탔다. 배는 폭포 쪽으로 거침없이 거슬러 올라갔다. 빗방울과 물보라가 뒤엉키는 거친 물살 위에서 배가 요동쳤다. 아래에서 위로 보는 폭포는 이곳이 정말 지구상에 실재한다는 사실과 내가 이곳에 존재한다는 현실이 믿기지 않는 광경이었다. 존 웨인이 주연한 옛날 서부 영화에서 인디언에게 쫓기는 마차가 초원을 질주하는 장면의 허술한 배경 화면 같은 느낌이었다. 움직이는 배경 영상을 미리 제작하여 주인공 뒤의 영사막에 비추고 실제로는 움직이지 않는 마차 안에서 배우들이 엉덩이를 들썩거리며 연기하는 모습을 보면 누구나 합성이라는 사실을 알 수 있다. '누군가 미리 찍어 놓은 거대한 폭포의 영상 앞에서 배를 흔들고 있는 건 아닐까?'라고 의심되는 도무지 현실감 없는 광경이었다.

배는 거센 물살을 거슬러 오르기 위해 금방이라도 엔진이 터질 것처럼 쿨럭쿨럭 온 힘을 다해 거친 신음을 내뱉으며 힘을 다했다. 크르렁, 크르렁 포효하는 폭포의 물줄기 속으로 용감하게 뱃머리를 밀어 넣었다. 우리는 얇은 우의가 찢어지도록 그 물줄기를 받아 내야 했고 배는 물살을 이겨 내기 위해 더욱 거칠게 요동쳤다. 두려움에 사로잡힌 아이들이 내 허리를 껴안았다. 나는 몸을 지탱하기 위해 다리를 넓게 벌려 힘을 주고 아이들을 꽉 붙잡았다. 사람들의 비명과 환호가 폭포의 엄청난 굉음에 묻혔다. 형언할 수 없는 흥분과 감동으로 무아지경에 빠졌다. 지난

15시간의 비행과 9시간의 버스 여행이 이제야 진정한 의미를 얻었다.

힘에 겨워 쿨럭거리던 배는 사나운 폭포에 결국 항복을 선언하고 뱃머리를 돌렸다. 물보라가 약해졌다. 입을 벌려 폭포수를 무작정 들이켰다. 억만년 동안 자연의 혼령이 깃든 물이 내 몸속의 악한 기운들을 정화해 줄 것만 같았다. 강렬한 감동의 시간이 끝나고 흠뻑 젖은 몸을 뒤뚱거리면서 선착장에 내렸다. 다음 배를 기다리며 줄지어 있는 사람들이 우리 모습을 보고 웃었다. 나는 그들을 향해 엄지손가락을 치켜세우면서 내가 느낀 감동을 전했다.

버스는 폭포에서 벗어나 멀리 미드 호수가 보이는 끝없는 평원에 질서정연하게 자라는 푸른 포도밭 사이의 길을 달렸다. 로마네스크 양식의 분홍빛 벽돌 건물에서 캐나다 특산 아이스 와인을 시음했다.

캐나다에서 미국으로 돌아오는 길, 우리는 국경 검문소를 통과하기 위해 무려 3시간을 넘게 기다려야 했다. 진입로를 가득 메우고 있는 많은 관광객에도 불구하고 근무하는 사람은 달랑 두 사람뿐이었다. 보는 사람이 화가 치밀도록 일 처리가 느려 터졌다. 일을 멈추고 자기들끼리 잡담을 하는가 하면 기다려 달라는 설명도 없이 안쪽 사무실로 사라졌다가 한참 후에 돌아오기도 했다. 여러 시간을 차 안에 갇혀 고통스러워하는 관광객의 모습은 그들 업무에 있어서 고려되는 대상이 아니었다. 게다가 그 많은 사람이 왕래하는 곳임에도 불구하고 눈에 띄는 화장실이 없었다. 소변을 잘 참지 못하는 윤재의 손을 잡고 건물마다 뛰어 들어가 화장실이 어디 있는지 물어야 했다.

일행의 출입국 절차를 모두 마친 버스가 주차장을 빠져나올 때는 석양이 내려앉기 시작했다. 다음 목적지인 보스턴까지 가지 못하고 버스에서 자정을 맞이했다. 새벽 1시가 넘은 시간에 스프링필드에 도착했다. 깊은 잠에 빠진 아이를 방으로 업어 올리고 나도 기절한 듯 잠이 들었다. 지난밤에는 잠결에 아무것도 들리지 않았고 아무런 인기척도 느끼지 못했다.

5월 22일. 나이아가라 폭포

아이의 꿈

겨우 너덧 시간을 자고 스프링필드에서 해 뜨기 전에 출발한 버스가 보스턴에 일찍 도착했다. 하버드 대학교를 먼저 방문했다. 올해 여행지를 미국으로 결정한 가장 큰 이유는 바로 이 세계적인 학교를 방문하기 위해서였다. 작년에 로마를 방문했을 때, 시저의 위대한 이야기를 주의 깊게 듣고 난 연재가 내게 물었다.

"인생에서 성공하려면 어떻게 해야 하는 거야?"

질문은 간단했지만, 대답은 모호했다. 나는 아이의 질문에 맞는 멋진 대답을 찾지 못했다.

"열심히 공부해서 좋은 대학 가고 출세해서 명성을 쌓고 돈도 많이 버는 거지."

내 삶의 가치를 추락시키고 고통스럽게 만들었던 그 성공한 삶에 대한 정의를 아이 앞에서 무책임하게 내뱉었다. 성공한 인생

의 의미를 여전히 몰랐기 때문이었다.

"그럼, 세상에서 제일 좋은 대학이 어디야?"

그 질문의 대답은 잘 알고 있었다.

"당연히 하버드지!"

유럽 여행을 마치고 돌아온 후 아이는 구체적인 조사를 시작했다. 미국에서 대학을 다녔던 영어 학원 선생님에게 조언을 구한 후, 중학교부터 유학을 떠나야 하버드 대학교에 갈 가능성이 높다는 결론을 내렸다. 인생의 목표가 명확하고 일찍부터 노력한다면 삶에서 성공할 확률은 매우 커진다.

부모의 역할은 아이의 꿈이 실현되도록 동기를 부여하고 가능성이 구체화되도록 도와주는 것이다.

"그래! 그럼, 일단 하버드가 어떤 곳인지 한번 가 보자."

우리의 미국 일정은 그렇게 결정되었다.

하버드 대학교의 역사와 문화, 그리고 이곳이 왜 세계 제일의 대학교가 되었는지 우리는 그 이유를 듣길 바랐다. 아이의 목표에 당위성을 부여하고 싶었다. 하지만 가이드는 졸업식 준비를 하는 광장을 지나가며 우리가 하버드의 졸업식장을 거쳐 갔으니 졸업한 것이나 마찬가지라는 시답잖은 소리만 했다. 우리는 하버드 대학교에 대해 아무것도 들을 수 없었다. 존 하버드 동상의 발에 손을 문지르고 교정에 잠시 앉아 있다가 하버드라고 학교명이 인쇄되어 있다는 이유로 비싼 값에 팔리는 조악한 품질의 티셔츠를 기념품으로 산 것이 고작이었다. 하버드 대학교 재학생들이 주관하는 학교 투어가 있다는 사실을 알고 있었지만, 영어가 서툰 우리는 참여가 어려웠다.

짧은 하버드 대학교 방문을 마치고 MIT로 이동했다. 미국뿐만 아니라 세계 각지에서 모인 천재들이 보스턴에 있는 하버드, 예일, MIT에서 세계 최고 수준의 교육을 받고 있다. 미국 동부의 아이비리그 대학들과 서부의 실리콘밸리에서 그들은 인류에게 더 이로운 정치와 경제 체제를 구축하고 혁신적인 과학 기술을 창조하기 위해 지혜를 모으고 있다. 그리고 현재 인류 사회는 대

부분 그들이 창조한 발명품과 자본에 의해 작동되고 있다. 하지만 가이드는 현대 인류 사회에 가장 큰 영향을 미치는 대학에서 생각하고 감상할 여유를 주지 않았다. 정해진 순서대로 우리를 몰기에만 바빴다. 로마의 판테온을 모방한 본관 건물을 배경으로 사진 몇 컷을 찍고 가이드는 다시 우리를 재촉했다. 동부 패키지여행은 미국 여행 계획에서 가장 큰 실수였다.

퀸시 마켓 구경을 마지막으로 버스 뒷자리의 작은 악마와 헤어졌다.

'엄마 사랑 듬뿍 받고 잘 자라라.'

나는 마음을 다해 아이에게 인사를 했다.

버스가 뉴저지에 도착한 후에도 남은 일정이 모두 제각각인 사람들을 정해진 장소에 내려 주기 위해 한인 타운에서 2시간여를 더 붙잡혀 있고 난 뒤에야 간신히 숙소로 돌아올 수 있었다. 버스에서 내리면서 운전기사에게 물었더니, 우리가 지난 2박 3일간 버스로 이동한 거리가 3,000㎞ 이상 될 거라고 했다. 오 마이 갓! 내 평생 가장 짧은 시간에 가장 긴 거리를 여행한 기록을 세웠다. 우리는 녹초가 되었다. 잠든 아이들을 업어서 숙소로 올리고 짐을 옮기기 위해 방과 프런트를 여러 번 왕복한 후에야 침대에 누울 수 있었다. 연재가 열이 나기 시작했고 아내와 윤재도 몸 상태가 좋지 않았다. 나는 마른기침이 계속 나왔다.

5월 23일. 보스턴

내 존재는 무엇을 의미하는가?

지긋지긋한 버스 여행에서 드디어 해방되었다. 이제 자유다. 뉴욕을 자유롭게 구경하기 위해 나는 미리 맨해튼에 있는 호텔에 이틀을 추가로 예약해 두었다.

그런데 뉴저지의 호텔에서 맨해튼으로 가는 교통편이 마땅치 않았다. 그래서 어제 미국에 처음 도착한 관광객들을 태우고 우리가 보냈던 일정과 같은 순서로 맨해튼으로 가는 버스의 빈자리를 얻어 탈 수 있었다. 같은 버스에 탑승한 관광객이지만 저마다 일정이 달랐다. 여러 대의 버스가 대기하고 있는 중간 집결지에 도착하여 투어를 마치고 공항으로 가는 사람과, 오늘부터 뉴욕 투어를 시작하는 관광객들로 나누어 각각 다른 버스를 탔다.

우리는 맨해튼으로 가는 버스에 올랐다. 지난 2박 3일 동안 우리 버스를 운전해 주었던 초로의 히스패닉계 운전기사를 다시 만났다. 반가운 인사를 나누고 오늘은 어디로 가는지 물었다. 그는 워싱턴-나이아가라-보스턴으로 이어지는 일정을 다시 출발한다고 말했다. 하루도 쉬지 못하고 그 힘든 길을 또 떠난다니 끔찍했다. 온종일 긴장 속에서 운전대를 잡아야 하는 저 불쌍한 가장의 수고를 가족은 알고 있을까? 3일 동안의 고된 노동을 마치고 집으로 돌아갔던 지난밤, 아내와 아이들은 과연 그를 따뜻하게 맞이하며 노고를 위로해 주었을까? 내가 정의한 가장의 역할을 해내기 위해 노력했지만, 처절한 실패는 내 노고가 무의미해졌다는 허망함보다 내가 해내야 할 가장의 책임을 다하지 못했다는 자책감 때문에 더 초라했다. 늙은 버스 기사의 노고는 가족들에게 어떤 의미였을까? 자랑스러운 가장으로 여겨질까? 혹시, 특출한 능력 없는 노동자 아버지를 부끄러워하지는 않을까? 끔찍한 노동 강도에 놀라는 내게 머리가 희끗희끗한 운전기사는 별문제 아니라는 듯 어깨를 으쓱해 보였다.

우리는 34번가 한인 타운에서 내렸다. 유격 훈련을 마치고 돌아오는 훈련병처럼 마음이 가벼웠다. 거리는 햇살이 눈부시게 내리쬐고 있었고 버스 안보다 공기가 훨씬 상쾌했다. 사람들의 표정에도 활기가 가득했다. 오늘 관광을 시작하는 또 한 무리의 사람들은 어리둥절한 표정으로 버스에 실려 뉴욕 시내를 두리번거릴 것이다. 차창 밖으로 보이는 건물들을 스쳐 지나간 그들은 집으로 돌아가 뉴욕을 다녀왔다고 자랑할 것이다. 그들 대부분은 다시 뉴욕에 올 기회가 없을지도 모른다. 대부분의 관광객은 평생 단 한 번의 뉴욕 관광을 그렇게 보내게 된다.

그것은 비단 여행사의 탓만은 아니었다. 한국 사람 특유의 조급함 때문에 가이드도 어쩔 수 없다고 했다. 그들 역시 이건 아니다 싶지만, 단시간에 여러 곳을 바쁘게 다니도록 일정을 짜지 않고 느긋하게 한두 도시를 탐방하는 관광 상품은 절대 팔리지 않는다고 했다. 몇몇 한국 관광객들의 가장 큰 여행 목적은 주어진 시간에 되도록 여러 나라의 많은 도시를 방문하는 것이다. 그들에게는 그곳에서 무엇을 보고 무엇을 느꼈으며 무엇을 다시 생각하게 되었는지보다, 많은 곳을 방문했다는 증거로 쓰일 다양한 장소에서 찍은 사진 몇 장이 더 중요했다.

29번가에 있는 호텔까지 걷기로 했다. 지도를 확인하며 남쪽으로 방향을 잡았다. 거리의 번호가 간단하고 명확해서 어렵지 않게 호텔을 찾을 수 있었다. 호텔은 뉴저지보다 좁고 낡았지만, 가이드의 재촉이 없으니 내 집처럼 편안했다. 빨리 거리로 나가고 싶었다. 타임스퀘어에 먼저 가기로 했다. 42번가와 47번가 사이에 위치한 타임스퀘어는 걸어가기에는 조금 멀다 싶은 거리였다. 하지만 천천히 길을 걸으며 뉴욕 사람들의 시시콜콜한 일상과 마주치고 싶었다.

호텔 앞 카페에서 맛있는 샌드위치로 식사를 하고 북쪽으로 걷기 시작했다. 팬 스테이션 앞에서 새로 출시된 제품을 홍보하기 위해 나누어 주는 공짜 음료를 마시고 온몸에 금빛 물감을

칠하고 동상처럼 서 있는 거리 공연자와 사진도 찍었다. 우연히 마주치는 사람들의 모습이 반갑고 직선으로 뻗은 도로를 따라 하늘을 찌를 듯이 솟아 있는 다양한 모양의 건물들이 이채로웠다. 시간을 재촉하거나 옵션을 강요하는 사람도 없었다. 느긋한 마음으로 거리에서 마주치는 모든 것이 그저 즐겁고 신기했다.

여러 방향의 도로가 한꺼번에 교차하는 브로드웨이의 끝에는 다른 사거리보다 큰 광장이 형성되어 있었다. 제품과 회사와 공연을 소개하는 영상과 조명으로 번쩍이는 광고판들이 광장 주변의 건물 벽을 빈틈없이 채웠다. 다양한 인종의 관광객들이 어리둥절한 표정으로 몰려 있는 광장 주변의 좁은 도로에는 차량의 행렬이 복잡하게 얽혀 있었고 그 위로 물결치는 광고판들이 마치 살아 움직이는 생명체처럼 꿈틀거렸다. 사방이 높은 건물로 막힌 광장은 시야가 좁아서 한눈에 전체를 살펴보기 힘들었다. 고개를 반쯤 뒤로 젖히고 제자리에서 몸을 한 바퀴 돌렸다. 나도 모르게 "우와!" 하는 감탄사가 절로 터져 나왔다. 시각적인 다채로움과 의식을 사로잡는 상징성이 가득한 그곳은 낯선 여행객의 넋을 혼미하게 만들었다.

걸음을 계속 북쪽으로 옮겼다. 타임스퀘어 북쪽에서 센트럴파크로 이어지는 5번가는 뉴욕에서 가장 화려한 거리다. 세계적인 명품의 쇼윈도와 트럼프 타워, 록펠러 센터가 이어지고 그 북쪽 끝은 센트럴파크와 만난다. 뉴욕은 길 찾기가 정말 편리하다. 남북으로 뻗은 에비뉴와 동서로 질서정연하게 구획되어 있는 스트리트를 몇 번만 찾다 보면 초등학교 3학년인 윤재에게 길을 물어도 금방 알아낼 수 있을 정도다. 도로 대부분이 일방통행이어서 그런지 세계에서 가장 복잡하다는 뉴욕의 도로가 오히려 서울보다 덜 혼잡했다.

그러나 뉴욕 운전자들의 난폭함은 서울 한복판에서도 승부를 가릴 만했다. 피곤해하는 아이들 때문에 지하철보다 택시로 이동을 많이 했다. 뉴욕의 택시 기사들은 참 수다스럽다. 운전하면서 예의 없이 큰 소리로 누군가와 통화하는데, 한 손으로 전화기를 쥔 채 뉴욕의 마천루 사이를 종횡무진 난폭하게 달린다. 뉴욕에서 열 번 가까이 택시를 이용하는 동안 한 번도 과묵한 택시기사를 만난 적이 없었다. 승객의 눈치 따위는 안중에도 없었다. 큰 소리로 통화하면서, 오히려 우리가 뒷자리에서 신기해하며 버튼을 돌리는 TV 소리에 자신의 통화가 방해된다며 꺼 달라고 하는 황당한 운전기사까지 있었다. 뉴욕의 명물이라는 옐로 캡은 영화 속의 낭만과 편안한 서비스와는 거리가 멀었다. 뉴욕 택시 기사의 수준은 미국 저질 문화의 또 다른 지표로 느껴졌다. 하지만 난폭 운전 덕분에 택시가 확실히 빠르긴 했다. 버스와 지하철보다 편리했고 요금은 우리 가족과 같은 4인 일행이라면 충분히 감당할 만했다.

5번가를 따라 센트럴파크를 향해 조금만 더 북쪽으로 가면 록펠러 센터를 만날 수 있다. 인류 역사상 가장 큰 부를 가졌었다는 록펠러는 '자본주의의 악령', '자선 사업의 천사'라는 극단적인 양면의 평가를 받는다. 록펠러 센터는 1930년대에 록펠러가 대공황을 벗어나기 위한 일자리와 부가 가치 창출을 목적으로 뉴욕의 5번가 한 지역을 재개발한 일단의 건축물 군을 말한다. 심플하고 세련된 20여 개의 고층 건물로 이루어진 이 지역이 1930년대에 조성되었다는 사실은 같은 시대 우리나라의 상황과 비교해 보면 이 나라를 이끄는 핵심 리더들의 위대한 능력을 입증하는 증거임이 틀림없었다. 고층 건물 건설을 위한 첨단 건축 기술뿐만 아니라 오늘날까지 중후함과 세련미를 유지하는 외관 디자인의 미적 감각, 그러한 작업들이 당시의 경제에 미치는 영향을 고려한 판단, 그리고 자신이 이룩한 자본주의의 위대한 성과를 경제 공황 회복을 핑계로 뉴욕 한복판에 자기 이름의 랜드마크로 만들어 놓은 록펠러의 선견지명이 감탄스러웠다.

이 건물에서 나오는 임대 수입의 대부분은 특이하게도 뉴욕 시민들에게 수도를 공급하는 데 기부된다고 했다. 이 사람, 도대체 얼마나 부자였던 걸까? 덕분에 부유층과 자기 집을 소유하고 있는 사람들을 제외한 뉴욕의 일반 시민들은 어디에서나 수돗물을 공짜로 이용할 수 있을뿐더러 뉴욕의 수돗물 품질은 미국 최고라고 했다.

록펠러 센터 앞 광장 벤치에 앉아 이런 생각을 하는 사이 내 무릎을 베고 누운 연재가 잠이 들었다. 힘겨운 여정을 좇는 아이가 잠깐이라도 잘 수 있도록 기다려 주면서 주변을 꼼꼼하게 관찰할 수 있는 시간이 생겼다. 한눈에 들어오는 광장 주변의 건물들이 나를 압도했고 그곳의 찬란한 역사에 주눅이 들었다.

뉴욕 현대 미술관은 건물의 외관조차 놓치지 말아야 할 감상 포인트라 했지만 거대한 빌딩들 사이에 끼어 있는 미술관은 그 모던한 아름다움을 제대로 발산하지 못했다. 반면, 미술관에 전시된 파격적이고 적나라한 작품들은 내가 가지고 있던 예술에 대한 개념을 완전히 파괴했다. 도저히 미술 작품으로 인정하기 어려운 비상식적인 전시물은 관람하는 사람의 관념을 혼란에 빠트렸고, 전위적인 퍼포먼스는 충격이었다.

미술관에 입장하면 제일 처음 마주치는 1층의 넓은 홀 한가운

데에는 두 사람이 마주 앉아 있다. 손은 닿지 않지만, 눈빛은 볼 수 있는 거리만큼 떨어져 있는 그들은 아무 말도 없고 어떤 행동도 하지 않는다. 무심코 앉아 있는 그들을 둘러싼 관람객들의 표정이 심각했다. 무엇을 보고 느껴야 하는 퍼포먼스인지 도무지 알 수 없었지만, 미술관의 성격을 예상하기에 충분했다. 2층에는 기발한 아이디어로 디자인한 생활 소품들이 전시되어 있다. '모마(MoMA, The Museum of Modern Art, 뉴욕 현대미술관)'의 디자인 상품은 인터넷에서 구입할 수도 있다. 앤디 워홀, 리히텐슈타인과 같은 팝아트 거장의 작품과 인상파 화가의 그림은 3층에 모여 있다. 아내는 고흐의 〈별이 빛나는 밤〉을 찾아 기쁜 표정으로 기념사진을 남겼다. 그림 속 색채의 아름다움에 대해 아이들에게 열정적으로 설명해 주었지만 심드렁하게 듣던 아이들은 "멋있네?"라는 한마디를 무성의하게 내뱉을 뿐이었다.

빛과 형태가 흐릿해지는 인상파의 대표적 작품 <별이 빛나는 밤>이 전시된 벽면 뒤쪽부터는 캔버스에 당연히 있어야 할 그림마저 사라져 버린 비상식적인 작품들이 모여 있었다. 캔버스조차 없는 빈 액자 3개가 한쪽 벽면에 <무제>라는 제목이 붙은 채로 당당히 걸려 있고, 가느다란 실을 벽에 고정시켜 보일 듯 말 듯 만들어 놓은 삼각형을 작품이라 전시해 놓았으며, 아무것도 그려지지 않은 하얀 캔버스가 또 다른 <무제>의 제목을 달고 전시되어 있었다. 관람객들은 아이들 장난인지 미술 작품인지 알 수 없는 전시물 앞에 서서 얄궂은 표정을 짓는다. 상식이 무너지는 황당한 상황 앞에서 당혹스러운 표정이었다. 설마 그런 작품을 보며 작가의 심오한 의도를 느끼지는 못하였을 것이다.

다음 층은 올라가는 계단부터 분위기가 심상치 않았다. 충격적인 전시물에 놀라지 말라는 경고와 함께 부모님은 미성년자의 입장을 신중히 고려하라는 안내가 곳곳에 부착되어 있었다. 사진 촬영은 엄격하게 금지했다. 관람을 마치고 전시실에서 나오는 사람들의 진지한 표정이 호기심을 자극했다. 실내가 어두웠다. 입구 가까이에 있는 상자 안에 실제 사람이 들어가 있었다. 상의를 벗은 두 남자였다. 작은 액자 모양 구멍으로 얼굴만 보였는데 표정은 없었다. 두 남자가 서로를 번갈아 상대방의 뺨을 때리는 비디오 화면이 그들 옆에서 플레이되었다. 상대의 뺨을 후려칠 때마다 손바닥과 뺨이 부딪치는 소리가 생생하게 들렸고 맞는 사람의 머리가 충격 때문에 한쪽으로 꺾였다. 상자 속 인물과 화면 속 인물은 동일했고 반복된 행동은 실제였다. 두 사람 모두 뺨이 시뻘겋게 부풀어 올랐다.

관객의 손이 닿지 않는 높이의 검은 벽면에는 발가벗은 여자가 발만 겨우 디딜 수 있는 작은 발판에 매달려 있었다. 여자는 고통스러운 표정으로 몸을 계속 휘저었다. 묶여 있는 벽에서 풀려나게 해 달라고 관객들에게 애원하는 것인지, 몽롱한 정신으로 무아지경의 춤을 추는 중인지 판단하기 어려웠다. 옆 전시실과 공간을 나누는 두 벽이 직각으로 만나는 좁은 틈에는 발가벗은 두 남자가 서로를 마주 보고 있었다. 옆 전시실로 가는 유일한 통로였기 때문에 관람객들은 성기를 드러내고 있는 두 남자 사이를 조심스럽게 지나다녔다. 균형 잡힌 근육을 가진 남자들은 무표정했지만, 관람객들은 남자의 몸과 부딪히지 않기 위해 조심스러웠다.

나는 마음이 불편하기만 했다. 나는 그 모든 비상식적이고 혐오스럽고 미친 짓을 예술로 인정할 수 없었다. 어떻게 이해해야 하고 받아들여야 할까? 예술이라는 이름으로 행해지는 일들에 우리가 어디까지 교감할 수 있을까? 정신이 혼란스러웠다. 피로가 밀려오면서 다리에 힘이 풀렸다.

1층으로 내려와 소파에 앉았다. 멍한 시선으로 주변을 관찰했다. 호기심 가득한 눈빛으로 입구로 들어오는 사람들, 관람을 마치고 의문이 가득한 표정으로 계단을 내려오는 사람들, 직선의 바닥과 직선의 벽이 무수히 교차하는 간결한 실내 인테리어, 하얀 바닥과 하얀 벽과 하얀 계단들이 내가 방금 보고 나온 도무지 이해할 수 없는 작품들과 의식 속에서 뒤엉키면서 내게 갑작스러운 감정적인 동요를 일으켰다. 충격적인 행위와 작품을 다시 한번 보고 싶다는 이상한 욕망이 일어났다. 그래! 이것이 예술의 의미인가 보다. 예술이란 작가가 규정한 의미를 반드시 이해해야 하는 특별한 지적 체험을 뜻하는 것이 아니다. 감정적으로 느끼고 경험하지만, 구체적으로 표현할 수 없는 자극 자체가 예술적 감응이다. 내게 감정적인 감응을 일으키는 표현이나 행위는 모두 예술 작품인 것이다. 미술관을 나오면서 건물을 다시 뒤돌아보았다. 모마(MoMA) 덕분에 나도 이제 예술을 감상할 수 있게 되었다. 의미를 더 잘 알기 위해 공부하고 고민할 필요는 없다. 미술을 보고 음악을 들으며 감정에 밀려오는 파장의 변화를 느끼는 체험이 바로 예술적 감응이다.

타임스퀘어로 돌아왔다. 브로드웨이 티켓 판매소 지붕의 빨간 유리 계단에 앉아 세상에서 가장 유명한 야경이 시작되기를 기다렸다. 어둠이 짙어질수록 도시는 점점 화려해졌다. 햇빛에 가려 있던 광고판의 조명이 선명해지고 빠르게 바뀌는 영상들이 주변을 화려한 색으로 물들였다. 뉴욕은 현대 문명 세계의 상징이라는 생각이 내 의식에 각인되어 있다. 타임스퀘어는 그 상징

을 가장 밀도 있게 함축하는 곳이다.

내가 그런 의미 있는 공간의 일부가 되어 있던 길지 않은 시간 동안 나는 내 삶의 본질적인 의문을 고민했다. 이 거대한 문명 세계에서 내 존재의 의미는 무엇일까? 이토록 복잡하고 다양한 세상 속에서 나의 일생에는 도대체 어떤 가치가 주어졌을까? 신이 내게 기적적인 생명을 주었다면 내 존재는 고귀한 가치가 있고, 내가 살아가면서 해야 할 일을 분명하게 정해 두었을 것이 틀림없다. 내가 겪어야 했던 고통과 내게 남은 희망과 용기도 신이 내게 준 그대로일까? 오늘 밤 화려한 도시의 불빛 아래 내가 가족과 함께 이곳에 머무는 이유도, 그리고 내가 이곳에서 이런 의식의 변화를 겪는 것도 신이 내게 생명을 부여하면서 정해 준 것은 아닐까? 잘 견디면서 살아가라고!

길 잃은 새

대학교 진학 상담을 위해 교무실 옆 상담실로 들어갔을 때, 담임 선생님은 대학과 전공 학과의 이름들이 줄지어 늘어서 있는 대학교 배정표 앞에서 손바닥으로 턱을 괴고 있었다. 문 여는 소리에 고개를 드는 선생님의 표정이 피곤해 보였다.

"그래, 니 왔나! 여 앉아라."

나를 마주 보고 앉힌 담임 선생님은 테이블 오른쪽의 모의고사 성적표 목록에서 내 성적이 적혀 있는 칸들을 검지로 쭉 짚어 가며 한참 동안 말이 없었다.

"니는 뭐 이리 성적이 왔다 갔다 하노? 좋은 성적으로 보마, 서울의 중상위권은 가겠고, 나쁜 점수로 보마 대구의 중치도 못 가겠네!"

나는 고등학교 3년 내내 우등생에 끼기에는 조금 부족하고 그렇다고 공부를 완전히 포기한 열등생도 아닌 어중간한 성적을 내고 있었다.

"그래, 니는 어디 가마 좋겠노?"

선생님은 내 의견을 먼저 물었다.

"저는 서울로 갔으마 좋겠십더."

나는 자신 없는 목소리로 대답을 마치고 선생님의 눈치를 살폈다.

"서울은 쪼매 어렵겠는데. 그동안 받은 성적 중에 좋은 성적으로 보마, 가능도 하겠는데. 우째야 될지 모르겠다."

고3 학생들은 누구나 그동안의 모의고사 성적에 맞추어 진학 지도를 받아야 했다. 상위권 학생들은 학교의 명예를 상징하는 일류대 진학률을 위해 본인이 선호하는 학과보다는 본인의 성적으로 갈 수 있는 최고 등급의 학교에 진학하기를 강요받았다. 하위권 학생들은 오로지 대학 진학이라는 목표를 이루기 위해 자신의 꿈을 내세울 틈이 없었다. 나 정도의 중위권 학생들은 늘 선생님에게 고민이었다. 학교의 진학 지도 성과를 위해서는 지방의 국립대나 서울권의 대학에 많이 보내야 했고 그렇게 하다 보니 늘 무리한 입학 지원이 되어 합격률을 떨어뜨리기 일쑤였다. 학생들은 자신이 무엇을 원하며 왜 공부해야 하는지 알지 못하고 진학 지도표의 괄호 안에 적힌 대로 대학과 학과가 선택되어 꿈과 미래가 정해지고 있었다.

나는 어떻게 해서든 서울로 진학하고 싶었다. 어떤 학과를 전공하여 졸업 후에 무슨 일을 할지는 중요하지 않았다. 집에서 멀리 도망갈 수 있다면 그곳이 어디라도 상관없었다. 그것이 고등학교 내내 내가 공부를 해야 하는 유일한 목표였다.

선생님은 대구의 안정권에 드는 대학을 추천했지만 나는 계속 서울을 고집했다.

"그래. 남은 기간 열심히 하마 갈 수도 있겠다."

선생님은 대답 속에 한숨을 섞어 우려를 드러냈지만 나는 결심을 바꾸지 않았다.

본고사를 치르기 위해 시험이 있는 전날 밤 엄마와 나는 생전 처음 서울 대학로에 도착했다. 지방에 사는 사람들에게 서울이라는 도시는 막연한 동경의 대상이었다. 누구 아들이 서울에 있는 대학(꼭 서울대학교가 아니라도 충분했다)에 다닌다거나, 서울의 큰 회사에 취직하였다거나 또는 서울에서 사업을 한다거나 하는 등 명절에 들을 수 있는 친척들의 근황 중에서 서울에서 무엇인가를 한다는 것은 그 사람이 성공한 인생을 살고 있거나 인생의 성공을 위해 튼튼한 초석을 다지고 있다는 것으로 여겨졌다. 엄마는 부러워만 하던 앞 가게 집의 아들이 다니는 서울에 있는 대학에 자신의 큰아들이 시험을 치르러 간다는 사실에 잔뜩 상기되어 있었다. 서울역에 내렸을 때의 생경한 막연함과 사람들의 매끈한 말씨와 지방 도시와는 다른 번잡함에서 나는 야릇한 자부심이 느껴지기도 했다.

서울역 역사를 나와 버스 정류장으로 걸었다. 소매가 닳아서 끊어진 하얀 실밥 사이로 깃털이 몇 개 삐져나와 있는 오리털 파카를 뚫고 매서운 겨울바람이 밀어닥쳤다. 대학로에 도착해서 제일 먼저 잠잘 곳을 찾아야 했다. 학교로 올라가는 언덕길 초입의 좁은 골목 안쪽에 허름한 여관들이 줄지어 있었다. 엄마가 숙소를 선택하는 기준은 명료했다. 가격이 가장 싼 곳이었다. 내가 낯선 골목길에서 주변을 두리번거리고 있는 사이 엄마는 한참 가격을 흥정하더니 들어오라는 손짓을 했다. 가격은 엄마가 예상한 금액을 넘었지만 앞서 들른 몇 곳의 여관은 지방에서 시험을 치르기 위해 올라온 학생들이 미리 자리를 잡고 있었다. 우리가 사용할 수 있는 방이 얼마 남아 있지 않았기 때문에 엄마는 더 이상 늙은 여인숙 주인과 평소의 그 막무가내 가격 흥정을 이어 가지 못했다. "에이, 도둑놈들."이라는 말을 뱉으며 엄마는 협상의 실패를 인정했다.

까칠하게 피부를 스치는 낯선 이불에서는 묵은 지린내가 배어 나왔다. 방을 가득 채운 곰팡이 냄새가 코를 자극했다. 몸을 돌려 누울 때마다 내 몸무게에 눌린 침대 매트리스가 뒤틀리면서 바스락거렸다. 골목의 가로등 빛이 손바닥만 한 반투명 창문으로 파고들며 좁은 방 안을 제법 환하게 비추면서 잠을 방해했다. 출렁거리고 바스락 소리가 나는 침대에서는 도저히 잠을 이룰 수 없었다.

한참을 뒤척인 끝에 결국 엄마와 나는 침대에 씌워 놓은 천을 벗겨 바닥에 깔고 누웠다. 커버가 벗겨진 매트리스를 보며 내가 몸을 뒤척일 때마다 내 귀를 자극하던 소리의 정체를 발견했다. 매트리스 전체가 두툼한 비닐로 둘러싸여 있었다. 누렇게 바랜 비닐이 손이 닿자 부서질 듯이 바스락거렸다. 욕심 많고 게으른 여관 주인은 빛바랜 비닐의 불결함과 귀를 거슬리는 바스락 소리를 감당해야 하는 손님의 불편에는 별 관심이 없었다. 자신의 중요한 재산인 매트리스의 수명을 늘리는 것이 더 중요했던 것이다.

방 안의 공기는 시간이 갈수록 점점 뜨겁고 탁해졌다. 방바닥에 닿은 한쪽 어깨와 허벅지 살이 뜨거운 방바닥에 데일 듯했다. 몸을 반대쪽으로 번갈아 돌려 누우며 열기를 피해야 했다. 온도를 낮추고 싶었지만, 방 안에서는 어떤 조절 장치도 찾을 수 없었다. 나는 대학 입학시험 전날의 초조한 밤이 빨리 지나가기를 기다리며 잠에 빠지도록 애를 썼지만 허사였다.

"아이고 더버라. 보일러 끄는 데는 어디고? 아이고 답답어라."

신경질적으로 벌떡 몸을 일으킨 엄마는 참을 만큼 참았다는 듯이 말했다. 뜨겁고 메마른 실내의 공기를 밖으로 빼낼 방법을 찾아야 했다. 이마에 땀이 맺히고 가슴이 답답해지기 시작하면서 짜증이 났다. 창문을 열기 위해 손잡이 없는 창틀에 손가락을 대고 힘을 주었다. 살짝 움직이는가 싶더니 제자리로 돌아가는 창틀 틈에서는 묵은 먼지만 날렸다. 욕실로 통하는 문을 열었다. 난방이 되지 않는 욕실에서 제법 선선한 공기가 들어왔지만 답답함을 없애기에는 부족했다. 복도로 이어지는 방문을 열었다. 복도에도 창문이 없기는 마찬가지여서 공기가 그리 신선하지는 않았지만, 방 안의 후덥지근한 열기를 조금이라도 밖으로 내보낼 수 있었다. 욕실 바가지에 물을 받아 발이 닿지 않는 방 한구석에 두었다. 그리고 복도로 통하는 문을 닫았다.

시험이 끝나고 난 후 수험생들을 기다리는 가족들의 인파 속에서 나를 찾는 엄마의 불안한 시선과 마주쳤다. 대구로 돌아가는 기차를 타기 위해 서울역으로 가는 버스에서 엄마는 아무 말도 하지 않고 나를 억지로 외면하려는 듯했다. 중요한 시험을 치른 아들에게 궁금할 것 같은 당연한 질문들조차 언급하지 않았다.

서울역에 도착한 나는 시험을 잘 치렀다는 용기 때문인지 엄마에게 먹히지 않을 생떼를 썼다.

"엄마, 내려갈 때는 무궁화호 함 타자."

나의 갑작스러운 요구에도 엄마는 시선 한번 옮기지 않았다. 매표소에서 대구로 가는 시간표와 요금을 살피는 엄마 옆에서 다시 나는 짜증스럽게 말했다.

"값도 얼마 차이 나지 안쿠만. 무궁화호 타자."

그렇게 말하긴 했지만, 통일호는 4,500원, 무궁화호는 7,500원이라 도저히 엄마가 허락하지 않을 가격 차이라는 것을 알고 있었다. 엄마는 금액을 확인하더니, 내 말은 들은 체도 않고 매표소 너머의 감색 제복을 입은 직원에게 말했다.

"대구역 통일호 두 장 주이소."

승객용 열차의 종류는 철도의 모든 역을 정차하는 비둘기호 열차와, 그보다 조금 빠른 일반적인 서민용 장거리 노선인 통일호와, 그 윗등급으로 무궁화호와 최고급 등급인 새마을호가 있었다. 우리가 주로 타는 통일호는 공원 벤치 같은 딱딱한 2인용 의자가 서로 마주 보며 놓여 있고 팔걸이 없는 등받이가 뒤로 젖혀지지 않는 열차였다. 서울역에서 출발하면 대구역에 도착하기까지 거의 다섯 시간 동안 등을 꼿꼿하게 세운 채 모르는 앞사람과 불편한 시선을 교환하며 시간을 견뎌야 한다. 반면 무궁화호는 푹신한 의자에 개별 팔걸이가 있는 열차였다. 또한 등받이를 뒤로 눕혀서 편안하게 갈 수 있고 도착 시간도 한 시간 이상 단축할 수 있었다.

가능성이 희박했던 나의 시도는 그렇게 실패하고 열차 출발까지 남은 시간 동안 저녁 식사를 하기로 했다. 서울역 안에 있는 식당에서 평소에는 먹기 힘든 돈가스를 1인분만 주문했다. 엄마는 배고프지 않다며 음식을 주문하지 않고 내가 먹는 모습을 바라만 보고 있었다. 그날 서울역 그릴이라는 식당에서 홀로 먹은 돈가스 맛은 잊었지만, 그 음식을 먹는 내내 엄마를 원망했던 기억이 생생하다. 비싼 음식값이 아까워 돈가스 하나를 주문해 놓고 속으로 마른침만 삼켰을 엄마를 이해할 만큼 내 마음에 여유가 있지 않았다.

그 이후로 나는 서울에서 즐기는 대학 생활을 상상하며 시험의 당락이 발표될 때까지 한 달 동안을 신나게 보냈다. 떨어질지도 모른다는 우려가 전혀 없었던 것은 아니었지만 돌이킬 수 없는 일이었다. 젊음의 한때를 마음 놓고 즐길 수 있는 유일한 시기라고 생각했다. 너무도 당당한 나의 게으름과 농땡이 짓에 불만 가득한 표정을 보내곤 하던 엄마도 힘겨운 고등학교 생활을 마치는 보상과 더불어 내가 성인이 되었다는 사실을 인정하지 않을 수 없는 상황임을 시인했다. 발표가 나기까지 한 달은 너무나 빠르고 쉽게 그리고 표면적으로는 즐겁게 지나갔다.

시험 결과가 발표되는 날은 아침부터 바람이 심하게 불고 눈발이 날리면서 추운 날이었다. 자신은 있었지만 만에 하나 떨어질지 모른다는 시험 전날의 불안한 마음을 떨치기 위해 친구들과 부어라 마셔라 밤을 새우다시피 하고 늦잠을 자고 일어났다. 아침을 먹기 위해 엉겨 붙은 머리를 벅벅 긁으며 안방으로 들어갔다. 진눈깨비가 날리는 바깥 날씨보다 더 음산한 분위기가 집 안에 가라앉아 있었다. 일찍 일어난 엄마는 전화 ARS로 내 수험 번호를 눌러 결과를 확인했다.

"신나게 놀 때, 내 알아봤다. 니 떨어질 줄 알고 있었제?"

엄마는 한껏 비꼬는 말투로 말했다.

불합격이라는 사실을 엄마의 입을 통해서 통보받은 나는 믿기 어려울 정도로 차분했다. 정말 불합격을 알고 있었던 것일까? 엄마의 말처럼 한 달 뒤에 마주쳐야 할 불행을 준비하기 위해 지난 한 달간 그렇게 신나게 유희를 즐긴 것일까? 나는 엄마가 전하는 불합격 소식을 별다른 확인과 저항 없이 받아들였다. ARS에 같은 숫자가 많이 반복되는 수험 번호의 자릿수를 틀리게 누르거나 긴 주민등록번호를 잘못 누를 수도 있는 일이었다. 나는 불합격이라는 엄마의 신경질적인 대답만 듣고 더 이상 확인하지 않았다. 내가 이미 예상했던 결과였을까? 아니면 너무나 당황스러운 현실에 이성적인 판단의 기회를 놓쳐 버린 것일까? 그저 모호한 대상에게 가슴 깊은 분노와 증오만 솟아올랐다.

동장군이 한층 기세를 더하던 그날, 나는 재수를 결심했다. 우연히 닥쳐온 불행을 이겨 내지 않고 포기한다면 더 많은 불행을 번식시킬 수도 있다는 두려움이 있었다. 재수하는 일 년 동안 집안에서 나의 존재는 철저히 무시되었다. 엄마, 아빠는 내게 거의 말을 걸지 않았고 동생들마저 그런 분위기에 주눅이 들어 조심조심 눈치만 살폈다. 재수 학원에 가기 위해 나는 되도록 아침 일찍 집을 나섰다. 학원에 가는 20여 분 동안에는 길에서 동네 사람들과 마주치는 것을 피하고자 뒷골목으로 돌아서 다녔다.

아무런 추억이 없는 일 년이 지났다. 88 올림픽이라는 세계적인 축제가 온 나라를 떠들썩하게 만들었고, 군인 출신 독재자의 만행을 알아 버린 국민들은 강력하게 정부에 저항했다. 내 나이 또래의 젊은이들이 거리에서 피를 흘렸다. 그러는 동안 나는 목적을 상실했고 꿈을 잃었다. 무기력에 빠졌고 흘러가는 시간에 수동적으로 나를 맡겼다. 결국, 일 년 동안의 허무한 세월 후에 남은 것은 또 한 번의 대학시험 낙방이었다. 이제는 학원도 갈 수 없었고 집에 머물 수도 없었다. 내 인생이 그날 이후 멈춰 버릴 수도 있는 위기였다. 내가 할 수 있는 유일한 일은 내 거처를 집 안의 가장 구석방으로 옮기고 그곳에 틀어박혀 가족과 세상에서 나를 단절시키는 것뿐이었다.

후기 대학 원서 접수 마감일이 되어도 나는 아무것도 하지 않았다. 다만 구석방에 틀어박혀 가족들과 세상을 마주

대하는 두려움을 홀로 이겨 내고 있었다. 책상 하나와 낮은 책장이 전부인 작은 방에 틀어박혀 한 달을 지냈다. 가족이 일상을 위해 모두 외출하는 늦은 오전이 되면 찬장 아래 습기 많고 어두운 곳에 숨어 있던 바퀴벌레처럼 기어 나와 주방을 뒤져 겨우 끼니만 해결하고 있었다. 혼자 누우면 꽉 차 버리는 이부자리가 그 한 달 동안 내 방바닥을 덮고 있었다. 작은 형광등이 유일하게 빛을 내고 있었고 옥상으로 통하는 조그만 창문을 통해 겨우 바깥 공기와 햇빛을 들일 수 있었다. 그곳은 내가 스스로 만든 감옥이었다.

그날도 정오가 다 되어 집 안의 인기척이 사라진 것을 확인한 후 방에서 기어 나왔다. 허기를 해결하기 위해 주방을 뒤지고 있을 때였다. 갑자기 초인종 소리가 요란하게 들렸다. 나는 무시했다. 나를 찾는 사람은 없을 것이고 가족을 찾는 손님을 응대할 관대함은 남아 있지 않았다. 하지만 나의 무시에도 초인종 소리는 멈추지 않았다.

'도대체 누구야? 아무 소리 없으면 그만하고 갈 것이지, 왜 시끄럽게 계속 누르고 난리야.'

짜증 섞인 혼잣말을 중얼거리며 대문으로 난 창문으로 몸을 숨긴 채 고개만 내밀었다. 대문 앞에서 서성이는 모습이 낯익었다. 기성이었다. 고등학교 3년을 단짝처럼 붙어 다녔던 기성이는 나와 달리 작년에 대학에 입학했다. 그는 벌써 지방의 대학을 1년 마치고 군대에 가기 위해 휴학을 하고 있었다. 나는 창문을 반갑게 열어젖히고 고함을 질렀다.

"아니, 너 웬일이냐?"

어디서 소리가 나는지 어리둥절하던 친구는 고개를 들어 나를 발견했다.

"그럼 그렇지! 너 집에 있을 줄 알았다. 빨리 문 안 열고 뭐 하노. 춥다. 대문 열어라."

나는 반갑게 문을 열고 현관으로 뛰어나갔다. 한 달 만에 맡아 보는 현관 밖 공기가 상쾌했다. 성큼성큼 계단을 뛰어 올라오는 친구의 모습이 반가웠다. 세상에서 격리당한 나의 존재를 잊지 않은 사람이 있다는 사실이 기뻤다.

"니 뭐하노? 오늘 후기 원서 마지막 날인 거 모르나?"

물론 모를 리가 없었다.

"안다."

나는 게슴츠레한 눈을 반쯤 감은 채 대답했다.

"옷 입어라. 나가자."

"뭐 하러?"

"원서 접수해야지."

"아이다. 나는 대학 안 간다. 다 포기했다."

"대학 안 가마 우얄라꼬?"

"모르겠다. 우째 되겠지? 나도 모르겠다. 다 귀찮다."

나는 여전히 혼란스러웠다. 내가 처한 현실을 판단하고 대안을 만들 수 있는 현명함 따위는 없었다. 친구의 권유를 뿌리치며 나의 작은 뒷방으로 들어갔다. 친구가 따라 들어왔다. 친구가 앉을 공간을 마련하기 위해 한 달째 펼쳐져 있던 이불을 걷어 젖혔다. 묵은 곰팡내와 비릿한 체취가 방 안에 가득했다. 방문과 작은 창문을 열었다. 방 안으로 겨울바람의 냉기가 스르륵 밀려들어 오더니 몸에 소름이 오싹 돋아 올랐다. 맑은 공기가 쉭 소리를 내며 한바탕 방 안을 휩쓸어 나가더니 방 안 공기가 한결 상쾌해졌다. 둘이 앉으면 무릎이 닿을 정도로 비좁은 방에 엉거주춤 자리를 잡고 앉은 친구는 고개를 돌려 방 안을 둘러보더니 얕은 한숨을 내쉬었다.

그 작은 방에서 내 청춘은 말라 가고 있었다. 나는 아무것도 할 수 없었다. 의욕도, 목표도, 용기도 잃어버렸다. 나는 그곳에서 세상과 부모에 대한 막연한 분노만 혼자 삼키고 있었다.

"내 그동안 공부도 하나도 안 하고 준비도 못 했다. 원서 내 봐야 소용없다."

나는 무엇인가 다시 시도한다는 용기를 낼 수 없었다. 내 대답에 친구는 아무렇지도 않은 듯 헛웃음을 지으며 말했다.

"야가 뭐라 카노? 원서는 내 봐야 할 거 아이가. 빨리 옷 입어라. 일단 나가 보고 결정해라. 이래 가 되겠나? 바람이라도 쐬고 해야지. 원화도 밖에서 기다린다."

기성이가 대학에 들어가서 첫 번째 미팅에서 만난 원화 씨는 도시 외곽의 여대에 다녔다. 종종 둘이서 내가 다니던 재수 학원 앞에 나를 만나러 왔기 때문에 나는 둘의 관계를 잘 알고 있었고 세 명이 같이 친하게 지냈다. 밖에 사람이 기다린다는 말에 나는 고집을 꺾었다. 아무렇게나 자란 머리카락은 손가락으로 빗어 넘길 때마다 미끈한 감촉이 느껴질 정도로 기름져 뭉쳐 있었다. 한 달 만에 샤워를 했다. 따뜻한 물을 퍼부어 몸에 묵은 때를 씻어 내렸더니 기분이 한결 좋아졌다.

옷을 입고 방을 나서려는데 친구가 나를 불러 세웠다.

"사진 있제? 두 장 챙기라. 원서 쓸라마 있어야지."

나는 아무 말 없이 책상 서랍을 뒤져 사진을 주머니에 넣었다.

대문 처마 아래에서는 원화 씨가 기다리고 있었다.

"잘 지냈어예. 기성 씨가 걱정 많이 했서예."

원화 씨는 특유의 천진난만한 미소를 지으며 반갑게 인사를 했다.

"어! 예. 추운데 오래 기다렸지예."

나는 외투의 매무새를 고치며 어색하게 대답했다.

둘이 눈짓을 찡긋하던 것을 보았지만 나는 모른 체했다.

우리 세 명은 집 근처의 K 대학으로 갔다. 고등학생 시절, 등하교할 때 학교 앞을 지나는 K 대학 이름이 크게 붙은 스쿨버스와 늘 마주쳤다. 나는 집으로 돌아오는 버스를 기다리며 K 대학 스쿨버스에 빼곡히 들어찬 대학생을 보며 그들을 비웃었다.

'저것들이 무슨 배짱으로 스쿨버스를 타고 다니는 거지? 애들이 얼마나 실력이 없고 형편없었으면 저런 곳도 대학이라고 다니고 있을까? 부끄럽지도 않나?'

도시에서 가장 역사가 오래된 대학이기는 했지만, 도시에 사는 대부분의 고등학생들에게 K 대학은 그 정도로 인식되는 중하위권의 대학이었다. 집과 가까웠기 때문에 우리는 걸어갈 수 있었다. 넓은 대리석 교문에 걸린 플래카드의 커다란 글씨 아래쪽에 작은 글씨로 적혀 있는 원서 접수 기간은 오늘이 마지막 날이 분명했다.

교내 도서관에 딸린 강당에서는 과별로 창구를 만들어 입학 원서를 접수하고 있었다. 기성이는 입학 원서 접수처에 도착하자 갑자기 걸음을 멈추었다. 그리고 다시 원화 씨와 눈짓을 나누기 시작했다.

"니 어느 과 가고 싶노?"

친구의 물음에 나는 퉁명스럽게 대답했다.

"다 필요 없다. 아무 데나 내자."

"니 그라마, 여 잠깐 기다리라."

그렇게 말하고 두 사람이 원서 접수하는 강당으로 들어갔다가 잠시 후 원화 씨 없이 혼자 나타난 기성이는 내게 느닷없는 제안을 했다.

"어요. 니 모처럼 내하고 꼬지기 한 판 할래?"

우리 키의 두 배쯤 되는 거리에 평행한 선을 긋고 멀리서 동전을 던져 가장 가까이 던지는 사람이 상대편의 돈을 따먹는 유치한 놀이를 일명 '꼬지기'라고 불렀다. '갑자기 얘가 무슨 소리지?' 하고 의아했지만, "꼬지기 한 판 할래?"는 "이렇게라도 시간을 조금 죽이고 기다리자."라는 의미라는 것을 알았기 때문에 나는 친구가 시키는 대로 했다. 건성으로 동전을 몇 번 던지고 있는데 강당에서 원화 씨가 나오는 모습이 보였다. 친구에게 가까이 다가가더니 귓속말을 나누고 나를 향해 미소를 한번 보내더니 다시 강당으로 되돌아갔다. 나는 무슨 일인가 궁금한 표정으로 하던 일을 멈추고 있었다. 원화 씨가 강당 안으로 사라질 때까지 기다리던 친구가 다시 나에게 말했다.

"야, 이거 재미있네. 우리 몇 번 더 하자."

그렇게 우리는 원서 접수창구 앞에서 지루한 오후 시간

을 보냈다. 오후 해가 다 넘어가고, 원서 마감이 얼마 남지 않은 시간이 되었다. 원화 씨가 다시 강당에서 돌아오고 친구와 귓속말을 나누었다. 친구가 결심했다는 듯이 나에게 물었다.

"어요, 니 토목과 갈래? 화공과 갈래?"

내 짐작이 맞았다. 학과별로 입학 원서를 접수 받는 창구마다 현재까지의 지원자 수를 게재하고 있었다. 원서 접수 창구를 지키고 있으면 입학 정원과 지원자 수를 비교하면서 그 과의 입학 경쟁률을 짐작할 수 있었다. 그동안 원화 씨는 원서 접수 마감까지 가장 낮은 경쟁률을 보이는 과를 찾고 있었다. 조금이라도 나의 합격 가능성을 높이기 위한 친구의 배려였다. 기다리는 동안 내가 마음을 바꾸지 않도록 엉뚱한 놀이를 제안한 것이었다. 지원 학과를 비워 둔 입학 원서에 '토목공학과'라고 쓰고 원서를 접수했다. 나는 친구에게 고맙다는 말도 하지 않았다. 나는 진심으로 대학에 갈 생각이 없었고, 지난 한 달 동안 아무것도 하지 않고 골방에서 벌레처럼 누워 지냈기 때문에 후기 시험에 합격할 가능성도 낮았다.

후기 시험이 있던 날, 모처럼 아침 일찍 잠이 깼다. 습기로 축축한 이불을 젖히며 일어나 등이 구부정한 자세로 앉았다. 묵직한 여명 속에 흩어지는 부슬비가 먼지 쌓인 콘크리트 바닥을 가볍게 두드리며 창문 틈으로 쾌쾌한 흙냄새를 밀어 넣고 있었다. 힘없이 꼬꾸라진 목구멍에서 나도 모르게 긴 한숨이 새어 나왔다. 실타래 한쪽 끝이 걸린 것처럼 입안에 길고 거친 이물감이 느껴졌고 이마 정중앙에서 두통이 일었다. 안방에서는 인기척이 없었다. 엄마가 이 시간까지 잠들어 있지는 않을 것이다. 엄마는 나와 어색하게 얼굴을 마주치면서 "시험 잘 치러라."라고 격려할 수도 없고, "그동안 골방에서 지내느라 고생했다."라고 위로할 수도 없는 노릇이었을 것이다. 그래도 점심 도시락은 준비해 줄 것이라 기대했지만 주방과 연결된 문을 열면 보이는 식탁 위에 아무것도 놓여 있지 않은 것을 보고 헛된 희망이었음을 깨달았다.

냉장고를 뒤져서 먹다 남은 식빵을 찾아냈다. 촉감이 뻣뻣하고 거친 오래된 빵을 프라이팬에 살짝 구웠다. 병 바닥에 들러붙어 있는 딸기잼을 손잡이가 긴 숟가락으로 긁어모아서 빵에 발랐다. 달걀 프라이를 만들어 빵 사이에 넣을까 생각했지만 식은 달걀에서 풍기는 비릿한 냄새와 미끈한 기름 느낌이 싫었다. 잼만 발라 완성한 샌드위치를 대각선으로 잘라 각각 은박지에 돌돌 말았다. 찌그러지지 않도록 가방의 책 사이에 조심스레 세웠다. 시험장으로 출발할 준비를 마칠 때까지 안방에서는 여전히 인기척이 없었다. 문을 열고 다녀오겠다는 인사를 할까 망설였지만 겸연쩍은 상황은 피하고 싶었다. 대문을 나서는데 여동생이 따라 나와 고개를 내밀면서 소리쳤다.

"오빠, 시험 잘 봐."

동생의 말꼬리가 흔들렸다. 웃어야겠다고 생각했지만, 얼굴에 미소가 만들어지지 않았다. 울컥 눈물이 솟았다. 조용히 손만 흔들어 주었다.

거리에는 옅은 겨울비가 내리고 이른 아침의 바람은 차가웠다. 비를 피할 우산은 없었다. 피하고 싶지도 않았다. 고개를 푹 숙이고 걸었다. 시험에 대한 긴장감은 없었다. 멈춰버린 세상에서 나 홀로 비를 맞고 있었다. 몸이 젖는 것조차 의식하지 못했다. 나는 몽유병 환자처럼 비 내리는 골목길을 의식 없이 부유하고 있었다. 비뚜름하게 축 늘어진 전선 위에서 비에 젖은 새 한 마리가 조용히 나를 내려다보고 있었다.

*

현대 문명의 찬란한 조명 아래에서 현재를 살아가는 내게 주어진 운명이 무엇일까? 과거에 내게 일어난 사건 하나하나가 오늘 이 시간, 이 장소에 다다르기 위해 정해진 과정이었던 것은 아닐까? 의문을 가지며 지난 기억들을 상기하는 동안 힘없이 앉아 있던 연재가 머리를 내 다리에 기대며 누웠다. 아이의 체온이 뜨거웠다. 그 순간 내 삶의 근원적인 물음은 무의미했다. 아빠로서 내 존재론적인 의미는 지친 아이를 데리고 숙소로 빨리 돌아가는 것뿐이었다.

5월 24일. 뉴욕

SHOE
REPAIR

살아 있는 박물관

아침이 되면서 연재의 열이 내렸다. 방해하지 말라는 표시를 문밖에 걸어 놓고 아이들을 늦게까지 재웠다. 오전 10시가 넘어서 일어난 아이들은 컨디션을 회복한 듯 보였다. 호텔 앞 카페에서 롤과 샌드위치로 간단히 아침을 먹고 시내로 나섰다. 많이 걸으면 연재의 상태가 다시 나빠질까 걱정돼 택시를 이용했다. 뉴욕 전철은 낯선 관광객이 이용하기에 위험하다고 들었기 때문이기도 했지만, 택시 요금이 우리 가족 4명의 버스비를 합친 것보다 크게 비싸지 않기 때문이기도 했다. 대신 거리를 걸으면서 낯선 광경들과 마주치는 즐거움은 포기해야 했다.

뉴욕 자연사 박물관은 센트럴파크 남북 방향 외곽 도로의 중간쯤에 있다. 고딕 양식의 건물이 여러 영화의 배경으로 사용될 만큼 멋진 건물로 유명하다. 영화 〈박물관은 살아 있다〉의 배경이었기 때문에 아이들의 관심이 특별히 컸다. 1층 동물 박제

전시관은 전시물의 현실감이 뛰어났다. 동물 한 마리를 박제하여 멀뚱히 벽에 매달아 두는 것이 아니라 동물들이 살던 초원이나 숲, 호숫가 같은 주변 환경을 실제처럼 재현하고 그곳에서 노니는 한 무리의 동물들을 입체 사진으로 찍어 놓은 것처럼 사실적으로 묘사해 두었다. 밤이 되면 영화처럼 박제된 동물들이 되살아나서 뛰어다닐 것만 같았다.

천문 우주관은 5층 높이의 속이 빈 커다란 구였다. 내부에서 우주의 기원에 관해 설명하는 입체 영상이 상영되었다. 태초에는 아무것도 존재하지 않았다. 대폭발의 순간, 비로소 우주는 탄생하였고 빛의 속도로 무한하게 확장되었다.

빅뱅에 대한 내 설명을 듣던 윤재가 질문했다. "그럼 빅뱅 이전에는 우주에 뭐가 있었던 거야?" 아이의 질문은 틀렸다. 우주에 무엇이 있었던 것이 아니라, 우주 자체가 존재하지 않았다. 상상하기 어려운 개념이지만 물질은 물론이고 물질이 존재할 공간과 시간조차 존재하지 않는 완전한 무의 세계, 빅뱅 이전의 우주는 그렇게 정의되어 있다.

아이에게 아무것도 존재하지 않는 세계를 설명하려 노력했지만 나 또한 상상조차 막연한 것은 마찬가지였다. 우주의 신비에 매료되어 천문학에 관심을 가지면서, 우주의 광활함을 과학적 직관으로 인식하기 위해 노력해 봤다. 우리 은하에는 1,000억 개의 항성, 즉 우리의 태양과 같은 별이 있다. 우주 전체에는 우리

은하와 같은 은하가 1,000억 개 이상 있다고 한다. 1,000억을 1,000억만큼 곱하는 이 무한한 숫자는 지구에서 가장 흔한 모래알 숫자로 설명한다. 해변에서 손으로 모래 한 줌을 잡으면 우리 손바닥 안의 모래알 수는 대략 수백만 개 정도이다. 우주에 존재하는 별의 수는 지구상의 해변에 있는 모든 모래알 수를 합친 것보다 많을 것이라고 계산한다. 그 무수한 별 중의 하나인 태양을 공전하는 지구 행성에는 우주의 별만큼 많은 생물과 70억 명의 호모사피엔스가 살아가고 있다. 나는 그 억겁의 존재 가운데 단지 하나의 생명에 불과하다.

지금으로부터 150억 년 전 우주는 갑자기 탄생했다. 빅뱅의 폭발은 현재까지 멈추지 않고 진행되면서 우주는 지금도 빛의 속도로 팽창하고 있다. 지구가 탄생한 48억 년 전부터 현재까지를 1년으로 가정하면, 인류가 지금의 모습으로 진화하여 지구상에 처음 나타난 150만 년 전은 12월 31일 오후 4시경이고, 현대 문명의 시작은 자정 2초 직전에 불과하다. 우주의 티끌보다 작은 존재에 불과한 나는 우주의 나이에 비하면 찰나의 순간을 살다 간다. 내게 주어진 그 찰나의 순간은 이 우주에서 어떤 의미일까? 그 찰나의 순간, 나는 무엇을 해야 할까? 그 찰나의 순간, 나는 무엇을 할 수 있을까?

박물관 몇 개 층을 돌아보는 동안 연재가 다시 열이 나고 기력이 떨어졌다. 아내와 연재는 벤치에 앉아 쉬기로 하고 윤재와 나는 제일 위층 공룡 화석 전시관으로 갔다. 윤재는 공룡이라는 말에 피곤한 줄도 모르고 계단을 뛰어올랐다.

자연사 박물관을 모두 관람한 후에 센트럴파크로 갔다. 공원을 사이에 두고 마주 보는 메트로폴리탄 미술관까지 센트럴파크를 가로질러 걸어갈 작정이었다. 하지만 연재의 상태는 공원 산책을 견디기 어려워 보였다. 윤재도 열은 없었지만 지쳐서 눈빛이 퀭했다. 뉴욕 자유 일정을 조금 더 여유 있게 잡았어야 했는데 실수였다. 하루쯤 맛있는 음식을 먹고 푹 쉴 수 있는 시간이 필요했다. 가이드 투어가 워낙 허술했기 때문에 자유 일정 이틀로는 시간이 부족했다.

미술관을 포기하고 호텔로 돌아왔다. 그렇다고 오후 한나절을 호텔 방에서 허비할 수는 없었다. 아이들은 방에서 쉬게 하고 우리 부부만이라도 시내로 다시 나가기로 했다. 아내의 전화기를 아이에게 남겨 두었다. 엄마, 아빠가 없는 동안 아무에게도 문을 열어 주지 말라고 다짐시켰다. 미국에서는 아이들을 부모 없이 호텔에 방치하면 경찰에 체포될 수 있다.

뉴욕 예술가들의 거리라는 소호에서 예술은 찾기 힘들었다. 예술가의 작품 대신 중저가 패션 브랜드의 매장들이 거리를 점령하고 있었다. 칠이 벗겨진 낡은 건물 사이로 골목길을 따라 옷, 구두, 가방, 액세서리를 파는 작은 가게들이 몰려 있었다. 차

이나타운과 연결된 큰길에는 인도를 점령한 노점상이 손님을 불러 모으느라 시끌벅적했다. 나는 복잡하고 세련미 없는 거리가 금방 싫증 났지만, 좋아하는 구두 브랜드 가게에 들어간 아내는 가격이 저렴하다며 혼자서 신이 났다. 그곳의 여름 구두를 다 신어 볼 작정인 듯싶었다. 나는 저러다 어떻게 한 가지를 결정해서 언제 호텔로 돌아갈 수 있을지 걱정했다. 아내는 이것저것 신어 보며 다른 디자인을 달라, 새것을 달라 통역을 부탁하고 직원이 구두를 가져오면 디자인이 예쁜지, 자신에게 잘 어울리는지 계속해서 내게 물었다. 나는 구두의 디자인이 좋은지 나쁜지 판단하기 어려웠지만 빨리 호텔로 돌아가기 위해 무조건 예쁘다고 대답했다. 한참 만에 마음에 드는 구두 하나를 고른 아내는 그 옆의 가방 가게까지 들르자고 했다. 아이들을 너무 오랫동안 혼자 두었다고 달래서 겨우 소호를 벗어났다.

그사이 연재는 열이 내려서 깨어 있었다. 머리카락이 엉망으로 흐트러진 채 멍한 표정으로 앉아 있는 딸아이의 모습이 안쓰러웠다. 목을 만져 체온을 가늠해 보고 외출이 가능할지 상태를 물었다. 아이는 괜찮을 것 같다고 대답했다. 해열제를 한 번 더 먹이고 다시 호텔을 나왔다. 도시의 태양이 마천루 사이 거리에 붉은 그림자를 강렬하게 비추고 있었다. 맨해튼 남쪽 지역과 월스트리트를 구경하고 브루클린 브리지를 넘어가 뉴욕에서 제일 유명한 피자 가게에서 저녁을 먹을 계획이었다. 맨해튼의 야경을 가장 멋지게 감상할 수 있는 브루클린의 아이스크림 가게에서 디저트를 먹고 시간이 남으면 타임스퀘어에 다시 가고 싶었다.

제일 먼저 무역 센터가 있던 그라운드 제로를 찾아 남쪽으로 걸었다. 길가의 작은 공원에서는 뜻밖에도 파티가 열리고 있었다. 빠른 리듬의 흥겨운 음악이 거리를 걷는 우리에게까지 들렸다. 공공 공원인 것 같은데 버젓이 입구를 막고 초대받지 않은 사람들의 출입을 막았다. 참석자들의 복장이 세련된 것으로 보아 동네 사람들의 가벼운 모임은 아닌 듯 보였다. 뉴욕에서는 공원을 빌려 사설 파티를 개최하는 것이 가능했다.

9.11의 현장인 그라운드 제로는 공사 차폐막으로 한 블록 전체를 가려 놓았다. 10층쯤 올라간 골조와 타워크레인을 배경으로

관광객들은 역사적 비극의 현장 앞에서 무심하게 카메라 셔터를 눌러 댔다. 나는 그날의 참사를 상상하기 어려웠지만, 수천 명이 죽어간 참담한 현장 앞에서 포즈를 취하고 손가락으로 브이를 그리며 기념사진을 찍을 수는 없었다. 조심스럽게 벤치에 앉은 아이들의 모습만 슬쩍 촬영하고 자리를 떴다.

다시 기운을 잃기 시작하는 연재를 등에 업었다. 나도 상태가 좋지 않기는 마찬가지였다. 몸이 무겁고 마른기침과 콧물이 멈추지 않았다. 아이의 엉덩이를 받치는 팔이 점점 저려 왔지만 언제 다시 올지 모르는 뉴욕의 모습을 조금이라도 더 눈에 담기 위해 참고 걸었다. 아빠 등에 업힌 누나의 모습을 질투한 윤재가 자기도 업어 달라고 칭얼거렸다. 아내가 아이를 업었지만, 몸무게를 이기지 못하고 얼마 지나지 않아 다시 내려놓았다.

축 처진 아이를 업고 무거운 발걸음을 천천히 옮겨서 트리니티 교회까지 갔다. 경찰차 외에는 차가 다니지 못하는 월스트리트는 철재 바리케이드와 덩치 큰 경찰들의 경계가 삼엄했다. 건물 전체를 한 프레임의 사진에 담지 못할 만큼 좁은 골목 하나가 세계 경제를 조정하는 거대한 시스템이라니, 조금은 허무했다. 고딕 양식 증권 거래소의 내부로 들어갈 방법이 있을 것 같았지만 시간이 너무 늦었다.

브루클린 브리지 위에서 보는 맨해튼의 야경이 최고라고 했다. 자동차가 달리는 도로 위에 설치된 보행자용 목재 데크를 이용

해서 브루클린 브리지를 걸어서 건너갈 수 있다. 야경이 잘 보이는 시간에 다리를 건너기 위해 데크가 시작되는 입구 벤치에 앉아 어두워지기를 기다렸다. 햇빛이 줄어들수록 기온이 떨어지고 바람이 차가워졌다. 연재의 체온이 점점 높아지더니 내 무릎에 누워 잠이 들었다. 겉옷을 벗어 아이를 감쌌지만, 시간이 지나도 열은 내리지 않았다.

해가 완전히 사라지면서 빌딩의 조명들이 하나둘씩 켜지기 시작했다. 우리가 앉아 있는 벤치 앞에서 뉴욕 전경 브로마이드를 팔던 젊은 청년은 우리가 그곳에 있는 동안 자신의 물건을 단 한 점도 팔지 못했다. 노점을 정리하는 청년이 나와 눈을 마주치면서 겸연쩍게 웃었다. 그 옆에서 바이올린을 연주하던 히피 스타일의 남녀는 끝내 행인들의 관심을 끌지 못하고 악기를 정리했다.

노을마저 사라져 도시가 완전히 어둠에 휩싸였다. 아이의 열이 내려갈 것 같지 않았고, 그런 아이를 걷게 할 수는 없었다. 그러나 그 시간을 놓치면 내 인생에서 다시는 뉴욕 야경을 감상할 기회가 없을지도 몰랐다. 아이를 업었다. 젖은 솜처럼 축 늘어진 아이는 생각보다 무거웠다. 불편한 내 등에 업힌 아이도 힘들었다. 아이는 제발 호텔로 돌아가자고 했지만 나는 조금만 참아 보라고 달래며 고집을 부렸다. 겉옷을 벗어 아이의 차가운 발을 감쌌다. 땀에 젖어 축축해진 셔츠가 등에 달라붙었다. 팔에서 감각이 점점 사라지기 시작했다. 한 걸음씩 옮길 때마다 다리가 후들

거렸다. 발아래를 달리는 자동차 소음과 매연 때문에 옆에서 걷고 있는 아내와 대화가 어려웠고 제대로 숨을 쉬기 힘들었다. 브루클린 브리지를 우아하게 산책하는 로망은 다리의 환경과 아이의 상태 때문에 불가능했다.

얼마 가지 못하고 첫 번째 벤치에 아이를 내려놓았다. 그 순간 맨해튼 건물들의 조명이 일제히 켜지기 시작했다. 창문부터 건물 외벽, 지붕 조명이 차례로 켜지며 검은 밤하늘을 배경으로 반짝였다. 지친 우리 가족을 위해 맨해튼 빌딩 조명 전체를 누군가 조정하고 있는 것일까! 청년이 팔지 못한 브로마이드를 크게 만들어 우리 몰래 브루클린 다리 끝에 세워 둔 건 아닐까? 조금만 더 걸어가 볼까? 욕심이 생겼지만, 아이의 눈빛은 이미 한계를 넘었다. 빠른 걸음으로 되돌아오면서 멋진 야경을 조금이라도 눈에 더 담기 위해 고개를 두리번거렸다.

호텔로 돌아오는 택시 안에서 속이 울렁거려 토할 것 같다는 연재 때문에 운전기사에게 몇 번이나 차를 세워 달라고 부탁해야 했다. 러시아 출신 택시 기사는 한국에서 왔다는 우리에게 자기 형이 한국을 오가며 사업을 한다면서 친근감을 표시했다. 아이가 걱정되어 자꾸 뒤돌아보는 내게 끊임없이 질문했다. 혀가 입안에서 돌돌 구르는 러시안 특유의 발음을 알아듣기 힘들었다. 우리는 피로했지만, 그는 신이 났다. 피곤한 일정에도 불평 한마디 없이 잘 참아 주던 윤재도 택시에 앉자마자 곤하게 잠이

들었다.

여행이 혹시 나 혼자의 이기적인 즐거움은 아닐까? 아빠의 강요 때문에 아이들은 피곤한 몸을 참아 가며 무의미하게 끌려다니는 건 아닌지, 아빠가 즐거운 곳이라 하니 즐거운 척하고 아빠가 감동적이라 하니 마지못해 감동하는 것은 아닌지, 축 늘어져 자는 아이들을 보며 문득 죄책감이 밀려들었다.

5월 25일. 뉴욕

안녕,
라스베이거스

추운 밤, 아픈 아이를 업고 브루클린 브리지를 걸어서 건너보겠다는 지난밤의 시도는 너무나 무모했다. 연재가 밤새 열이 펄펄 끓었다. 아침이 되어도 상태가 나아지지 않았다. 열병에 지쳐 기력이 없는 아이는 간단히 차린 밥을 몇 번 씹는가 싶더니 이내 수저를 내려놓았다.

라스베이거스로 이동하기 위해 예약한 택시가 약속 시각보다 일찍 호텔 앞에 도착했다. 차 문에 택시 회사 로고나 천장에 택시 표시 등도 없는 일반 승용차였다. 불법 영업이라는 생각에 약간 꺼림칙했지만, 한국인 기사 아저씨는 뉴욕 옐로 캡 기사와 달리 친절했다. 예약한 승객임을 확인한 후에 공손하게 인사를 했고 짐을 싣도록 도와주었다. 뒷자리가 편하도록 자신의 의자를 앞으로 당겨 주는 배려심도 보였다. 예약한 손님을 태웠으니 공항으로 출발한다는 사무실과의 무선 통신 외에는 어떤 전화 통화도 하지 않았다. 오직 운전에만 집중하는 기사가 믿음직스러웠다. 택시 요금은 옐로 캡이나 한국과 비교하여 오히려 저렴했다.

탑승 수속을 진행하는 공항 직원들의 동작은 여전히 느릿느릿했고 표정은 무뚝뚝했다. 어린 시절 동네 동사무소에 근무하던 위압적이고 불친절한 공무원을 떠오르게 했다. 제일 큰 가방의 무게가 규정보다 오버해서 짐을 덜어 내 작은 가방에 나눠 넣는 수고를 했지만, 국제선에 비하면 미국 국내선은 탑승 수속이 한결 간편했다.

솔트레이크시티까지의 비행 노선은 북미 내륙을 가로지른다. 우리나라에서 출발하는 대부분의 비행 노선이 망망대해를 끝없이 날아가는 것과 달리 창밖 풍경이 이색적이었다. 비행기는 뉴욕 상공을 벗어나자 드넓은 평야 위를 날았다. 끝이 보이지 않는 밀밭이었다. 곧이어 오대호의 푸른빛이 시선을 압도하더니 나이아가라 폭포 상공을 따라 비행했다. 황갈색 밀밭과 초록색 초원 사이로 푸른 강과 호수가 끝없이 펼쳐졌다.

드넓은 초원을 구불구불 흐르던 강줄기가 거짓말처럼 한순간 뚝 끊어진 곳에서 하얀 물보라가 피어올랐다. 나이아가라 폭포였다. 강줄기를 조금만 따라가면 넓은 오대호가 짙푸르게 펼쳐졌다. 세상을 집어삼킬 듯 거세게 흐르던 폭포도 대자연 속에서 그저 하나의 작은 물줄기에 불과하였다. 나이아가라를 지나자 다시 오대호의 다른 호수가 바다처럼 펼쳐지고 끝없는 평원이 주변을 에워싸고 있었다. 한동안 우리는 강과 숲과 호수가 어우러진 들판에서 무수히 익어 가는 밀밭 위를 날았다. 아름답고 풍요로운 대지였다. 신에게 축복받은 자연이었다.

몇 시간의 비행 후, 창밖의 풍경이 푸른 평원에서 회색 사막으로 바뀌기 시작했다. 한여름에도 불구하고 하얀 눈이 쌓여 있는 산봉우리가 멀리 어슴푸레 보였다. 곧이어 착륙을 알리는 방송이 나왔다. 고도를 낮춘 비행기 밖으로 설산 아래 사막을 가득 채운 하얀 소금 호수가 보였다. 솔트레이크시티라는 도시의 이름이 비롯된 곳이었다. 만년설을 머리에 이고 있는 로키산맥이 공항과 도시 주변을 둘러싸고 있었다. 고도가 높은 도시의 하늘은 짙은 푸른색이었고 햇살이 강렬하게 눈부셨다. 공기는 상쾌하고 기온은 적당했다. 굳이 누군가에게 묻지 않아도 왜 이곳이 신흥 종교 신자들의 성지가 되었는지, 또 어떻게 미국 중부의 중요한 항공 거점 도시로 성장하였는지 그 이유를 충분히 짐작할 수 있었다.

계류장에서 간단하게 간식을 먹은 후 비행기를 바꿔 탔다. 다시 활주로를 이륙한 비행기가 로키산맥을 넘으며 네바다와 애리조나로 불리는 북미에서 가장 넓은 사막 위를 날았다. 그곳 한가운데에 신기루 같은 도시, 라스베이거스가 있다.

사막은 모래로 뒤덮인 회색의 황폐한 곳이 아니었다. 하늘에서 보는 사막은 대자연을 그리는 화가들의 팔레트였다. 비행경로에 따라 붉은색과 회색의 모래, 녹색의 초원, 기암괴석의 바위, 푸른 오아시스가 파노라마처럼 펼쳐졌다.

그런데 비행기가 라스베이거스 공항에 착륙하기 위해 고도를 낮추는 순간, 눈앞에 이상한 광경이 펼쳐졌다. 메마른 사막이 끝나고 듬성듬성한 숲과 초원이 이어지던 평원이 갑자기 길게 선을 그으며 지하로 내려앉았다. 대지가 거칠게 찢겨 있었다. 지평선에 지구의 둥근 굴곡이 보일 만큼 넓고 평평한 평원이 돌연 거대한 협곡에 의해 반으로 쪼개져 있었다. 그랜드 캐니언이었다. 지구상의 광경이라고는 믿기 어려웠다. 우주 탐사선에서 내려다보는 낯선 행성의 모습이었다.

라스베이거스는 카지노의 도시답게 공항 대합실에서도 슬롯머신이 돌아가고 있었다. 독특한 기계음이 원초적 본능을 자극하는 동물의 페로몬처럼 환락의 도시에 도착하는 관광객들을 유혹

했다. 우리를 기다리는 현지 가이드는 날카로운 인상과 어울리지 않게 표정과 말씨에 수줍음이 많은 사십 대 후반의 아저씨였다. 호텔에 들어가기 전에 아침부터 제대로 먹지 못한 아이들 입맛에 맞는 한식집에 데려가 달라고 부탁했다. 도시 교외 한식당의 순두부는 기대 이상으로 맛이 괜찮았다. 연재는 모처럼 맛있게 식사를 하더니 한결 기운이 나는 것처럼 보였다.

발리스 호텔은 최고급 호텔에 속하지는 않지만, 중심 스트리트에 위치하여 도시를 관광하기 좋았다. 라스베이거스와 그랜드캐니언을 관광하기 위해 현지 가이드를 예약할 때 비용의 절반을 한국에서 먼저 보냈다. 호텔에 도착해서 비용의 나머지 절반과 라스베이거스 쇼 관람 비용을 합하여 2,000불을 더 지불했다. 돈을 받아 쥔 가이드는 내일 아침에 보자는 인사를 하고 호텔을 떠났다. 아무런 안전 조치 없이 덥석 큰돈을 주고 나니 갑자기 불안해지기 시작했다. 그 사람 인상도 좋지 않던데 아침에 나타나지 않으면 어떡하지? 쇼가 생각보다 비싼데 더 싸게 보는 방법이 있지 않을까? 걱정이 머릿속을 어지럽히면서 불안감을 자극했다.

이런 걱정을 모르는 아이들은 모처럼 배부르게 밥을 먹고 초저녁부터 잠이 들었다. 낯선 여정 속에서 가족을 챙기기 위해 긴장하고 있었던 내 몸도 뉴욕보다 4시간 늦은 시차 때문에 생기는 피로와 겹쳐 급격하게 피곤해졌다. 그러나 라스베이거스의 첫

날밤을 잠으로 허비할 수는 없었다. 아내와 나는 잠자는 아이들을 두고 호텔 방을 나섰다. 게임기의 기계음과 게이머들의 탄식과 환호가 뒤섞인 카지노의 소음이 사람을 묘하게 흥분시켰다. 휘황찬란한 조명 아래 화려하고 과감한 옷차림의 사람들이 분주히 밤거리를 오가는 모습에 덩달아 내 심장 박동도 빨라졌다.

우리는 제일 먼저 MGM 호텔부터 찾았다. 라스베이거스에서 공연하는 몇 가지 쇼 중에 우리가 관람을 결정한 '카쇼'를 저렴하게 예약하는 방법이 분명 있을 것 같았다. 티켓 판매처에서 알려 준 입장권 가격은 가이드가 이야기한 그대로였다. 혹시 할인받는 방법은 없는지 다시 한번 문의했다. 티켓 파는 아가씨는 기다렸다는 듯이 입장권을 할인받는 방법을 친절하게 알려 주었다. 방법은 의외로 간단했다. 호텔 카지노 회원에 가입만 하면 되었다. 별도의 비용도 필요 없었다.

'그럼 그렇지!' 환호하면서 카지노 회원 접수창구를 찾았다. 신분을 확인시켜야 하는데 여권을 호텔에 두고 왔다. 택시를 타고 호텔로 가서 여권을 가지고 다시 돌아왔다. 회원 접수창구의 중년 아주머니가 회원에 가입하는 방법을 쉽게 설명해 주었다. 다시 티켓 창구로 가서 방금 발급받은 회원 카드를 보여 주고 50% 할인된 가격에 쇼 티켓을 예매할 수 있었다. 동부 패키지 투어를 하는 동안 옵션 바가지가 너무 심했다고 불평을 하면서 '당신은 그렇게 하시면 안 됩니다'라는 은근한 뉘앙스를 풍겼는데도 라스

베이거스 가이드 역시 우리를 아무것도 모르는 초행길의 여행자라 생각했는지 반값이나 할인받을 수 있는 간단한 시스템을 이야기해 주지 않았다.

우리가 별도로 예약한 것은 비밀로 하고 가이드에게 쇼 예약은 취소해 달라고 전화했다. 이미 지급한 비용은 내일 돌려받기로 했다. 무려 350불이나 아꼈다. 내 영어 실력에 새삼 놀라는 아내의 모습에 나는 우쭐했다. 하지만 나는 현지인의 이야기를 완전히 이해할 수 없어 답답한 경우가 많다. 반 정도만 겨우 이해하고 나머지는 단어의 뜻으로 전체 내용을 겨우 짐작하면서 문법에 맞지 않는 억지 문장을 만들어 대화하는 경우가 대부분이다. 그런데도 여행에 큰 불편함은 없다. 완벽함보다 중요한 것은 자신감이다. 물론 유창하게 현지어를 구사하면 여행의 격을 훨씬 더 높일 수 있다. 정보를 얻기 쉬워 바가지를 쓰는 일도 분명 줄어들 것이다.

호텔을 두 번이나 왔다 갔다 했더니 9시가 넘어 버렸다. 호텔로 돌아가는 길에 벨라지오 호텔 앞에서 분수 쇼가 펼쳐졌다. 사진으로 보던 모습보다 더 화려하고 규모가 컸다. 도시의 야간 풍경을 느긋하게 걸으며 감상하고 싶었지만 참기 힘들 정도의 피로와 허기가 밀려왔다. 호텔로 돌아와 슬롯머신 게임장 레스토랑에서 토르티야와 마가리타 한 잔을 주문했다. 카지노의 소음 때문에 마주 보고 식사하는 아내와 대화조차 힘들었다. 몸이 좋지 않은 징조를 보였다. 등이 땀으로 흥건하고 콧물이 멈추지 않았다. 체온이 올라가고 한기가 느껴지면서 떨렸다. 누적되었던 피로가 결국 몸살로 번진 것 같았다. 뜨거운 물로 샤워를 하고 서둘러 잠자리에 들었다.

5월 26일. 라스베이거스

Grand Canyon,
Grand Earth

미국 서부의 3대 캐니언이라 불리는 그랜드 캐니언과 자이언트 캐니언, 브라이스 캐니언을 1박 2일 일정으로 둘러보기로 예약한 날 아침, 연재는 하루 사이에 상태가 많이 좋아졌다. 잠자리에서 가뿐하게 일어났고 표정이 한결 밝아졌다. 하지만 창백한 얼굴빛은 여전했다.

그랜드 캐니언과 가까운 곳에서 숙박할 예정이었기 때문에 하룻밤 만에 다시 커다란 가방 세 개를 정리해서 호텔을 나섰다. 호텔 내부의 모든 시설은 카지노를 통해야만 이동할 수 있도록 동선이 교묘하게 설계되어 있다. 카지노의 넓은 홀을 몇 번씩 지나가는 동안 슬롯머신이 작동하는 특유의 박진감 넘치는 기계음을 듣거나 블랙잭 테이블에 앉은 게이머들의 탄식과 함성을 듣다 보면 어지간히 인내력 있는 사람들조차 도박의 유혹을 뿌리치기 어렵다.

나는 강렬한 유혹을 뿌리치기 위해 흥분하는 가슴을 진정시키려고 애쓰면서 한편으로는 세계적인 도박의 도시를 방문해서 카지노를 경계한다면 그 또한 모순이라는 생각도 들었다. 하지만 도박으로 인생을 망친 이야기를 많이 들어 왔기 때문에 나는 선뜻 블랙잭 테이블에 앉기가 두려웠다. 도박 때문에 나락으로 빠진 사람들의 대부분은 '그래, 딱 한 번만 하자'는 호기심에서 시작했다는 사실을 잘 알고 있었다.

신기한 표정으로 슬롯머신을 바라보는 아이들을 버튼이라도 만져 볼 수 있도록 기계에 가까이 데려간 순간 어디선가 나타난 경비원이 우리를 향해 손가락을 가로저었다. 아이들에게 카지노는 절대 출입 금지였다. 멀리서 게임을 구경하는 것조차 허락되지 않았다. 슬롯머신이 멀리서 보이는 소파에 아이들을 앉혔다. 나는 아이들의 궁금증을 해결해 주기 위해 가장 가까운 슬롯머신에서 베팅을 시작했다. 몇 번 긴박한 기계음을 내던 슬롯머신은 순식간에 내 돈 이십 불을 삼켜 버렸다. 아이들은 '그게 끝이야?' 하는 표정이었다.

게임이 허무하게 끝나고 약속 시간이 지나도 가이드가 나타나지 않았다. 전날 저녁에 아무 보증도 없이 많은 돈을 주었기 때문에 불쑥 불안해졌다. 다행히 가이드는 이십 분 정도 늦게 나타났다. 일곱 명이 탈 수 있는 일제 미니밴의 승객은 우리 네 식구가 전부였고 가이드는 운전기사를 겸했다. 연재가 아침밥을 먹지 못했다. 감기몸살약에 취한 나도 온몸이 나른하고 힘이 없었다. 뜨끈하고 얼큰한 국물 생각이 간절했다. 순두부찌개 식당에 가고 싶었지만 이른 아침에는 영업하지 않았다. 속 모르는 가이드는 미국에 왔으면 미국식 아침도 먹어 봐야 한다며 큰 비밀이라도 알려 주는 것처럼 우리를 맥도날드로 데리고 갔다.

미국 맥도날드는 국내에서는 판매하지 않는 모닝 세트가 있었다. 팬케이크, 베이글, 오믈렛 중에서 마음에 드는 음식을 고르고 커피와 음료수 선택이 가능했다. 나는 겨우 커피 반 잔을 비웠고 팬케이크를 조금 떼먹던 연재는 이내 포크를 내려놓고 의자 등받이에 몸을 기대며 다시 기력을 잃었다.

아내와 윤재는 싫지 않은 표정으로 식사를 했다. 아내는 무엇이든 잘 먹고 어디서든 잘 잔다. 키가 크고 몸이 말라 허약해 보이지만 잔병치레하는 일은 드물다. 어쩌다 감기라도 걸리면 하루를 넘기지 않고 쉽게 회복된다. 여행하는 동안 아내는 항상 변함없는 컨디션을 유지하지만, 장이 좋지 않아 화장실을 자주 가야 하는데 그 상황은 언제나 갑작스럽게 발생하여 내 진땀을 뺄 때가 많다. 여행 중에 일어난 아내의 화장실 에피소드만 모아서 엮어도 책 한 권은 거뜬하다. 힘든 여행에서 불평 없이 늘 밝은 표정을 잃지 않는 아내가 나는 너무 고맙다. 하루 종일 같이 지내야 하는 상황에서 아내의 협조가 없다면 여행은 자칫하면 고통으로 변할 수도 있다. 아내의 체질을 닮은 윤재 역시 무엇이나 잘 먹고 어디서나 잘 잤다. 갑작스럽게 화장실을 찾는 것까지 아내를 닮아 가끔 애를 먹긴 하지만 어지간해서는 힘들어도 투덜거리지 않고 아빠의 말을 잘 따라주어서 내 수고를 많이 덜어 준다.

자동차가 라스베이거스 도심을 벗어나면서 풍경이 순식간에 사막으로 변했다. 길옆으로 키 작은 나무들이 일정한 간격을 유지하면서 먼지가 푸석푸석 일어나는 땅에서 자랐다. 마치 누군가 일부러 그렇게 심어 놓은 것 같지만 수분이 부족한 사막에서 일정한 구역의 물기를 독차지하기 위해 식물들은 자연스럽게 좌우로 일정한 간격을 유지하며 뿌리를 내린다. 인간의 삶도 사막에서 자라는 나무처럼 각자 일정한 간격을 유지할 수 있다면 누군가는 필요 이상 많이 가졌으면서 더 큰 욕심을 채우기 위해 파멸하지 않을 것이고, 누군가는 최소한의 인간적인 삶조차 유지하지 못하고 비참하게 생명만을 이어가는 극단적인 양극화는 없어지지 않을까!

사막의 도로는 지평선을 향해 일직선으로 뻗어 있다. 건조한 햇빛을 받아 뜨거워진 아스팔트에 아지랑이가 무수히 꿈틀거렸다. 풍경의 변화가 거의 없는 황무지를 달려 미드 호수에 도착했다. 콜로라도강이 흐르는 협곡의 가장 좁고 깊은 지점을 아치형 콘크리트 댐으로 막아 형성된 인공 호수는 황량한 사막 한가운데 신기루처럼 푸른 물을 가득 담고 있었다. 후버 댐은 내가 상상하던 것보다 규모가 크지 않았다. 우리나라의 소양강 댐이나 팔당 댐이 규모나 상류 인공호수의 유역 면적을 따지면 이보다 더 거대할 것이다.

그러나 나는 이 댐이 건설된 시기에 주목했다. 지금부터 80여 년 전, 1930년대에 미국인들은 아무도 살지 않는 척박한 사막 한가운데에 거대한 댐을 건설할 수 있는 기술을 이미 가지고 있었다. 더군다나 뉴욕의 브루클린 다리는 이보다도 50년 전에 건설되었다니 놀랍다. 한국은 다리 하나 없는 한강을 건너기 위해 나룻배의 노를 저어야 했을 것이다. 가뭄이 들면 천수답에 물을 대기 위해 줄을 서서 바가지에 물을 퍼 나르던 시절이었다.

후버 댐 구경을 마치고 차는 다시 사막을 달렸다. 내가 상상하던 사막은 메마른 황무지가 반복되는 단순한 풍경이었다. 하지만 그곳에도 식물이 자라고 동물이 살았다. 드문드문 집이 있고 사람이 거주했다. 그들은 집 주변 땅에 넓게 가시 울타리를 둘러 소유하는 사람이 있음을 표시했다. 현관문을 두드려 그들이 이토록 황량한 땅에서 어떻게 살아가고 있는지 물어보고 싶었지만 정해진 다음 목적지를 향해 길을 달리는 일이 우선이었다.

연재가 다시 기운을 잃었다. 약을 한 번 더 먹이고 차 뒷자리에 눕혔다. 나도 머리가 어지럽고 몸이 무거워졌다. 정신이 몽롱해지면서 몸을 마음대로 가누기 힘들었다. 내가 아프면 가족 전체의 여행 일정이 틀어지기 때문에 정해진 양보다 진통제를 많이 먹었더니 약에 취했다. 가이드의 설명이 귓가에 멀어졌다 가까워지기를 반복했다.

그랜드 캐니언 고원으로 올라가는 길은 고도에 따라 변하는 수목의 변화가 신기했다. 라스베이거스에서 후버 댐 사이의 사막에는 키 낮은 잡목이 질서정연하게 자라고 있었고, 그랜드 캐니언 가까이 펼쳐진 평원에는 어른 키 높이의 나무들이 듬성듬성한 숲을 이루더니, 국립 공원에 들어서서 고도가 조금 더 높아지면서 곧게 뻗은 소나무가 빽빽한 삼림으로 변했다.

점심 식사를 위해 공원 입구에 있는 호텔에 차를 세웠다. 어두컴컴한 실내에 놓인 테이블을 덮고 있는 싸구려 벨벳 천이 눈에 거슬리는 뷔페식당이었다. 불결한 카펫을 밟을 때마다 젖은 물기가 신발 밑창 옆으로 스며 올라왔다. 음식 냄새와 곰팡내가 뒤섞인 악취가 실내를 뒤덮고 있었다.

식당에 들어서자마자 헛구역질을 하는 연재를 다시 건물 밖으로 데리고 나갔다. 냄새 때문에 실내에서는 음식을 먹기 힘들었다. 아침도 먹지 못한 아이를 점심까지 거르게 할 수는 없었다. 몇 개 남지 않은 컵라면을 가방에서 꺼냈다. 식당에서 얻은 뜨거운 물을 부어서 건물 앞 벤치에 앉아서 먹였다. 컵라면이 익기를 기다리는 아이의 눈이 초롱초롱해졌다. 아토피가 악화되지 않도록 평소에 가공식품은 엄격히 금지하기 때문에 가끔 라면이나 과자를 먹을 기회가 생길 때마다 아이는 음식에 집착했다. 이 세상에서 제일 사랑한다는 동생에게도 음식만은 양보하지 않는다.

나도 입맛이 없었다. 야채와 과일 몇 조각으로 허기만 달래고 식당을 나왔다.

호텔 앞부터 국립 공원 지역이었다. 빼곡한 소나무숲 속, 길이 끝나는 곳에 주차장이 있었다. 라면을 먹고 힘을 낼 줄 알았던 연재는 여전히 기운이 나지 않는다며 차에서 쉬고 싶어 했다. 나는 움직이기 힘들어하는 아이를 들쳐 업었다. 주차장 가장자리의 목조 건물 내부를 가로질러 반대편으로 나갔다. 갑자기 시야가 뿌옇게 흐려지더니 숨이 턱 막혔다. 협곡에서 불어오는 바람의 건조한 냉기가 내 얼굴을 훑어 올렸다. 햇빛이 눈을 찌르듯이 강렬해서 선글라스를 끼고도 눈을 찌푸리게 했다.

그 자리에서 몸이 굳어 버린 나는 눈 앞에 펼쳐진 풍경을 믿을 수 없었다. 지구상에 실재한다고 믿기 어려운 거대한 자연이 바로 앞에 있었다. 콜로라도강은 수억 년 동안 지반을 조금씩 침식하여 평원 한가운데를 2km 깊이로 파고들어 400km가 넘는 길이의 거대한 캐니언을 만들었다. 강물은 협곡 아래 까마득한 거리에서 회색 바위 사이로 희미하게 검푸른 빛을 발산했다. 눈을 가늘게 뜨면 거친 물살이 일으키는 하얀 포말이 보였다. 강은 여전히 캐니언을 조금씩 파고들어 가는 중이다. 협곡의 가장 넓은 곳은 폭이 10km이다. 지구 표면의 둥근 굴곡을 눈으로 관찰할 수 있을 만큼 협곡은 넓고 거대했다. 우주에서 지구를 찍은 사진처럼 양쪽 가장자리가 원호를 그리며 낮아졌다.

나는 장엄한 대자연 앞에서 밀어닥치는 형언할 수 없는 감동 때문에 마음이 뭉클해졌다. 머릿속에서 영혼이 빠져나간 무념무상의 상태가 한동안 지속되었다. 그러나 협곡의 차고 강한 바람은 감기몸살을 앓고 있는 가족의 몸 상태를 악화시켰다. 눈이 퀭한 아이들이 건물 안으로 돌아가자며 내 옷깃을 잡고 늘어졌지만 나는 쉽사리 자리를 떠날 수 없었다. 수억 년 지구의 역사가 고스란히 간직된 이곳에서 내뿜는 기운이 온몸으로 느껴졌다. 하룻밤이라도 대자연의 품에서 머물면서 그 기운을 받아들이고 싶었다. 이 거대한 협곡에 어둠이 내리고 별이 뜨면 어떤 모습일까? 궁금해졌다. 협곡 위의 유일한 호텔은 나처럼 자연의 기운을 느끼고 싶은 사람들에게 인기가 많아서 하룻밤이라도 지내기 위해서는 6개월 전부터 예약하고 기다려야 한다. 협곡 아래로 내려가는 좁고 위험한 오솔길을 따라 말을 타고 트래킹하는 사람들이 멀리 보였다.

찬바람을 피해 관광 안내소에 먼저 들어가 있던 연재는 금방이라도 쓰러질 듯 위태로웠다. 감기몸살에 걸린 아이에게 협곡 위의 찬바람은 치명적이었다. 마음을 뒤흔들던 감동은 간데없고 나도 몸이 급격히 나빠졌다. 대자연의 품보다는 뜨거운 물에 몸을 씻고 침대 위에 편안하게 눕고 싶은 생각이 간절했다.

숙소로 가는 차를 운전하는 가이드가 세도나라는 신비한 마을을 소개해 주었다. 지구에서 자연의 기운이 가장 강력한 곳 중의 하나라는 그곳에는 특별한 자연의 힘을 받아 정신적 깨달음과 육체적 치유를 얻기 위해 많은 단체와 개인들이 전 세계에서 모여들어 있다고 했다. 차 뒷자리에 쓰러져 자는 연재가 눈에 들어왔다. 우리 가족 중에서 누구보다 자연의 치유가 필요한 사람은 연재였다. 아토피로 장기간 고통받고 있지만 명확한 치료법이 없어서 아빠로서 유일하게 기대하는 것은 신체의 예상치 못한 변화뿐이다. 그것이 특별한 장소가 가진 치유의 힘이든 기대하지 않았던 대체 의학이든 상관없다. 갑작스러운 치유의 기적이 일어나길 간절히 바랄 뿐이다. 면역력이 약해진 아이는 여행 중의 작은 피로에도 심한 감기몸살이 걸리고 회복도 어려워 오랫동안 고통을 겪는다. 가족들의 몸 상태가 심상치 않음을 파악한 가이드가 자이언트 캐니언이나 브라이스 캐니언을 관광하는 것보다 세도나에서 좋은 기운을 받으며 휴식을 취하는 것이 좋을 것이라고 권유했다.

2시간을 달려 호텔에 도착했다. 해는 여전히 중천에 있었고 잠자리에 들긴 이른 시간이었다. 가이드의 도움을 받으면서 겨우 짐을 방으로 옮기고 연재와 나는 곧장 침대에 쓰러졌다. 저녁을 먹어야 했지만 나는 도저히 침대에서 일어날 수 없었다. 아내와 윤재를 가이드에게 따라서 보내며 새벽에 잠이 깨면 먹을 수 있도록 과일이나 좀 사 오라고 부탁했다. 비몽사몽 정신이 없었지만 어린 아들과 아내를 낯선 남자에게 딸려 보낸 것이 불쑥 불안해졌다. 아내에게 전화를 걸었다. 무슨 일이 있으면 바로 전화하고 밥만 먹고 바로 돌아오라고 주의를 주었다.

새로 세탁해서 빳빳하게 다려 놓은 이불과 베개가 몸을 뒤척일 때마다 바스락거렸다. 꿈인지, 현실인지 불분명한 의식의 전환이 계속 이어졌다. 머리 전체가 욱신거리는 두통과 몸 구석구석 근육 하나하나를 잡아당기는 듯한 통증이 멈추지 않았다. 몸이 지치고 아프니까 마음이 무너졌다. 우리 여행과 내 앞날이 다시 불행에 빠질지도 모른다는 두려움이 밀어닥쳤다. 익숙한 두려움이었다.

*

내게 정해진 운명이 불행할 것이라는 불안은 나의 20대를 장악하고 있었다.

운명

오월의 캠퍼스에 만발한 라일락은 최루탄 가스의 메스꺼운 냄새로 뒤덮여 그 로맨틱한 향기를 마음껏 발산하지 못했다. 우리는 학생회관 지하에서 밤을 새워 만든 화염병을 학교 정문으로 날랐고 내 나이 또래의 전경들과 맞서며 쫓고 쫓겼다. 국가와 사회에 대한 나의 적의는 격렬했고 내가 해야 할 일은 분명했다. 민주화 시위에 참여하는 학생들이 많았기 때문에 그해 수업은 자의 반, 타의 반으로 정해진 시간의 반도 진행할 수 없었다. 내가 이십 대에 마주쳤던 세상은 나와 공존할 수 없는 곳이어서 목숨을 걸고라도 타도해야 할 대상이었다.

학생들의 근거지인 학생회관 입구에는 언제나 채색 중인 걸개그림과 쓰다가 멈춘 대자보가 콘크리트 바닥에 가득 펼쳐져 있었다. 건물의 복도와 계단에는 페인트와 혼합하는 시너의 역한 냄새가 진동했다. 나는 깊숙한 지하 밀실에서 시너와 휘발유를 섞어 빈 병에 담아 화염병을 만들었다. 내가 소속된 동아리는 예술 사진을 찍고 작품으로 제작하는 멋진 곳이었지만 예술은 우리에게 공허한 사치일 뿐이었다. 우리가 그 동아리에 적을 둔 유일한 이유는 학생회관의 가장 깊숙한 곳에 있는 동아리방의 위치 때문이었다. 우리는 그곳에서 집에 들어가지 못하는 동안 숙식을 해결하고 비밀스러운 작업을 위한 근거지로 삼을 수 있었다. 사진을 인화하는 암실은 비밀 유인물과 시위 도구를 만들고 숨겨 두기 좋은 장소였다. 화염병은 전경들의 최루탄에 대적하여 학생들이 사용할 수 있는 가장 강력하면서 유일한 무기였다. 그래서 화염병을 제조하고 운반하거나 경찰들을 향해 투척하는 행위는 시위 가담자 중에서도 가장 무거운 처벌을 받았다.

밤이 되면 학생회관의 지하 깊숙한 곳으로 숨어 들어갔다. 시너의 강한 냄새가 밖으로 나가지 못하도록 창문을 걸어 잠그고 밤새 비밀 무기를 제조했다. 불이 잘 붙는 물질들을 혼합하는 화염병은 화재가 발생할 위험이 컸다.

광주에서 저질러진 잔혹한 만행을 알리는 처참한 사진과 붉은 글씨의 대자보가 학교 전체를 뒤덮은 그해의 오월은 계절의 여왕이 아니라 시국과 가장 격렬하게 투쟁한 시기였다. K와 내가 맡은 일은 화염병으로 이용할 빈 병들과 폭발물로 이용할 시너를 학생회관으로 실어 나르는 일이었다. 운반은 주로 K의 낡은 자동차를 이용했다. 그의 아버지는 지역 유력 일간지의 논설위원이었다. 경상도와 전라도의 지역색이 바늘 끝처럼 날카롭게 대립하는 당시의 정치 상황에서 경상도 보수의 근거지인 대구의 지역 신문은 대놓고 전라도 지역을 북한과 동조하는 집단으로 규정짓고 원색적인 단어들로 묘사된 논설로 지역 여론을 선동하였다. 아버지와 사상적으로 동화될 수 없었던 K는 그 죄책감 때문에 학생 운동에 더욱 열심이었다. 그날도 우리는 경찰들에게 발각되면 중범죄로 체포되어 곧장 경찰서로 끌려갈 물건들을 트렁크 가득 싣고 학교 앞으로 들어섰다.

봄이 미처 끝나지 않는 오월임에도 학교 앞 광장의 아스팔트는 이글이글 아지랑이를 일으키며 한낮의 열기를 내뿜고 있었다. 무겁고 불편해 보이는 헬멧과 방호복으로 무장한 전경들이 학교 정문을 막고 진을 치고 있었다. 열기에 달아오른 아스팔트 위에서 도열하며 꼼짝하지 못하고 있는, 나보다 나이 어린 전경들의 모습이 안타까웠다. 당시에는 시위하다 시국 사범으로 체포된 학생은 강제로 입대를 강요받는 경우가 많았는데 그렇게 입대한 상당수가 학생들의 시위를 막는 전투경찰로 차출되었다. 불과 몇 달 전까지 화염병을 던지고 쇠파이프를 휘두르며 투쟁을 하던 학생들은 이제 그들을 폭력적으로 막는 전투 경찰이나 시위자 체포를 임무로 하는 부대원이 되었다.

우리는 하얀 헬멧을 쓰고 있는 그들을 백골단이라 불렀다. 군이나 경찰은 이런 상황을 의도적으로 조성하고 있었기 때문에 전투 경찰의 군기는 그 어떤 군 조직보다 엄격하다는 악명을 떨치고 있었다. 자신의 옛 친구들을 향해 머뭇거리는 마음 여린 청년들을 몰아세워 주저 없이 맞서도록 적대적인 광기를 몰아넣었다. 그들은 악랄했다. 전라도 지역 출신들은 경상도에 배치하고 경상도 출신 학생들은 전라도 지역의 학교를 방어하는 역할을 맡겼다. 1980년 광주의 참사에도 경상도에 주둔한 부대원을 차출하여 시위를 막게 했다는 소문이 파다했다.

전경들은 학교로 출입하는 사람들의 신분증을 확인하고 차량을 검문했다. 트렁크의 물건을 들키기라도 한다면 시위의 주동자로 몰려 체포될 것이 뻔했다. 특히 화염병을 제조하고 운반한 사람은 대부분 훈방 조치로 끝나는 단순 가담자와는 다르게 엄격하게 처벌했다. 시위를 진압하는 경찰은 시위자들을 카메라로 촬영하여 기록을 남겼다가 화염병을 운반하거나 투척하는 사람을 골라내 더 심한 처벌을 내렸다.

"정문으로는 안 되겠다. 그쪽으로 가자."

늘 같은 일을 하는 우리는 정문으로 차량이 진입하지 못하는 경우를 대비하여 학교 뒤쪽 담벼락을 통해 학생회관으로 물건들을 들여보내는 비밀 통로를 가지고 있었다.

"하! 이 새끼들, 오늘 또 엄청 깔렸네."

몇 마디 욕을 내뱉으며 담배를 피워 문 K는 기어를 바꾸고 학교의 담을 따라 이어지는 골목길로 차를 돌렸다. 도망가는 시위대의 뒤를 치기 위해 간혹 소수의 전경이 배치되어 있기도 했지만, 다행히 그날은 골목이 비어 있었다. 학생회관 뒤쪽의 담장은 물건들을 들어 올릴 수 있을 정도로 낮았다. 바깥보다 바닥이 높은 담 안쪽에 낡은 책상을 콘크리트 블록 벽에 괴어 발 받침대를 만들어 두었다. 담 밖에서 물건을 들어 올리고 안쪽에서 받아 주면 정문을 거치지 않고도 경찰에 대항하는 무기 제작 재료들을 학교 안으로 공급할 수 있었다. 빈 병이 가득 담긴 박스와 시너가 출렁거리는 깡통을 학생회관 안쪽으로 모두 옮긴 후에야 여유가 생겼다.

K와 나는 학생회관에서 음악 대학으로 통하는 정원의 벤치를 하나씩 차지하고 누웠다. 늙은 등나무의 넓은 이파리가 제법 시원한 그늘을 만들어 주었다. 양손을 베개 삼아 누워 나뭇잎 사이에서 가물거리는 하늘을 보았다. 물이 잔뜩 오른 나뭇잎의 짙은 푸른빛이 바람에 흔들리면서 햇살이 보였다가 사라지기를 반복했다. 포도송이 모양으로 매달린 등나무 꽃에서 달콤한 향기가 풍겼다.

K가 땀에 젖은 양말을 벗어 벤치에 탁탁 털더니 햇빛이 잘 비치는 곳을 찾아 가지런히 널었다. 서로를 감싸듯 꾸불꾸불 말려 올라가는 나무줄기에 등을 기댄 채 물끄러미 하늘을 보며 담배 연기를 내뿜었다. 파란 하늘에 느릿느릿 떠가는 뭉게구름 아래로 그가 내뿜는 담배 연기가 겹쳐졌다. 격렬한 시대와 담장 하나로 분리된 오월의 교정은 평화롭고 아름다웠다.

K의 아버지가 쓴 오늘 아침 신문 논설이 떠올랐다. 그에게 기사 내용을 이야기하고 싶었지만 참았다. 도시의 대표 일간지 일면에는 학생들이 던진 화염병 때문에 몸에 불이 붙어 화염의 고통에 일그러진 전경의 얼굴과, 학생들이 던진

돌에 머리를 맞아 피를 흘리며 쓰러진 전경을 다른 동료들이 급박하게 실어 나르는 사진들이 지면의 반 이상을 차지했고 그 옆에 논설이 실려 있었다. 광주 학살은 왜곡되었다고 했다. 학생 운동은 불온한 몇몇 선동자들에게 현혹된 어리석은 젊은이들의 맹목적인 광기라고 주장했다. 좌익이나 주사파로 뭉뚱그려지는 원색적인 제목의 논설을 신문 1면에 연일 게재했고, 지역 방송에 출연하여 격앙된 목소리로 자신의 주장을 펼쳤다. 독재자와 시위 진압 경찰들의 폭력에 대해서는 아무런 언급이 없었다.

K는 집을 나와 지내고 있었다. 자칭 보수주의의 거두로 활동하고 있는 아버지를 더 이상 인정할 수 없었다. 시위 후에 학교 앞 막걸리 집에서 술이라도 한잔하는 날이면 울분에 찬 몇몇 선배들은 지역 신문과 K의 아버지 이름을 거론하며 욕지거리를 했다. 술에 취한 K와 주먹다짐을 하기도 했다.

그날 밤에도 우리는 평소처럼 사진 동아리방의 암실에 숨어서 미리 옮겨 놓은 빈 유리병 입구에 깔때기를 꽂아 시너를 부어 넣고 불을 붙일 심지로 주둥이를 막아 화염병을 만들었다. 시너가 증발한 가스의 역한 냄새가 실내에 가득 차서 입을 막고 있는 마스크는 무용지물이었다. 잠깐의 작업 동안에도 머리가 빙빙 돌았다. 반지하의 동아리방에서 밖으로 공기가 통하는 통로는 대학노트만 한 창문이 유일했다. 방의 열기와 시너의 역한 냄새를 밖으로 내보내기에는 역부족이었다. 시너 냄새를 밖으로 내보내 이곳이 화염병을 비밀리에 제조하는 곳이라는 사실이 드러나면 위험하기 때문에 우리는 더 이상 참기 어렵다 싶을 때만 밖으로 나와 신선한 공기를 마시고 다시 들어가 작업을 계속했다.

준비한 재료를 모두 소진하고 바닥에 흐른 잔류물을 신문지로 쓱쓱 문질러 그날 밤의 작업을 마무리하고 있을 즈음이었다. 갑자기 밖에서 여학생들의 비명이 들렸다. 후배 하나가 암실 문을 열어젖히더니 고함을 질렀다.

"형, 불이야! 불났어요!"

나는 하던 일을 멈추고 밖으로 뛰쳐나갔다. 완성된 화염병을 아침에 옮기기 쉽도록 동아리방 문 앞에 쌓아 둔 상자에서 불길이 치솟고 있었다. 대자보를 쓰거나 유인물을 인쇄하거나 시위에 필요한 깃발들을 만들기 위해 모여 있던 후배들은 불길이 막고 있는 입구를 피해 창문 아래 벽 쪽에 몰려 벌써 매캐하게 실내를 채우기 시작하는 연기를 막기 위해 손으로 입을 틀어막고 기침하며 비명을 질러 대고 있었다.

불길이 암실 쪽으로 번져 안쪽에 쌓아 둔 시너 깡통에 옮겨붙으면 큰일이었다. 암실 문을 닫고 입구 나무문에 주전자에 담겨 있던 물을 부었다. 그리고 의자를 들어 반대쪽 벽

위쪽의 창문을 내리쳤다. 유리가 깨지면서 흩어졌다. 깨진 창문의 바깥은 쇠창살이 가로막고 있었다. 나는 책상을 받치고 올라가 한쪽 다리가 부러진 의자를 들어 쇠창살을 계속 내리쳤다. 녹슨 쇠창살이 콘크리트 벽에서 떨어져 나갔다. 의자 다리로 유리 조각을 대충 걷어 내고 작은 조각들은 손으로 급히 쓸어 모았다.

창 아래쪽에 책상과 의자로 계단을 만들어 후배들을 올려 보냈다. 작은 창문은 한 사람이 겨우 몸을 엎드려 빠져나갈 정도의 크기밖에 되지 않았다. 십 수 명의 사람이 모두 빠져나가기에는 불길이 번지는 속도가 너무 빨랐다. 청소함에 있던 물을 불길 속에 부었다. 불길의 기세가 조금 줄었지만, 연기가 더 많이 발생했다. 창문이 깨지며 공기 통로가 열리면서 불길의 방향이 창문 쪽으로 번지는 기세가 더 빨라졌다.

나는 불길의 방향을 바꾸기 위해 출입문에 직사각형으로 붙어 있는 불투명 창이 깨지기를 기대하며 남은 의자를 출입문으로 집어 던졌다. 의자는 문 옆을 맞고 바닥으로 떨어지며 화염병 상자를 쓰러트리면서 불을 출입문 벽 쪽에 넓게 퍼트렸다. 그사이 몇 명이 창문으로 빠져나가고 실내에는 너덧 명만 남았다.

나는 다시 다른 의자를 들어 출입문을 향해 던졌다. 두 번째는 성공이었다. 출입문의 유리창이 깨지면서 불길이 출입문 바깥쪽으로 방향을 반대로 바꾸었다. 실내에 남아 있는 후배들을 창문으로 한 사람씩 밀어 올렸다. 내가 마지막으로 빠져나올 즈음에는 불길이 실내를 거의 다 태우고 시너 통이 있는 암실 쪽으로 번지고 있었다. 창문을 빠져나와 지상으로 통하는 좁은 배수구를 벗어나자 등 뒤에서 폭발음이 들렸다. 붉은 불길과 시커먼 연기가 살아 있는 생명체처럼 방금 내가 빠져나온 창문에서 기어 나왔다. 불길은 이미 건물 1층을 거의 다 태우고 2층으로 옮겨붙었다. 사람들이 잔디밭 여기저기에 쓰러진 채 기침을 했다. 손바닥에서 알싸한 통증이 느껴졌다. 꽉 쥐고 있던 주먹을 펼치니 유리 조각에 베인 상처에서 피가 흘러내렸다.

얼마 지나지 않아 대통령 선거가 있었다. 학생들의 피 흘리는 투쟁에도 불구하고 대머리 독재자는 자신의 대통령 임기를 무사히 다하고 물러나며 자신의 친구에게 성공적으로 정권을 물려주었다. 야당 지도자들의 이기심 때문에 표가 분산되어 역사상 가장 적은 득표율로 또 다른 학살자가 대통령으로 당선되는 어처구니없는 일이 벌어졌다. 민주 세력에 의한 정권 교체를 바라던 국민들은 합법적인 선거를 통해 선출된 대통령을 인정하지 않을 수 없었다. 선거 결과를 부정하며 간간이 작은 시위를 벌였지만, 명분과 결의는 약해졌다. 자신들의 이기심으로 인해 국민들이 흘린 피를 헛일로 만든 두 야당 지도자에게 국민들은 독재자에게 품었던 분노보다 더 큰 분노를 느꼈다. 하지만 단군 이래 최대 국제 행사라는 올림픽을 위해 학생 시위는 자제되어야 한다는 적절한 논리에 대항할 마땅한 명분을 찾지 못했다.

격렬하게 투쟁해야 할 대상이 사라지고 난 후, 나는 현실적으로 학교 졸업 후의 진로를 고민하지 않을 수 없었다. 살아가야 할 다른 목적을 찾아야 했다. 그동안의 목적 없는 삶에서 딱히 할 일도, 하지 않으면 안 될 일도 없었기 때문에 학교생활은 부실했다. 남은 학년에 수강이 가능한 모든 과목을 이수한다고 하더라도 졸업에 필요한 학점을 채우기는 불가능했다.

나는 3학년이 되면서 도서관에 틀어박혔다. F를 받은 학점을 메우기 위해 방학마다 진행하는 계절 학기를 수강해야 했고 한 과목이라도 낙제를 면하기 위해 긴장했다. 4학년이 되어서도 여유가 없었다. 단 1학점이 아쉬웠고 취직에 필요한 자격증 시험도 준비해야 했다. 두 해를 꼬박 고생하고서야 졸업에 필요한 학점을 모두 취득할 수 있었다. 다행히 전공 자격증 시험은 누구보다 먼저 합격했고 대학 생활의 마지막 학기가 되어서는 편안한 마음으로 취직에 필요한 영어 시험 준비에 전념할 수 있었다.

홀로 도서관에 틀어박혀 있던 그 기간 동안 나는 비로소 내 삶에 대해 깊이 고민할 수 있었다. 세상을 송두리째 뒤집어엎으려는 내 투쟁이 명백하게 실패했기 때문에 그 사회에 순응하며 살아가는 방법을 찾지 않으면 안 되었다. 내가 가진 능력과 내 주변으로부터 지원받을 수 있는 것으로 예상 가능한 미래의 내 모습을 그려 보았다. 마주해야 할 내 인생의 앞날은 암울했다. 내 삶을 인도해 줄 조언자는 없었다. 내가 닮아야 할 모델이 될 사람도 주변에 없었다. 내 인생의 길을 찾을 수 있는 유일한 방법은 책을 읽는 일뿐이었다. 책을 읽을 때만 유일하게 내 삶을 흐릿하게 가리고 있는 안개가 물러가는 듯했다. 영웅들의 이야기를 읽으며 꿈을 키웠고 성공한 사람들의 스토리에서 인생의 힌트를 얻었다. 내가 생존해 가야 할 이 우주에서 어떤 모습과 가치로 내가 존재해야 하는지를 알려 주는 흐릿한 신호를 책 속에서 찾을 수 있었다.

의식이 지혜와 교훈으로 차곡차곡 채워지면서 전에 느껴보지 못한 외로움을 경험했다. 마음은 언제나 쓸쓸하고 공허했지만, 엄청난 열망이 나를 엄습해 왔다. 열정적인 욕망이 내 의식을 깊이 파고들수록 객관적인 내 현실을 인식하지 않을 수 없었고 열정과 현실 사이의 넓은 틈새는 내가 꿈꾸는 바를 결국 성취하지 못하리라는 불안으로 다가왔다.

내 열망은 『삼국지』의 영웅들이나 성공한 사업가들을 따라 이 세상을 혁신적으로 바꾸기 위해 모험을 감행하고 있었지만, 현실의 나는 지방의 이름 없는 대학을 졸업하기 위해 필요한 학점을 채우기에도 급급한 무능력한 존재였다. 게다가 나는 그 불안들이 결국은 불운을 동반할 것이라는 막연한 패배감에 휩싸여 있었다.

경제가 호황일 때라 대부분의 학생은 직장을 잡지 못할 거라는 걱정은 하지 않았다. 좀 더 좋은 조건의 직장을 찾기 위해 나름의 정보력을 동원하여 선택 가능한 직장을 고르고 있었다. 하지만 나는 불안했다. 나는 모험이나 도전과는 거리가 멀었다. 실패하지 않고 안정적으로 성취할 것으로 확신이 드는 일만 시도할 수 있었다. 취직에 실패하거나 내 인생이 나락으로 떨어질지도 모르는 위험한 도전 대상과 마주하면 머뭇거렸다. 삶에 대한 고민은 언제나 모호하고 추상적이었다.

대학 생활의 마지막 학기가 다가왔고, 각 기업에서 신입사원을 모집하는 시기가 되었을 때, 나는 서울에 있는 큰 회사들에 지원할 엄두조차 내지 못했다. 위축된 자신감은 나를 스스로 미미한 존재로 인식하고 있었고 큰 회사에서는 내 능력을 인정받기 힘들 것이라고 먼저 단정 지어 버렸다. 지방 도시의 작은 회사 몇 곳에 지원했지만 내 능력을 원하는 곳은 없었다. 지역의 소규모 건설 회사 단 한 곳에서 면접을 보러 오라는 연락을 받았다.

진로 때문에 부모님과 날카로운 대화를 아슬아슬하게 이어 가며 불편한 식사를 하고 있던 어느 날 아침, 한 통의 전화를 받았다. 인사 담당자의 목소리는 건조했다. 수많은 입사 지원 회사 중에서 서류 전형에서 나를 통과시켜 준 유일한 회사가 이름도 알지 못하는 작은 회사 단 한 곳뿐이라는 현실에 심한 굴욕감을 느꼈다. 그렇다고 면접에 가지 않을 수는 없었다.

약속한 시간에 맞춰 도시 뒷골목의 작고 초라한 건물에 있는 회사를 찾아갔다. 짧은 면접이 끝나면서 면접관은 다시 연락 주겠다고 말했다. 내가 채용되지 못했다는 결정을 너무나 쉽게 알 수 있는 말투와 행동이었다. 내 인생이 결국 내가 희망하는 방향으로 흘러가지 못할 것이라는 두려움이 점점 사실로 구체화되고 있었다. 내 인생은 시위를 떠난 화살처럼 앞으로 날아갈 뿐이었다. 뚜렷한 과녁이 없는 화살은 무작정 허공을 가르다가 목적하지 않은 나뭇가지에 의미 없이 꽂혀 귀한 화살 하나를 낭비할 뿐이다.

사실, 대학원은 최후의 도피처였다. 취직 시험에서 떨어질지도 모른다는 불안감 때문에 누구와도 구직 활동에 관한 대화를 나누지 못했다. 단 한 곳도 나를 원하는 회사는 없었고 내가 소속하기를 원했던 곳 중 유일하게 대학원 입학시험에 합격했다는 연락을 받았다. 학문 연구를 위한 대단한 꿈을 가진 것은 아니었지만 나는 원래 내가 계획한 대로 되었다는 듯이 "원래 공부를 좀 더 하고 싶었어."라는 가식적인 말을 떠벌리며 내 무능력을 숨겼다.

대학원 세부 전공을 정하면서도 내가 명확히 연구하고 싶은 분야는 없었다. 단지 평소 수업에서 말투가 부드럽고 모습이 온화해 보이는 이 교수의 전공을 선택했을 뿐이다. 그는 나이가 40대 중반임에도 불구하고 하얗게 변해 버린 머리칼의 은빛 광택과, 모서리가 둥근 사각형의 안경이 창백한 얼굴색과 어울려 우리가 대학교수라는 직업을 규정지을 때 상상하는 전형적인 풍모를 지닌 사람이었다. 대학원은 입학식을 기다릴 여유가 없었다. 연구 프로젝트에 비해 학생이 부족했다. 합격 통지를 받은 다음 날부터 연구실로 나오라는 통보를 받았다.

내가 대학원 생활을 시작한 이후 국가적인 재난이 연이어 발생했다. 한강에 놓인 다리가 어느 날 아침 출근길에 승객들을 가득 채운 시내버스 여러 대와 함께 한강 아래로 무너져 내렸고, 지하철 공사장 작업자의 부주의로 인해 구멍 난 가스관에서 흘러나온 도시가스가 폭발하면서 공사장 위의 가설 도로를 지나는 차량들을 날려 버렸으며, 강남의 대표적인 고급 백화점 건물이 한창 손님이 많은 시간에 갑자기 무너져 내려 한순간에 처참한 생지옥이 되기도 했다.

공교롭게도 내 인생은 그 재앙들과 연관 지어졌다. 연속된 사고 이후, 국가에서는 토목 구조물의 안전을 점검하는 일을 대학의 건설 관련 학과에 맡겼다. 대학원생들은 연구의 실무를 처리해야 했다. 자연스럽게 내 연구 전공은 구조물을 안전하게 설계하고 관리하는 분야가 되었다. 연구실 생활은 쉽지 않았다. 독성 강한 콘크리트 재료를 혼합하여 모형 구조물을 만들고 실험하고 데이터를 정리했다. 교수가 수행하는 여러 가지 연구 프로젝트를 보조하고 토목 구조물의 안전을 조사하려면 많은 시간을 외부에서 보내야 했다.

온화한 외모와는 전혀 다르게 지도 교수는 냉정한 사람이었다. 맡겨 놓은 일을 정해 준 시간에 마치기 위해서는 집에서 잘 수 있는 날이 거의 없었다. 우리는 충실한 비서였고 임금이 필요 없는 노동자였다. 그러나 나는 용감한 사람이 아니었다. 비인격적인 대우와 불합리한 시스템에 저항할 용기는 없었다. 그렇지만 운명의 늪에서 허우적대는 나 자신을 끌어 올려야겠다고 결심했다. 대학원 생활을 나의 미약한 능력을 키우기 위한 기회라고 여기고 견뎌냈다. 불행하고 불안한 생활이었지만 내가 불가피하게 대면해야 하는 두려운 일들을 견디는 일은 어린 시절부터 자신 있었다.

대학원 생활을 시작하고 두 번째 맞은 어느 여름밤, 늦은 밤까지 연구에 몰두하던 김 선배가 연구실 책상에 앉은 채 쓰러졌다. 그가 쓰러지기 전에 우리는 여느 때처럼 저녁 식사를 같이 했다.

"형, 직장 잘 다니다가 왜 공부를 다시 시작했어요?"

아내와 아이가 있는 선배가 직장을 그만두고 다시 공부를 시작한 이유가 궁금했다. 당시의 수입으로는 가족의 생계가 어려우리라 추측했다.

"너도 그랬을 거지만, 우리가 대학교에 입학할 때는 토목이 뭐 하는 건지도 모르고 들어왔잖아! 그러니까 당연히 학교생활도 엉망이었어. 너도 알다시피 내가 얼마나 힘든 선배였냐? 공부는 안 하고 괜히 후배들만 괴롭히고."

선배는 입으로 가져가던 수저를 다시 내려놓으며 내 질문에 진지하게 대답했다. 그는 나보다 2년 선배였다. 학부에 같이 다닐 때는 후배들을 괴롭히기로 가장 악명 높았던 선배 중의 한 사람이어서 되도록 멀리하던 사람이었다.

"그런데, 졸업하고 건설 회사 갔더니 그제야 이게 얼마나 매력적인 직업인지 알겠더라고. 아무것도 없는 허허벌판에 도면 한 장 들고 들어가 공사를 하고 나면 불가능할 것 같던 구조물이 들어서 있잖아. 게다가 우리가 만드는 것들이 그 어디 하나라도 같은 게 있니? 매번 다른 모양, 다른 용도의 구조물을 지으며 느끼는 희열이 엄청나게 매력적이야."

선배의 목소리는 확신에 차 있었다.

"그런데, 그 좋아하는 일을 그만두고 왜 학교로 돌아왔어요?"

"지방의 조그만 회사에 다니니까, 맨날 하는 일이 그래. 기술자라기보다는 그저 근로자들 작업을 감독하며 거칠고 막무가내인 사람들과 싸우는 일이 일과의 대부분이었어. 그러다 문득 이래서는 안 되겠다 싶었어. 공부를 더 해서 전문가가 되어야겠다고 생각했지. 더 큰 공사를 관리하는 역할을 하거나 기술을 개발하는 연구자가 되는 것도 보람 있을 것 같았지."

선배는 대학원 생활을 그의 삶을 업그레이드하기 위한 기회와 희생으로 여기고 있었다. 교수의 논문 자료를 준비하다 쓰러진 그는 급히 응급실로 옮겨졌지만 결국 깨어나지 못했다. 심장 마비였다. 선배에게는 어린 아들이 있었고 부인이 두 번째 아이를 임신하고 있었다. 그의 삶은 그렇게 끝이 났고 자신의 꿈을 영원히 이루지 못했다. 영문도 모르고 가장을 잃은 가족에게는 아무것도 남기지 못했다. "사랑한다.", "잘 살아라."라는 인사 한마디 하지 못했다.

김 선배의 장례식이 끝난 다음 날부터 같은 연구실의 정 선배가 연구실에 나타나지 않았다. 장례식에서 돌아와 미처 끝내지 못한 논문을 교수에게 들고 갔다가 자정 넘게까지 교수에게 핀잔을 듣고 돌아와 일찍 연구실을 나간 후부터 그를 만날 수 없었다. 다음 날 아침부터 완성되지 못한 논문을 걱정하는 교수가 선배와의 연락을 지시했지만 내 전화도 받지 않았다. 보름쯤 후 다시 연구실에 나타난 정 선배는 모처럼 만난 우리에게 인사도 없이 자신의 개인 물품을 준비해 온 가방에 담았다. 나는 그것이 무엇을 의미하는지 잘 알았으므로 "왜 이러시냐?"는 질문을 하지 못했다.

"잘 있어라."

짧은 작별 인사를 하는 그의 얼굴에 쓴웃음이 비쳤다. 말려야 할까? 잠시 망설였지만, 그의 눈빛에서 행동을 멈추기에는 이미 늦었다는 것을 직감했다. 다른 말은 하지 않았다. 정리한 물품을 비닐 가방에 거칠게 구겨 넣고 복도로 나간 그가 문 앞에 가방을 내려놓더니 교수 연구실 문에 노크를 했다. 선배가 들어가고 얼마 지나지 않아 교수의 고함이 들렸다.

"뭐야, 이 친구가!"

교수의 고함에 이어 정 선배의 작고 느린 목소리가 들렸다. 정확하게 들리지는 않았지만, 어떤 말을 하는지 짐작할 수 있었다. 이어서 문이 닫히는 소리가 크게 들리고 조금 이따가 교수가 우리 방으로 들어왔다. 얼굴이 붉게 상기되어 있었고 안경을 벗어든 손을 부들부들 떨고 있었다.

"아니, 도대체 저놈은 뭐 하는 놈이야?"

교수는 우리를 번갈아 보면서 안경을 든 손을 허공에 휘저으며 흥분해서 소리쳤다.

"자네들도 저놈과 같은 생각이야?"

우리는 아무 대답도 하지 못했다.

김 선배의 죽음 이후 정 선배는 무작정 쉬고 싶었다. 집에 틀어박혀 일주일을 보냈지만 계속해 나갈 의지를 찾지 못했다. 그는 지도 교수를 더 이상 스승으로 여기지 않기로 결심했다. 그만두겠다고 결심하니 교수 앞에서 그동안 울분에 찼던 이야기를 꺼낼 용기가 생겼다. 마지막 인사를 하고 돌아서는 그의 크고 시커먼 얼굴에 오랜만에 평화로운 미소가 흘렀다.

그다음 해 오월, 나는 아내와 결혼했다. 학생회관 앞 등나무에 꽃송이가 주렁주렁 만발하고 짙은 라일락꽃 향기가 가득한 캠퍼스에서 우리는 결혼식을 올렸다. 몇 해 전만 하더라도 그렇게 퇴진하라고 외치던 대학 총장을 찾아가 주례를 부탁했다. 여느 오월처럼 캠퍼스 길목마다 광주의 끔찍했던 사진들을 전시하며 그 참상을 잊지 말고 그 책임자를 처벌하자며 부르짖는 몇몇 학생은 여전히 그것이 자신의 의무라 여겼지만 나는 외면했다.

학교 앞에 아파트를 얻어 신혼살림을 시작했다. 학생 신분으로 결혼을 하면 생활비 지원은 없다며 내 결혼이 달갑지 않다는 표현을 우회적으로 하는 엄마 몰래 아버지가 얼마간의 생활비를 지원해 주었다. 나는 생활비를 벌기 위해 부지런히 수입을 찾아 일했다. 일주일에 사흘은 청송의 경지 정리 현장 감독을 했고, 어느 돈 많은 집 초등학생과 친구의 사촌 동생을 과외 수업하며 받는 수입이 적지 않았다. 대학 신입생들의 기초 과목 강의와 학과 조교 일로 받을 수 있는 크지 않은 수입이 몇 군데 더 있었다.

김 선배의 죽음과 정 선배의 이탈 후에도 지도 교수는 바뀌지 않았다. 교수는 다른 결과가 나오지도 않는 실험을 무의미하게 계속 반복하게 했다. 계약한 기관에 제출해야 하는 보고서를 쓰느라 밤을 새웠지만, 정작 우리가 학위를 받기 위해 필요한 논문 지도에는 관심이 적었다. 교수에게 연구 과제 수행은 자신의 학문적 성과를 쌓는 기회이기도 했지만, 연구비라는 수익이 따르는 일이기도 했다. 연구 용역을 수행할 인력이 부족했던 교수는 다른 학생이 충원될 때까지 나를 졸업시키지 않을 작정이었다.

정해진 기간에 논문을 마치는 전략이 필요했다. 가장 좋은 방법은 서둘러 취직하는 것이었다. 좋은 회사의 입사 시험에 합격했는데 논문이 통과되지 않아 취직을 허사로 만들지는 않을 것이라 판단했다. 가을이 되면서 신문의 채용 공고를 열심히 살폈다. 공기업에 가고 싶었지만 11월 초순부터 대기업 계열의 건설회사 직원 모집 공고가 먼저 나오기 시작했다. 가장 먼저 채용 공고가 나온 D 건설 연구원에 입사를 지원했다. 지원서를 작성하기 위해 그동안 활동한 연구 내용들을 정리해 보니 연구 결과물이 2년 동안 수행했다고는 믿기지 않을 만큼 많았다. 아내가 아프다는 핑계로 하루 휴가를 내서 면접을 보았다. 합격 통보는 얼마 걸리지 않았다.

가장 먼저 교수에게 알렸다.

"아니, 아직 졸업도 할지, 못 할지 모르는데 입사 지원을 하면 어떡해? 그리고 왜 일반 기업이야? 학위를 받으면 좋은 공기업이 엄청 많을 텐데."

예상대로 교수는 나의 합격을 반기지 않았다.

"D 건설도 좋은 회사입니다. 저는 원래 보수적인 공기업보다는 진취적인 일반 기업에 가고 싶었습니다. 올해 D 건설의 시공 실적이 국내 1위입니다. 저는 그런 회사에 가서 조금 더 역동적으로 일하고 싶었습니다."

사실은 나도 안정적인 공기업에 가고 싶었다. 하지만 빨리 취직해서 하루라도 먼저 연구실을 나가고 싶다고 말할 수는 없었다.

"저, 그런데 교수님. 합격을 확정하려면 졸업 논문을 올해 안에 제출해야 한다고 합니다. 연구직이라 논문이 없으면 업무가 불가능하다고 합니다."

나는 듣지도 않은 합격 조건을 지어내어 교수에게 말했다. 교수의 적극적인 지도가 없는 나의 졸업 논문과 실험은 여전히 지지부진한 상태였다.

"실험도 끝나지 않았고 이제 논문도 겨우 시작했는데 어떡하려고 그래?"

교수의 목소리가 불규칙하게 떨렸다. 눈빛에서 체념의 의미가 느껴졌다. 나는 그 순간을 놓치지 않았다.

"교수님께서 도와주세요. D 건설도 합격하기 어려운 회사입니다. 최근에 고속 성장을 하는 회사이고 연구소에 투자를 많이 해서 기술 개발에 집중할 계획이라고 합니다. 국내 일반 기업 연구소 중에서는 최고인 것 같습니다. 꼭 갈 수 있도록 도와주십시오."

나는 눈을 가늘게 뜨며 애원하는 시늉을 했다.

잠시 말이 없던 교수가 손가락으로 돌리고 있던 볼펜을 내려놓으며 체념한 듯 말했다.

"그래! 어째야 할지 모르겠다."

그날 이후 교수는 내가 쓴 논문에 까다롭게 트집을 잡지 않았다. 연말까지 회사에 논문을 제출해야 한다는 부담은 교수에게도 크게 작용했다. 오히려 데이터 정리가 쉽도록 도와주었다. 논문은 연말이 되기 전에 마무리되었다. 회사에 논문을 제출했더니 좋은 내용이라며 칭찬을 받았다고 거짓말했다. 내 졸업 시나리오는 그렇게 무사히 마무리되었다.

학위 논문을 발표하던 날, 교수는 내게 박사 과정 진학을 권유했다.

"박사 과정은 이전처럼 그렇게 고생스럽지는 않을 거야. 그리고 학위를 받으면 지금보다는 더 좋은 직장에 갈 수 있을 거야. 또 모르지, 교수로 남을 수도 있을지!"

나는 속으로 웃음이 나오는 걸 참으며 마음에도 없는 대답을 했다.

"예. 감사합니다. 심각하게 고민해 보겠습니다."

그해 11월, 다른 동료들은 여전히 논문 때문에 골머리 썩고 있었지만, 나는 더 이상 연구실에 나가지 않아도 되었다.

*

아내가 방으로 들어오는 소리가 잠결에 어렴풋이 들렸지만, 정신을 차리지 못하다가 새벽에 잠이 깼다. 종류별로 나누어 비닐

봉지에 담긴 과일이 머리맡 탁자 위에 놓여 있었고 손이 잘 닿는 곳에 접시와 칼이 준비되어 있었다. 아내의 배려가 고마웠다. 여전히 머리가 아팠고 몹시 배가 고팠다. 과일을 씻어서 깎았다. 내 인기척 때문에 연재가 가늘게 눈을 떴다. 온종일 음식을 먹지 못한 아이에게 과일이라도 먹이고 싶었지만 아이는 한 입 베어 문 사과를 씹지 못하고 다시 뱉어냈다.

5월 27일. 그랜드 캐니언

자연의 기운이 스며들고

지난밤, 윤재와 단둘이 저녁 식사를 하고 돌아온 아내가 잠든 내게 말을 걸었던 것 같은데 기억이 어렴풋했다. 새벽에 잠이 깨 과일을 먹은 일이 꿈이었는지 현실이었는지 몽롱했다. 밤새 나는 12시간을 넘게 잤다. 열과 두통을 없애기 위해 계속 먹은 진통제에 취해 정신이 반쯤 허공에 떠 있었다. 머리는 여전히 지끈거렸고 기침과 콧물이 멈추지 않았다.

아내가 억지로라도 아침을 먹어야 한다고 했다. 침대에서 일어나려 했지만, 몸과 마음이 따로따로 움직였다. 아내가 윤재만 데리고 호텔 1층 식당으로 내려갔다. 조금 후에 빵과 주스를 방으로 가져왔지만 한 입도 먹지 못했다. 세도나에 가려면 출발을 서둘러야 했다. 잠에서 깨지 못하고 축 늘어진 연재를 업어서 차 뒷자리에 눕혔다. 어떻게든 회복해야 한다는 생각에 열이 오르고 두통이 날 때마다 정해진 복용량과 상관없이 계속 약을 먹었

더니 집에서 가져온 약이 모두 떨어졌다. 하지만 증세는 전혀 호전되지 않았다.

영적인 힘이 감도는 특별한 도시라는 세도나의 거리는 여느 시골 마을처럼 평범했다. 나지막한 건물들이 길지 않은 거리를 이루는 도시의 중심가는 오가는 사람 없이 한가로웠다. 길가의 붉은 흙과 키 낮은 잡목 숲 사이에 솟아 있는 밝은 황토색 바위산의 비쭉한 형상이 색달랐다. 황토로 벽을 세워 낮게 지은 건물 지붕에 붉은 기와가 얹혔다. 한낮 태양의 밝은 빛과 강렬한 열기가 붉은 마을 위에 뜨겁게 내리쬐었다.

시내를 지나 대성당 바위 공원에 갔다. 가이드가 바위를 가리키며 손가락으로 허공에 성당 형상을 그려 보였다. 조금 특이하게 생긴 커다란 바윗덩어리가 고딕 양식 성당의 모습과 비슷하다는 설명은 바위의 실제 모습과는 상관없이 이곳 사람들이 억지로 만든 관광객용 스토리에 불과했다.

사막의 뜨거운 열기에도 불구하고 몸이 으슬으슬 떨리면서 한기가 돌았다. 미국산 타이레놀은 약효가 더 강력한가! 약 기운 때문에 의식이 몽롱해져서 가이드의 설명이 들렸다 사라지기를 반복했다. 가이드의 질문에 동문서답을 했다. 태양이 작열하는 잔디밭에 주저앉았다. 뜨거운 햇볕으로 몸을 데우고 싶었다. 다리를 포개고 앉아 고개를 하늘로 젖혔다. 팔을 힘없이 늘어트린 채 눈을 감고 동작을 멈추었다. 햇빛에 자극된 피부가 잠깐 따끔했지만 얼마 지나지 않아 부드럽고 따스한 기운으로 변하면서 몸속 깊이 스며들었다.

가방을 베고 잔디밭에 반듯하게 누웠다. 하늘이 구름 한 점 없이 푸르렀다. 온 시야가 푸른빛의 무한한 공간으로 가득 차면서 약한 현기증이 나더니 몸이 잔디 위로 떠오르듯 둥실 가벼워졌다. 가만히 눈을 감고 주변의 소리에 집중했다. 비릿한 흙냄새와 건조한 햇볕에서 전해지는 따뜻한 에너지가 선명하게 느껴졌다. 강렬한 태양에 얼굴이 그을릴 걱정 따위는 하지 않았다. 돌연 몸이 개운해지고 정신이 맑아졌다.

아이들을 불러 양쪽으로 팔베개를 해 주었다. 장난에 여념이 없는 아이들을 진정시키고 잠시 하늘을 조용히 들여다보라고 했다. 이상한 느낌이 없는지 몸에서 일어나는 변화에 집중해 보라고 권했다. "에이! 아무 느낌도 없는데."라고 말하는 연재의 목소리는 기운을 되찾은 듯했다. 금세 지겨워진 아이들이 다시 잔디밭으로 뛰어갔다. 마음이 편안하고 몸이 가벼워진 나는 뙤약볕 아래에서 스르륵 잠이 들었다.

얼마나 지났을까? 잔디밭 가장자리 큰 나무 그늘에 앉아 말없이 내 모습을 지켜보던 아내가 다가와 살며시 나를 깨웠다.

"어때? 몸이 좀 좋아진 것 같아? 이제 출발해야 할 시간이라는데?"

나는 고개를 끄덕이며 몸을 일으켰다.

자동차는 한동안 붉은 먼지가 자욱한 도로를 달렸다. 벨락이라 불리는 붉은 바위산은 몸체에서 서서히 입구 쪽으로 넓어지는 서양종의 형상을 정확하게 닮았다. 대성당 바위의 억지스러운 흐릿한 실루엣과 달리 누군가 종탑에 매달려 있는 종의 줄을 풀어 바닥에 살포시 내려놓은 것처럼 거대한 종 모양이 선명했다.

상대적으로 평탄한 종의 아랫부분을 걸어서 올라갔다. 잡목이 우거진 주차장을 벗어나자 나무 한 그루 없는 바위 언덕이었다. 나는 벨락을 둘러싸고 있는 주변 배경에 더 감탄했다. 붉은 사막에서 가지런히 열을 지어 자라는 검푸른 잡목, 평원을 에워싸는 바위산들, 그 사이를 따라 구불구불 이어진 검은 아스팔트 도로, 지붕과 담장의 색이 배경에 파묻혀 신기루처럼 보이는 마을의 집들이 보이는 평원 한가운데 자리 잡은 붉은 종 모양의 바위는 이 지역에서 발산하는 초자연적인 기운의 중심부를 나타내는 표식이었다.

윤재와 나는 바위를 등지고 앉아 평원을 내려다보았다. 그늘 한 점 없이 불타는 태양열에 뜨겁게 달아오른 바위 표면이 짐승의 허물처럼 얇게 벗겨졌다. 바위의 따뜻한 온기가 기분 좋을 만큼 엉덩이를 덥혀 주었고 햇볕이 얼굴과 팔다리의 피부를 부드럽게 자극했다. 아내와 연재가 멀리 바위산 아래에 나란히 앉아 있는 모습이 보였다. 몸에 전해지는 온기와 눈앞의 자연, 그리고 가족들의 모습을 보면서 내 의식은 행복한 감정으로 충만해졌다. 아내의 이름을 큰 소리로 불렀다. 뒤돌아보는 아내를 향해 "사랑해!"라고 소리치고 싶었지만 내뱉지 못했다. 팔을 크게 흔들어 뭉클하게 부풀어 오른 감정을 표현할 뿐이었다.

가이드와 약속한 시간을 한참 넘겨 주차장으로 돌아왔다. 키 낮은 잡목 숲 사이 도로를 따라 십여 분 이동하여 또 다른 바위산에 다다랐다. 산 중턱에 길고 납작한 과자 상자 같은 회색 건물이 보였다. 붉은 대지 위에 원래부터 색깔이 다른 바위가 그 모습으로 풍화된 것처럼 콘크리트 건물이 바위틈을 뚫고 언덕 밖으로 튀어나와 보였다. 세도나의 유일한 성당이었다. 미사를 집전하는 단상이 평원을 등지고 있었고 뒤쪽 콘크리트 벽 가운데가 십자가 형태로 뚫려 있었다.

창문이 없는 실내의 유일한 빛은 십자가 창문을 통해 들어오는 태양 광선뿐이었다. 선명한 빛의 십자가가 성당의 내부를 반으로 나누었다. 어둠 속에서 십자가에 집중된 빛이 바로 보기 힘들 정도로 눈부셨기 때문에 사람들은 고개를 저절로 숙였고 자연스럽게 기도하는 자세가 되었다. 회색 콘크리트 상자 안에 아무런 장식도 없는 나무 의자만 놓여 있는 성당은 그 빛만으로도 화려한 종교적 아이콘이 가득했던 유럽의 성당보다 훨씬 경건한 분위기를 연출했다.

식사를 위해 세도나의 중심가로 갔다. 두 개의 도로가 직각으로 만나는 삼거리를 중심으로 서부 영화 세트처럼 나지막한 목조 상가들이 한적하게 펼쳐져 있었다. 나는 외국 여행 중에 웬만하면 한식을 찾지 않는다. 빵을 좋아하는 식성도 하나의 이유지만 현지의 음식 경험이 여행의 큰 의미라 생각하기 때문이다. 하지만 몸이 좋지 않아 입맛이 없을 때는 윤기 흐르는 쌀밥과 얼큰한 국물이 간절해지는, 어쩔 수 없는 한국 사람이다.

맛이 별로일 거라는 가이드의 만류에도 불구하고 우리는 세도나의 유일한 한식집으로 갔다. 연재와 나는 떡만둣국과 비빔밥을 주문했다. 떡은 불어터졌고 고추장에서는 이상한 향신료 냄새가 풍겼지만 나는 밥을 한 그릇 더 주문해서 남은 반찬을 몽땅 그릇에 털어 넣어 비빔밥을 두 그릇으로 늘렸다. 밥을 배불리 먹은 연재의 커다란 눈이 모처럼 초롱초롱하게 빛났고 체온도 거짓

말처럼 정상으로 돌아왔다. 성당 바위의 잔디밭에 누워 해바라기를 한 후로 내 몸도 훨씬 가벼워졌다. 세도나에는 정말 초자연적인 힘이 있는가 보다. 활기를 찾은 아이들이 상점가를 뛰어다니며 장난을 쳤다. 다시 웃고 떠들면서 행복한 표정을 지었다.

라스베이거스로 돌아왔다. 엑스칼리버 호텔은 아서왕과 원탁의 기사가 모험을 펼치는 장중한 중세 시대 성의 모습일 거라는 내 상상과 달리, 애니메이션 〈슈렉〉에서 피오나 공주가 사는 성처럼 알록달록한 색상의 유치한 외관이었다. 하지만 이틀 동안이나 몸살감기에 시달렸던 몸을 누이기에는 충분했다.

5월 28일. 세도나

행운의 카지노

즉석 밥을 커피포트의 작은 입구에 억지로 쑤셔 넣어 데웠다. 호텔 안내 브로슈어를 침대 위에 넓게 펼쳐서 식탁을 대신했다. 고슬고슬한 밥알에서 김이 모락모락 피어오르는 흰 쌀밥에 마른 멸치를 고추장에 찍어 먹는 아침밥은 느끼한 음식에 질린 장기 여행자만이 누릴 수 있는 별미다.

오늘은 특별히 갈 곳을 정하지 않고 라스베이거스의 거리와 각기 다른 콘셉트의 호텔들을 자유롭게 둘러보기로 했다. 우리가 머무는 엑스칼리버 호텔은 중세 시대의 성을 테마로 했다. 거대한 피라미드 형상을 닮은 길 건너 MGM GRAND 호텔은 무려 3,000개가 넘는 객실을 자랑한다. 호텔 앞에 브루클린 브리지의 축소 모형이 있는 뉴욕뉴욕 호텔은 맨해튼의 모습을 흉내 낸 건물 사이를 달리는 롤러코스터가 관광객들의 시선을 붙잡는다.

쇼핑 상가의 길이가 1마일이라는 거대한 쇼핑몰, 원 마일 스트

리트는 규모가 너무 커서 입구 근처만 조금 구경하고 돌아 나왔다. 분수쇼로 유명한 벨라지오, 파리의 에펠탑을 주제로 한 파리스, 아름다운 정원과 수영장이 유명한 플라밍고, 이탈리아 베네치아를 재현해 놓은 베네시안 등 라스베이거스에서는 저마다 독특한 특색이 있는 호텔이 그 자체로 관광 상품이 된다. 거리의 작은 카지노와 기념품 가게들이 관광객들을 유혹하고 외계인, 스파이더맨, 슈퍼맨, 해적으로 분장한 사람들이 관광객들의 기념사진 소품이 되어주고 돈을 받기 위해 행인들에게 장난을 걸면 놀란 사람들은 고함을 지르며 한바탕 즐겁게 웃는다. 기타를 연주하며 노래하는 사람, 춤을 추는 사람, 동상처럼 분장하고 꼼짝 않고 있다가 행인을 놀라게 하는 사람들이 거리의 이곳저곳에서 관광객들의 시선을 끌기 위해 저마다의 장기를 펼친다.

점심을 먹기 위해 가짜 산마르코 광장 종루가 있는 입구를 지나 리알토 다리를 건너 베네시안 호텔에 들어갔다. 로비 천장에 걸려 있는 형형색색의 우산과 우윳빛 대리석으로 조각된 화려한 분수가 시선을 끌었다. 실내 운하의 물 위로 곤돌라가 떠다녔다. 곤돌리노가 부르는 <산타루치아>가 실내에 메아리쳤다. 실제 베네치아의 아름다운 모습에는 미치지 못하지만, 라스베이거스 한복판에 베네치아를 옮겨 놓겠다는 이들의 상상력과 그 상상을 실행할 수 있는 자본력이 놀랍다.

우리가 찾아간 레스토랑은 인테리어가 고급스럽고 테이블 세팅과 직원의 행동에도 기품이 흘렀다. 스테이크가 먹고 싶었다. 칼질 사이로 벌겋게 피가 나오는 고기가 싫어 미디엄 웰던으로 주문했더니 윤기 나는 하얀 접시 위에 표면이 까맣게 그을린 고기 한 덩어리가 서빙되었다. 한국에서 스테이크를 주문하면 흔히 곁들여 나오는 삶은 야채나 감자는 없었다. 소스가 접시 바닥에 겨우 흔적을 남길 만큼 점점이 묻어 있어서 장식인지, 양념인지 알 수 없었다. 손님이 없는 식당 종업원들의 시선이 모두 우리 가족을 향하고 있었지만, 심심한 고기에 간을 맞추기 위해서 접시를 기울여 고기 조각으로 소스를 닦아 가며 먹었다. 식사를 마치고 음식값 130불과 팁을 추가로 지불했다. 인테리어와 서비스보다는 비싼 음식값이 호텔의 품위를 더 확실히 느끼게 했다.

식사 후에는 라스베이거스에서 가장 화려하다는 WYNN 호텔과, 거리를 덮은 천장의 화려한 조명이 유명한 프레몬트 거리가 있는 스트립의 동쪽 지역까지 갈 계획이었지만 아이들이 다시 지치기 시작했다. 호텔 앞까지 운행하는 모노레일 정거장을 찾았다. 지도를 믿고 가깝다고 생각했는데 한 시간 정도를 걸었다. 무료라는 여행 안내서의 설명과 다르게 4인 비용이 택시 요금과 비슷했다. 처음부터 택시를 타고 시간을 아껴서 아이들이 쉬도록 하는 것이 나았다. 호텔에 돌아오니 아이들을 재울 시간이 없었다. 방으로 들어가 급히 간식을 먹이고 쇼가 시작하는 시간에 맞추기 위해 슬롯머신 사이를 질주했다.

몇 년 전, 서울 어린이대공원에서 동춘 서커스를 관람했던 기억이 선명하다. 우리나라의 유일한 서커스는 공원 한쪽 인적이 드문 곳에 설치된 낡은 천막 안에서 상연했다. 흙이 드러난 맨바닥에 펼쳐진 접이식 철제 의자가 관객석이었다. 입장료가 너무 저렴해서 공연을 관람하는 내가 오히려 미안했다. 그마저도 객석의 3분의 1도 채우지 못했다. 곡예사의 묘기가 진행될 때마다, 신기하고 아슬아슬한 서커스 특유의 긴장감이 들기보다는 허술한 시설의 무대에서 행여 어린 출연자들이 다치지나 않을까 불안하고 애처로워서 관람 내내 마음이 아팠다.

서커스의 한 종류라 할 수 있는 KA쇼는 동춘 서커스보다 결코 특별하거나 뛰어난 묘기를 보여 주지는 않았다. 하지만 거대한 규모의 무대 장치와 현란한 조명과 웅장한 배경 음악 속에서 펼쳐지는 공연자들의 역동적인 모습들이 관객들의 긴장감을 최고조로 끌어올렸다. 우리가 구입한 무대 바로 앞자리의 입장권 가격 170불은 동춘 서커스 입장료의 40배에 가깝다. 경영난을 이기지 못한 동춘 서커스가 얼마 전 결국 문을 닫았다는 기사를 보았다. 고단한 표정으로 위험한 외줄 곡예를 하던 동춘 서커스 소녀 곡예사의 촉촉한 눈빛이 라스베이거스 쇼에 출연하는 여주인공의 자신 있고 화려한 모습과 겹치면서 마음 한구석이 울적해졌다.

쇼가 끝나고 호텔에 돌아와 아이들을 재운 후, 우리 부부는 범죄를 준비하는 일당처럼 얕은 흥분과 불안감으로 긴장한 채로 카지노 안을 어슬렁거렸다. 나는 각각 그림에 정해진 숫자도 외우지 못할 만큼 카드 게임에 서툴다. 페이크를 쓰면서 상대의 기선을 제압해야 이길 수 있는 포커는 진정으로 돈을 빼앗고 싶은 상대가 없어 재미가 없다. 라스베이거스 가이드에게서 난생처음으로 블랙잭을 배웠다. 실제 카드로 시연하지는 못했고 그랜드 캐니언으로 가는 차 안에서 말로만 배웠다.

우리가 참여할 수 있는 블랙잭 테이블을 찾았다. 배팅액은 최소 10불이었다. 우리가 정한 오늘 투자 금액으로는 열 번밖에 게임을 할 수 없다. 유일한 5불짜리 배팅 테이블은 대기하는 사람들의 줄이 길었다. 게임 규칙이 단순하고 딜러의 손놀림이 빠른 블랙잭은 한 게임의 시작과 끝이 무척 빨랐다. 겉으로는 무척 방탕해 보이는 카지노는 규정이 철저하게 지켜지고 있었다. 술집에서 간단히 마가리타 한 잔을 먹기 위해서도 성인임을 증명하는 여권을 보여야 하고, 카지노 테이블에서 칩을 교환하려면 누구나 예외 없이 매번 신분증 제시를 요구받는다. 철저한 규칙들이 자칫 혼란과 무질서에 빠지기 쉬운 향락의 도시를 안전하게 유지하는 장치가 되었다.

한 시간 이상 용기를 내지 못하고 탐색한 끝에 드디어 한 곳을 결정했다. 마음씨 좋아 보이는 백인 여자 딜러의 블랙잭 테이블이었다. 여권을 보여 주고 백 불 지폐를 칩으로 바꾸었다. 딜러는 내가 준 지폐를 들어 조명에 비추어 보고 양 끝을 몇 번 잡아당기면서 위조지폐 여부를 검사했다. 테이블 모서리 구멍에 돈을 밀어 넣은 후 둥근 칩 열 개를 건네주었다. 나는 목이 바짝 마르면서 목소리가 갈라졌다. 칩을 한 줄로 쌓아 올리는 손끝이 떨렸다.

카드가 돌고 첫 배팅이 시작되었다. 뒤에서 내 어깨를 움켜쥔 아내의 손가락이 바르르 떨렸다. 같은 테이블에 앉은 게이머는 모두 다섯 명이었다. 내 자리가 테이블 오른쪽 끝이고, 바로 옆자리는 인상이 사나운 젊은 백인 남자였다. 흑인 남자와 인도계로 보이는 아저씨가 차례로 눈인사를 했고 마지막 자리의 깡마른 중국인 여자는 주변 사람에게 관심 없다는 듯 자기 앞에 놓인 카드에서 눈을 떼지 않았다.

게임에 익숙하지 않아 내가 머뭇거리면 내 카드를 살펴본 주변 사람들이 '스테이'나 '런'을 조언해 주었다. 어떻게 할지 모르는 애매한 카드에서는 옆 사람에게 도움을 구했다. 낮은 숫자의 카드를 받을 때는 손가락 두 개로 테이블을 가볍게 두 번 두드리며 런을 외치고 높은 숫자가 나오면 손등을 좌우로 흔들어 스테이하면서 딜러와 내 카드의 숫자 조합을 비교했다. 딜러와 게이머가 가지고 있는 카드의 숫자를 합쳐 21에 가까운 사람이 이기는 블랙잭은 규칙이 단순하고 진행이 빨랐다. 실력보다는 운과 확률이 게임의 승패를 좌우한다. 그래서 나처럼 게임에 처음 참여하는 사람도 노련한 사람과 승률에서 큰 차이가 없다.

내가 정한 유일한 규칙은 최소 베팅 한도로 정해진 10불을 꾸준히 베팅하는 것이었다. 긴장된 한 시간여의 게임 결과는 의외였다. 내 앞에 쌓인 칩이 총 500불이 되어 있었다. 같은 테이블의 게이머 중에 내 승률이 가장 높았다. 내가 승리할 때마다 사람들이 환호성을 질렀고 손이 닿는 사람과 하이파이브를 했다.

그쯤에서 일어나야 그때까지의 승률을 확정할 수 있다. 카지노는 게임 횟수가 늘어날수록 게이머에게 불리하게 설계되어 있다. 최초 100불을 제하고 남은 400불을 한 번에 베팅해서 내 운을 과감하게 시험하고 자리를 뜨고 싶었다. 하지만 저돌적인 내 성격을 잘 아는 아내는 테이블에 놓인 칩이 500불에 가까워지자 게임을 멈추라고 재촉했다. 나는 400불, 800불, 1,600불, 3,200불로 기하급수적으로 늘어가는 돈을 상상하며 칩을 움켜쥐었다. 그러나 그때 아내가 내 손을 붙잡더니 고개를 내저었다. 아내의 단호한 눈빛과 마주치면서 내 흥분도 조금 가라앉았다. 아내가 끌어당기는 손에 이끌려 자리에서 일어났다. 테이블의 가장 행운아가 게임을 중지하자 모두 의아한 표정이었다. 게임을 멈춘 후에도 흥분이 쉽사리 가라앉지 않았다. 방으로 올라가는 통로의 바에서 마가리타를 주문했다. 우리의 성공적인 영웅담을 이야기하면서 한참 동안 웃었다.

5월 29일. 카지노

낙원은 상상 속에서

미 대륙 서부 해안 가까이에 있는 작은 섬이라고 생각했던 하와이는 솔트레이크시티에서 서부 연안까지 1시간 정도를 비행한 후 태평양을 가로질러 5시간을 더 날아가야 섬을 내려다볼 수 있다. 호놀룰루에서 도쿄까지 7시간의 비행을 고려하면 하와이는 미국 서부 연안이 아니라 태평양 한가운데 위치한 섬이라 해야 옳다. 예상보다 비행시간이 길었고 라스베이거스와 3시간, 뉴욕과는 5시간의 시차가 있었다.

하와이는 1800년대까지만 해도 왕이 원주민을 통치하는 왕국이었다. 평화로운 농경 시대를 살고 있던 하와이 주민은 자신과 비교할 수 없이 강력한 힘을 가지고 있던 미국과의 병합에 별다른 저항이 없었다. 잔인한 백인 침략자들에게 영토를 빼앗기지 않기 위해 피비린내 나는 싸움을 벌이던 본토 인디언과는 다른 모습이었다. 백인들의 앞선 기술과 야욕에 대한 저항은 자신들에게 역부족이라는 집단 무기력 때문이었을까? 이들은 운명을 순순히 받아들였고 그들의 왕은 자신의 땅과 백성이 미합중국의 일원이 되었음을 선포했다. 그 후 오늘날까지 하와이 원주민들이 미국으로부터 독립을 원한다는 뉴스는 들어보지 못했다.

하와이는 쾌적한 기후와 아름다운 자연환경 덕분에 미국인뿐만 아니라 전 세계 사람들에게 평생 꼭 한 번은 가 봐야 할 가장 낭만적인 관광지 리스트의 첫 번째로 꼽힌다. 이 외딴섬의 주민들은 전 세계 사람들을 끌어모으는 관광 자원 덕분에 풍요를 누린다. 유럽계의 백인 본토인과 확연히 구분되는 남태평양 폴리네시안 인종의 원주민들은 독립은커녕 오히려 그들이 미국 시민임을 자랑스럽게 여기고 있었다. 게다가 이곳은 미국의 태평양 진출을 위한 중요한 군사 기지이기도 하다.

잎이 유난히 넓적한 열대 식물이 자라는 공항의 정원을 지나 렌터카를 찾으러 갔다. 직원 2명의 일 처리는 느긋했다. 전혀 서두르지 않았고 미안한 기색도 없었다. 한 시간 이상 내 순서를 기다렸다. 어떤 서비스를 받든지 이 나라에서는 한 시간 정도의 대기는 기본이다. 그러나 아무도 불평하거나 짜증 내지 않았다. 당연한 일인 듯 그저 묵묵히 기다리다 차례가 되면 일을 처리하고 웃는 얼굴로 고맙다는 인사까지 잊지 않는다. 한국의 빨리빨리 문화에 익숙한 나는 솔직히 손가락질에 더해 욕을 한 바가지 퍼부어 주고 싶었다.

드디어 내 차례가 되었지만, 서류를 작성하는 데 30분이 더 소요되어 1시간 30분 만에 겨우 차를 빌려 공항을 빠져나왔다. 우리가 빌린 차에는 내비게이션이 없었다. 지도를 보고 호텔을 찾아야 했다. 해안을 따라 형성된 시가지 도로가 단순해서 어렵지 않게 호텔 근처까지 왔다. 그러나 호텔 주변 일방통행 도로에서 회전 방법을 잘 몰라 우왕좌왕하는 사이 경찰차가 사이렌을 울리며 내 차를 세웠다. 바로 전 좌회전 신호에서 내가 무엇인가 잘못한 것이 분명했다. 면허증과 차량 등록증을 건네주며 이제 막 도착하여 몰랐다고 여행객 특유의 어리둥절한 표정을 지었다. 건성으로 서류를 확인한 경찰은 아내와 아이를 슬쩍 곁눈질하고는 조금 망설이는 표정을 짓더니 이번에는 경고만 주겠다며 서류를 돌려주었다. 바짝 긴장해서 경찰과의 대화를 지켜보던 아내와 아이들이 내 어깨를 툭툭 치면서 안도했다.

내가 예약한 호텔은 와이키키 해변에서 한 블록 떨어진 곳이어서 길 하나를 건너면 해변으로 쉽게 내려갈 수 있었다. 시설과 분위기는 내가 기대했던 고급 리조트보다 실망스러웠지만 넓은 베란다 창문을 통해 들어오는 상쾌한 바람과 산 쪽이긴 하지만 탁 트인 전망이 좋았다. 맑고 깨끗한 공기가 연재의 피부에 도움이 될 것 같아 기쁜 마음으로 호텔에 들어섰다.

연재는 몸살이 완전히 회복되어 다시 활기를 찾았지만 나는 여전히 기침과 콧물이 가라앉지 않았다. 몸이 좋지 않으니 한식이 먹고 싶었는데 마침 하와이에서 가장 유명한 한식당이 호텔 2층에 있었다. 기운을 얻기 위해 밥부터 먹고 싶었지만, 식당은 브레이크 타임이었다. 해변에서 잠깐 시간을 보내다 돌아와 비빔밥과 된장찌개로 이른 저녁 식사를 했다. 국적 불명의 향신료 냄새가 짙었던 세도나와 달리 제법 한국의 맛과 비슷했다. 서너 배 이상 비싼 밥값이었지만 기운 회복에 큰 도움이 되었다.

저녁 식사 후에도 창밖에서 타오르는 태양의 열기는 여전히 강렬했다. 바다를 보고도 물에 뛰어들지 못한 아이들이 빨리 바다로 가자고 재촉했다. 일단 한 번이라도 물에 들어가면 몸을 씻고 옷을 갈아입혀야 하는 번거로움 때문에 바다는 식사 후에 가자고 아이들을 간신히 달래 놓은 상태였다.

식사를 마쳤으니 바다에서 마음껏 놀기로 했다. 전 세계에서 가장 유명한 해변이자 죽기 전에 꼭 가야 할 곳 리스트에서 항상 1위를 차지하는 와이키키 해변은 상상했던 것보다 평범했다. 이곳에 도착하기 전에는 넓은 백사장을 따라 높은 야자수가 길게 그늘을 만들고 코발트빛 바다에 형형색색 열대어가 헤엄치는 투명하고 아름다운 해변과 고급 호텔들이 조화를 이루는 모습을 상상했었다. 하지만 넓지 않은 백사장에는 사람들이 소란스럽게 북적였고 바다의 물빛은 탁했다. 해변을 따라 길게 이어지는 해안도로는 수많은 호텔과 쇼핑몰, 음식점들로 번잡했다. 칼라카우아 애비뉴는 호텔과 해변을 단절시켰다. 해변으로 가려면 차량을 피해 도로를 가로질러야 했다. 동남아시아의 휴양지와 같은 화려한 호텔은 찾기 힘들었다. 마치 신도시의 대규모 아파트 단지처럼 밋밋하고 우중충한 색상의 개성 없는 건물들이 줄지어 서 있었다. 하와이의 첫인상은 이국적이긴 했지만 아름답다고 말하기에는 부족했다.

사람들은 이곳을 왜 세상에서 가장 아름다운 해변이라고 말할까? 왜 평생에 한 번은 가야 한다는 걸까? 영화 한 편이 떠올랐다. 같은 동네에서 서로 위로하며 외롭게 살아가는 세 명의 할머니는 죽기 전에 하와이를 가 보는 것이 소원이었다. 할머니들은 사랑방에 와이키키 해변 사진을 걸어 놓고 여러 해 동안 한 푼, 두 푼 모아 둔 하와이 여행 경비를 찾기 위해 벅찬 마음으로 은행에 갔다. 그러나 때마침 침입한 강도에게 가진 돈을 모두 빼앗기고 만다. 낙담한 할머니들은 돈을 되찾기 위해 급기야 또 다른 은행 강도가 된다. 우여곡절 끝에 돈을 찾아 하와이행 비행기에 오르며 영화는 끝이 난다. 그토록 그녀들의 소원은 간절했다. 그녀들은 하와이의 해변을 보고 어떤 표정을 지었을까? 영화의 다음 장면이 궁금하다.

아이들은 물이 있으면 신난다. 파도가 치는 바다라면 더없이 좋아한다. 하지만 연재는 상처가 있는 피부가 짠 바닷물에 닿으면 따가울까 봐 걱정하며 바다를 앞에 두고 망설였다. 열대어를 찾아보자며 아이의 호기심을 자극해서 물로 들어갔다. 혼탁한

물속에서 물고기는 쉽게 보이지 않았다. 기대했던 구경거리를 찾지 못한 아이가 금방 흥미를 잃고 피부가 따갑다며 내 팔을 잡아끌었다. 연재만 먼저 호텔로 데려와 깨끗한 물로 씻겼다. 혼자라도 놀겠다며 엄마랑 해변에 남아 있던 윤재도 얼마 지나지 않아 호텔로 돌아왔다.

아이들이 간식을 먹으면서 방에서 쉬는 사이, 아내와 나는 칼라카우아 에비뉴를 산책하기 위해 호텔 밖으로 나섰다. 상점과 가로등 불빛으로 낮보다 더 화려해진 거리는 사람들로 북적였다. 낮 동안 눈부신 햇살 아래에서 해수욕을 즐기던 사람들이 밤이 되면 식사와 쇼핑을 위해 화려한 거리를 산책했다. 팁을 얻기 위해 악기를 연주하거나 퍼포먼스를 펼치는 거리의 예술가들도 좋은 구경거리였다.

낮과 밤의 온도 차가 거의 없어서 밤에도 창문을 열어 놓고 잘 수 있었다. 밤바람은 상쾌하고 쾌적했다. 그런데도 연재는 밤새 피부를 긁었다. 사그락사그락 긁는 소리 때문에 자다 깨기를 반복하면서 신경이 예민해진 나는 아이에게 그만 벌컥 화를 냈다. 이토록 맑고 상쾌한 공기에도 아이의 병이 나아지지 않다니! 한탄스럽고 짜증이 났다. 아이는 두려운 시선으로 아빠를 바라보았다. 침대 맡에 걸터앉아 아이가 가려워하는 곳을 긁었다. 측은하고 불쌍한 마음에 흐르는 눈물을 참았다. 시원한 바람 사이로 파도가 애처롭게 철썩였다.

미안하다! 연재야.

5월 30일. 호놀룰루

자연은 그대로 둘 때
가장 아름답다

피부에 스치는 상쾌한 공기의 흐름을 느끼면서 하와이의 첫 아침을 맞았다. 열린 창문으로 새벽바람이 불어 들어와 얇은 이불을 팔랑팔랑 뒤적였다. 호텔 뒷산 능선을 따라 시커먼 구름이 살아 있는 짐승처럼 도시 쪽으로 몰려드는 모습이 창밖으로 보였다. 산허리를 내달리는 기세가 한동안 도시를 거센 폭우로 집어삼킬 듯 보였지만 짧은 소나기가 스치듯 지나가고 구름이 바다로 빠져나가자마자 틀어 잠근 수도꼭지처럼 비가 뚝 그쳤다. 비에 젖은 공기는 더 맑았고 푸른 하늘 아래로 햇살이 눈부시게 쏟아졌다.

한국인이 운영하는 호텔의 아침 식사는 밥과 김치와 된장국이 준비되어 있었다. 몸살 기운이 여전히 남아 있어서 입맛이 까칠해진 나는 밥과 김치가 무척 반가웠다. 어딜 가나 피할 수 없는 에어컨 찬바람 때문에 기침과 콧물이 쉬 낫질 않았다.

오하우섬에서 가장 아름다운 경관을 자랑하는 하나우마 베이를 시작으로 오늘은 섬의 동쪽 해안도로를 따라 드라이브하기로 했다. 오하우라는 커다란 밀가루 반죽에서 밥그릇을 뒤집어 해안의 가장자리를 동그랗게 쿡 찍어 낸 만두피처럼 완벽한 반원형의 하나우마 베이는 기생 화산의 분화구 흔적이다. 특별 자연 보존 지역이기 때문에 하루 입장객 수를 엄격히 제한했다. 비싼 입장권을 구입하고 10여 분 동안 자연 보호 시청각 교육을 받아야만 해안으로 내려가는 것이 허락되었다.

하와이섬이 생성된 지구과학적 과정을 설명하고 산호초 해안에 사는 바다 생물을 소개해 주었다. 자연을 훼손하지 않기 위해 방문객들이 지켜야 할 주의사항을 설명하면서 교육이 끝났다. 시청각 교육장 출구가 하나우마 베이로 내려가는 통로로 이어졌다. 반원 모양의 만 안쪽으로 잔잔하게 일렁이는 코발트빛

수면에 형형색색 산호가 수채화 물감을 풀어놓은 것처럼 번졌다. 탄성이 저절로 나오는 아름다운 바다 풍경이었다.

하나우마 베이는 제주도 중문 해수욕장과 그 생김이나 기원이 많이 닮았다. 하지만 미국과 우리가 자연을 관리하는 방법은 완전히 달랐다. 이들은 지나치다 싶을 정도로 자연을 그대로 보존하길 원하는 반면, 우리의 목적은 더 넓고 더 편리하게 개발하여 더 많은 사람들이 편리하게 방문하도록 만드는 것이다. 지금껏 많은 관광지를 다녀 보았지만, 그곳이 얼마나 훌륭한 가치를 가진 장소인지 사람들에게 어필할 수 있는 결정적 요인은 역설적으로 사람의 손길을 얼마나 효과적으로 제어할 수 있었느냐 하는 것이었다.

물론 하와이섬의 하나우마 베이도 무척 아름다운 곳이지만 제주도의 중문 베이보다 절대적으로 더 아름답다고는 단정 짓지 못하겠다. 지질학적으로도 하와이와 같은 형태의 화산 폭발로 형성된 제주도의 중문도 간과할 수 없는 가치를 가지고 있다. 그럼에도 이곳이 더 아름답게 느껴지는 이유는 하와이라는 이름 속에 스며든 파라다이스라는 이미지도 있지만, 유난스럽다고 느낄 정도로 되풀이하는 자연에 대한 찬사와 사람의 손길을 철저히 제한하는 그들의 치밀함 때문이었다. 공원 직원들은 마치 박물관의 보물을 지키는 경비원처럼 방문객들이 금지된 행동을 하지 않는지 감시하느라 표정이 삼엄했다. 덕분에 영상을 관람한 후 어두운 극장을 빠져나온 관광객들은 밝은 햇빛에 눈을 서서히 적응하면서 시야에 들어오는 해안 풍경에 감동받을 준비를 단단히 하게 된다. 난장을 펼치고 산나물과 과일과 삶은 옥수수를 파는 할머니들이 손님을 부르는 애처로운 손을 뿌리치면서 해변으로 내려가야 하는 중문 해수욕장 방문객과는 마음가짐부터 달라진다.

좁고 가파른 길을 따라 해변으로 내려가면 수도 파이프가 드러난 노천 샤워장과 화장실 한 귀퉁이에 문도 없는 탈의장이 해수욕객들을 위한 시설의 전부였다. 망루에 앉아 있는 안전 요원은 관광객들의 안전보다는 그들의 행동을 감시하는 역할이 더 큰 듯 보였다. 음식은 물론이거니와 음료수 한 병 사 먹을 자판기조차 없었다. 방문객들은 오롯이 자연 그대로를 눈으로만 감상하며 즐기다가 아무것도 남기지 않고 깨끗하게 돌아갈 수밖에 없었다. 우리나라의 관광지처럼 주차장 주변에 빼곡히 들어선 음식점과 호객꾼, 해수욕장을 내려가는 계단을 점령하고 간식을 파는 할머니, 자연 보존의 중요성을 교육하고 단속하지 않는 관리자의 태만과 죄책감 없이 버려진 쓰레기가 이곳에는 없었다.

세계적인 관광지와 우리만 아는 그렇고 그런 관광지의 결정적인 차이가 바로 이것이다. 왜 우리는 자연을 그대로 두고 즐길 줄 모르는지, 왜 모든 것을 파헤쳐 콘크리트로 매끈하게 포장해야 직성이 풀리는지, 아름다운 자연 속에서 굳이 음주와 가무를

즐겨야 하는지 나는 도무지 이해할 수 없다. 깊은 산중의 산사조차 입구는 어김없이 음식점의 고기 굽는 냄새가 진동하고 몇 안 되는 맑고 시원한 계곡도 여름이면 음식 냄새와 쓰레기 냄새에 코를 막아야 한다. 교육하고 계몽하고 단속하지 않는다면 사람들은 절대 스스로 자연을 보호하려 하지 않을 것이다. 아무리 둘러보아도 우리 제주도가 하와이에 비해 그 아름다움이 조금도 부족하지 않다.

가져간 간식을 먹으며 오후까지 해변에서 즐거운 시간을 보냈다. 쇼핑센터가 문을 닫는 시간이 다 되었다며 재촉하는 아내 때문에 오하우 동쪽 해안을 돌아보는 일은 내일로 미루고 알라모아나 쇼핑센터에 먼저 갔다. 유명 브랜드숍, 음식점, 슈퍼마켓이 모여 있는 넓은 상점가를 보고 흥분한 아내는 안내 책자의 지도를 꺼내 들고 사라졌다. 쇼핑에 관심이 없는 윤재와 나는 광장 벤치에 앉아 무료하게 기다렸다. 시간이 한참 지나고 날이 어두워지기 시작할 때까지 아내는 돌아오지 않았다. 해가 지면 호텔로 돌아가는 길을 찾기 힘들다는 신경질적인 내 문자 메시지를

받고서야 아내가 아쉬운 표정으로 돌아왔다.

호텔에 들어가자마자 곯아떨어진 아이들을 방에 두고 아내와 나는 호텔 앞의 칼라카우아 애비뉴를 산책했다. 넓은 쇼핑센터를 오후 내내 뛰어다닌 아내는 다리가 아프다고 투덜거리며 빨리 호텔로 돌아가자고 어린아이처럼 졸랐다. 쇼핑에 체력을 모두 소진해 버리고 정작 남편과 함께하는 시간은 피곤해서 견디기 힘들다니 화가 났지만, 그렇다고 지친 아내를 계속 끌고 다닐 수도 없었다. 호텔로 돌아와 부어오른 다리를 마사지해 주는 사이에 아내는 잠이 들었다. 일기를 쓰기 위해 로비로 내려갔다. 관광객들의 왕래도 없는 늦은 밤, 모처럼 조용히 우리의 여행을 되돌아보는 시간을 가졌다.

5월 31일. 하나우마 베이

신비로운 자연,
축복받은 땅

숙박비를 아끼기 위해 아이들은 빼고 성인 2명으로 예약했기 때문에 아침 식사 쿠폰이 2장밖에 없었다. 아내와 나는 호텔 식당에서 아침을 먹고 아이들은 편의점에서 주먹밥을 사다가 먹였다. 아이들은 식당에 가는 번거로움이 없고 침대에서 TV를 보며 편안하게 먹을 수 있는 일본식 스팸 주먹밥을 식당 밥보다 훨씬 좋아했다.

오늘은 오하우 동쪽과 북쪽 해안도로를 따라가 보기로 했다. 와이키키를 벗어나면 제일 먼저 하나우마 베이를 지나간다. 달리는 차 안에서 보이는 바다의 원경이 아름다웠다. 구불구불한 해안 지형을 따라 이어진 아스팔트 도로를 달리다가 끝이 뾰족한 검은 바위들이 몰려 있는 지형 앞에 차를 세웠다. 화산이 폭발할 때 분화구에서 분출한 용암이 산기슭을 타고 흘러내리다 바다로 쏟아져 들어가는 순간 차가운 파도와 부딪힌 용암은 하늘을 향해 뾰족하게 굳어 그대로 바위가 되었다.

해안과 맞닿은 바위 위에 올라섰다. 몸을 지탱하기도 힘들 만큼 바람이 세차게 불었다. 두 팔을 벌리고 바닷바람에 내 몸을 맡겼다. 푸른 태평양 상공으로 날아오를 것 같은 황홀한 착각이 들었다. 아이들을 바위 위로 불렀다. 같이 팔을 벌려 가슴 가득히 바람을 받아들이면서 환호성을 질렀다. 걸쭉하게 바다로 흘러내리다 굳어 바위가 된 마그마의 흔적이 선명한 해안을 깎아 만든 길은 태평양의 푸른 수평선과 나란히 뻗어 있다. 검은 대지의 길이 북쪽으로 방향을 바꾸는 지점이었다.

몇몇 사람이 바다 쪽 난간에 매달려 탄성을 지르는 모습이 보였다. 차를 세우고 가까이 갔다. 높은 파도가 큰 소리와 함께 해안가 바위 아래를 파고들면서 잠시 잠잠해지더니 약간 시차를 두고 우리 앞쪽 바위의 작은 구멍으로 뿜어져 나왔다. 마그마가 식으면서 생긴 작은 구멍으로 고래가 내뿜는 거친 숨처럼 물보라가 수직으로 솟구쳤다. 파도가 치고 바위 아래로 숨어들면서 잠시 침묵하다가 구릉구릉 하는 소리와 함께 수직의 물보라가 포효하는 장관이 반복되었다.

빽빽한 원시림이 하늘을 가렸고 안개가 자욱한 어두운 도로를 따라가다 시야가 확 트이는 곳에 차를 세웠다. 누아누팔리 전망대였다. 원시림이 끝나는 절벽 가장자리에서 태평양이 한눈에 내

려다보였다. 엄청난 양의 용암이 바다와 만나 순식간에 냉각되면서 거대한 수직 절벽을 만들었고 절벽 위의 용암 대지에는 열대 우림이 울창하게 자랐다.

바다에서 부는 바람이 직각 절벽을 타고 오르면서 증폭되어 벼랑 끝의 안전 난간을 잡지 않으면 한 사람 몸무게쯤은 날려 버릴 기세로 세차게 불었다. 시간과 바람은 이곳에 어떤 예술가보다 멋진 작품을 남겨 두었다. 사방이 수직 절벽으로 둘러싸인 넓은 용암 대

지는 원시 자연의 특색을 잘 보여 주기 때문에 영화 〈쥐라기 공원〉에서 거대한 공룡들이 무리 지어 뛰어다니는 영상의 촬영 장소가 되기도 했다.

푸른 태평양을 오른쪽으로 끼고 계속 북쪽으로 달렸다. 멋진 해변을 공들여 찾아가지 않아도 아무 곳이나 뛰어들면 모두가 환상적인 바다였다. 다만 우리가 찾는 것은 짠 바닷물을 씻어 내기 위한 최소한의 샤워 시설과 따가운 햇살을 피할 수 있는 시원한 야자수 그늘이 있는 곳이었다. 모든 해안이 멋진 해수욕장이었지만 호놀룰루의 호텔까지는 먼 거리였고 우리는 오후에 가야 할 곳이 많았기 때문에 짠 바닷물을 씻어 낼 시설이 꼭 필요했다. 넓은 주차장과 큰 건물을 지어 놓은 해변은 한 곳도 발견할 수 없었다. 자연을 최소한으로 개조하고 불편을 감수하면서 되도록 그대로 보존하는 일관된 모습이었다.

일몰이 가장 아름답다는 선셋 비치에는 다른 해변보다 사람들이 많았다. 주차장 한편에 있는 화장실 세면대가 불편하게나마 씻을 만했다. 듬성듬성 흩어져 있는 야자수 그늘 밑에서 아내와 내가 한가로운 시간을 보내는 동안 아이들은 바다에서 장난을 쳤다. 일광욕을 좋아하는 이곳 사람들은 햇볕을 찾아 야자수 그늘을 피해 다니고 우리 내외는 몸통만큼만 겨우 가리는 나무 그늘을 따라 혹시 맨살에 햇볕이 닿을세라 바쁘게 옮겨 다녔다. 뙤약볕 아래에서 아이들은 파도와 함께 한참 동안 뛰어놀았다. 자연 속에서 맘껏 뛰어노는 아이들의 모습이 보기 좋았지만, 다음 목적지에 가기 위해 아이들을 재촉해야 했다.

해변을 떠나기 아쉬워하는 아이들을 달래 비누도 없이 몸을 씻기고 다시 출발했다. 윤재는 파도에 떠내려가지 않기 위해 모래밭에 묻어 둔 슬리퍼를 끝내 찾지 못했다. 아내가 맨발로 내 등에 업힌 아이의 엉덩이를 손으로 내리쳤다.

새우가 그려진 오두막들이 도로를 따라 늘어서 있었다. 근처 양식장에서 기르는 싱싱한 새우를 즉석에서 요리해 주는 노점이었다. 마늘 소스를 발라 튀긴 새우는 우리 입맛에 딱 맞았다. 노점 뒤편 새우 양식장에서 풀쩍풀쩍 뛰는 새우를 구경하고 싶었지만 시커먼 물빛 때문에 아무것도 보이지 않았다.

오하우의 북쪽 끝에서 남쪽으로 방향을 바꿨다. 호놀룰루로 돌아오기 위해 해안을 벗어나 내륙으로 들어섰다. 넓은 농장을 관통하는 도로를 한참 동안 달렸다. 선명한 황톳빛 대지에 잎사귀가 넓적하고 키가 작은 식물이 열을 맞추어 지평선 가득히 재배되고 있었다. 30분 이상 차를 달려도 농장이 끝나지 않았다. 알로에일까? 파인애플일까? 사탕수수일까? 처음 보는 식물의 정체가 궁금했다.

우리의 의문은 잠시 후 방문한 돌 파인애플 농장에서 풀렸다. 그 광활한 땅에 뿌리내린 식물들은 모두 파인애플이었다. 운전한 이동 거리로 짐작건대 농장의 넓이가 거의 우리나라 한 개 군

정도의 넓이는 될 듯싶었다. 그 넓은 땅에서 오직 파인애플만 재배한다. 농장을 구경하는 작은 기차도 운행되었다. 이곳에서 구획을 나누어 대량으로 재배되는 파인애플은 땅에서 키우는 식물이 아니었다. 컨베이어 벨트에서 조립, 생산되는 공장 제품에 가까웠다. 순서대로 씨를 뿌려서 기르고, 다시 심은 순서대로 수확하는 과정이 일 년 내내 반복된다. 엄청난 생산성에 놀라지 않을 수 없었다. 축복받은 땅을 가진 이들이 얄밉도록 부러웠다. 윤재는 농장 기념품 가게에서 엄마의 구박을 받으면서 새 슬리퍼를 샀다.

하와이에서 가장 큰 와이켈레 아울렛은 군부대 인근의 군인 주거 단지 가운데에 있었다. 내가 빌린 차에는 내비게이션이 없어서 호텔에서 얻은 조잡한 지도에 의지해 좁은 마을 골목을 여러 번 헤맨 후에야 목적지를 찾을 수 있었다.

옷을 고르는 일은 언제나 고역이었다. 윤재와 나는 답답한 매장을 빠져나와 주차장에서 아내를 기다렸다. 시간이 지나고 날이 어두워지기 시작해도 나오지 않는 아내를 재촉하기 위해 다시 매장 안으로 들어갔다. 형형색색의 셔츠를 양팔 가득히 안고 있는 아내는 내가 가까이 다가가는 줄도 모르고 여전히 다른 옷들을 만지작거리고 있었다. 한국보다 무척 저렴하다지만 나는 한꺼번에 티셔츠만 십여 벌을 구입하는 아내를 이해할 수 없었다. 잔소리하고 싶었지만, 양팔 가득 쇼핑백을 들고 행복해하는 아내의 미소를 외면할 수 없었다. 저렴한 티셔츠가 전부였기 때문에 그리 대단한 지출도 아니었다. 아내는 다른 브랜드 매장도 가자고 했지만 해가 지면 호텔로 돌아오는 길을 찾는 일이 쉽지 않다며 말렸다.

호텔로 돌아온 나는 화려한 야경 속에서 관광객들이 붐비는 밤바다를 산책하고 싶었다. 그러나 오후 내내 쇼핑을 즐긴 아내가 침대에 다리를 뻗으면서 급격히 피로를 호소하더니 외출을 거부했다. 나는 우리 여행에서 무엇이 중요하냐며 화를 냈지만, 아내는 아랑곳하지 않고 잠이 들어 버렸다.

원망을 담은 눈으로 잠든 아내를 바라봤다. 그러다 이내 아내와 내가 여행에서 추구하는 가치가 똑같을 수는 없다는 생각이 들었다. 우리 가족의 소중한 추억 만들기와 아이들에게 줄 수 있는 새롭고 낯선 경험. 한국에서 체험할 수 없는 신비로운 문화, 자연, 삶. 여행이 내게 이런 가치가 있다면 아내에게는 한국에서 좀처럼 체험할 수 없는 쇼핑의 즐거움이 더해진 것도 나쁘지 않다는 생각을 했다. 얕은 코골이를 하며 깊은 잠에 빠진 아내가 금방 다시 사랑스러워졌다.

6월 1일. 오하우

생존 경쟁의 전장에서 내 인생을 끄집어내는 일

마우이에서 이틀을 보내고 호놀룰루로 돌아오면 같은 호텔에 묵기로 되어 있다. 이틀 동안 사용할 물건만 가방 하나에 모아 짐을 줄이고 나머지 가방은 호텔에 맡겼다. 공항으로 가는 오하우 H1 고속도로는 호놀룰루의 뒷산 능선을 따라 건설되어 시내를 조망하며 달릴 수 있다. 한산한 도로를 따라 편안하게 경치를 즐기면서 여유롭게 공항에 도착했다.

공항 게이트에서 출발 시간을 기다리는 동안 아내는 옆 벤치에 앉은 한국계 할머니와 친해졌다. 고달팠던 하와이 이민 이야기에 잘 호응하는 아내에게 할머니는 모처럼 고향의 누이라도 만난 것처럼 자신의 이야기를 쏟아 냈다. 재미있는 이야기에 손바닥을 치며 웃어 주고 슬픈 사연에는 안타까운 표정으로 공감해 주는 아내의 진심 어린 응대 앞에서는 누구라도 자신의 이야기를 풀어놓지 않고는 배기지 못한다. 처음 만나는 사람도 순식

간에 마음을 편안하게 만드는 아내의 놀라운 사교성에 늘 감탄한다.

하와이안 에어라인 비행기는 화려한 꽃무늬로 외벽이 프린팅되어 있어 열대 섬의 이미지를 잘 보여 주고 있었다. 비행기가 이륙하는가 싶더니 30분 남짓 비행하고 곧바로 고도를 낮췄다. 비행기에서 마우이섬 전체가 한눈에 보였다. 마주 보는 두 개의 화산 사이가 좁고 평평한 용암 대지로 이어져 마치 표주박을 엎어 놓은 모양의 섬이었다.

비행기는 표주박의 잘록한 허리를 가로질러 만든 활주로를 따라 착륙했다. 비행기에서 내린 나는 렌터카를 찾기 위해 뛰었다. 호놀룰루에 처음 도착했을 때처럼 1시간 넘게 기다리고 싶지 않았다. 이번에는 내비게이션도 빌리고 주유소가 많지 않은 섬에서

애먹지 않기 위해 휘발유도 미리 가득 채워 달라고 부탁했다. 우리가 어느 나라 사람인지, 마우이에서의 계획이 무엇인지 등을 물어 오던 데스크 직원은 할레아칼라 분화구로 가는 우리의 계획을 듣고는 예약해 놓은 세단보다 SUV가 훨씬 나을 거라며 차량을 바꾸라고 권했다. 업그레이드 비용은 받지 않겠다고 했다. 우리에게 배정된 차량은 5,000㎞도 운행하지 않은 빨간색 지프였다. 오하우에서 탔던 PT크루저는 한때 내가 참 갖고 싶었던 차였는데 실제로 타 보니 인테리어가 조잡하고 기계의 조작이 불편해서 실망이었다. 낡은 차는 액셀러레이터를 깊게 밟아도 무겁고 둔탁하게 움직였다. 그에 비해 오늘 빌린 지프는 가볍고 힘이 넘쳐 운전이 훨씬 편안했다.

지각의 융기와 침식으로 생성된 산과 달리 용암이 흘러내려 형성된 화산은 정확한 삼각뿔 모양이었다. 정확한 주소가 없는 화산 분화구 대신 정상 근처에 있는 천문대를 내비게이션의 목적지로 입력했더니, 해발 고도 3,500m에 불과한 산 정상에 도착하는 시간이 2시간 후라고 표시되었다.

정상으로 올라가기 위해 산허리를 돌아가며 지그재그로 만든 길이 50㎞가 넘었다. 민가가 사라지고 점점 경사가 심해지는 오르막길을 따라 아열대 우림 속으로 길이 이어졌다. 시야가 차 한 대 길이만큼도 되지 않는 자욱한 안개 속에서 앞서거나 마주 오는 차와 부딪히지 않도록 조심해서 운전했다. 산허리를 돌아 고도가 차츰 높아지면서 나무의 크기가 작아지더니 키 작은 잡목이 듬성듬성 자라는 검은 돌 천지의 경사면이 이어졌다. 숲이 사라지면서 안개가 걷히고 시야가 훤해졌다. 나무 한 그루 없는 검고 매끈한 산 사면이 푸른 하늘과 선명하게 대비되어서 자동차가 아래로 굴러떨어지지 않을까 하는 생각이 들 정도로 위험해 보였다. 구름이 산 아래를 가득 채웠다. 하얀 구름 사이로 우리가 지나온 검은 도로가 불쑥 튀어나와 보였다. 검고 매끈한 산 사면과 옅은 초록 하늘, 그리고 그 아래 천지를 덮고 있는 하얀 구름과 짙푸른 태평양 바다가 선명하게 대비되면서 일상적으로 볼 수 없는 외계 풍경을 만들었다.

공원 관리 사무소 이정표에는 해발 2,000m 표시가 적혀 있었다. 스위스에서 겪었던 고산병의 괴로운 기억이 떠올랐다. 산소가 희박해진 고산에서는 숨이 가쁘고 머리가 어지러워 몸의 균형을 잡는 일이 쉽지 않았다. 융프라우 정상에 도착한 열차에서 별생각 없이 뛰어내린 아이들이 대합실 바닥에 맥없이 쓰러졌었다. 시간이 지나도 증세가 나아지지 않아 빙하를 구경하려던 계획은 무산되었다. 다음 열차를 타고 바로 산에서 내려왔다. 해발 3,000m의 융프라우에서 우리 가족의 신체 반응은 그토록 심각했는데, 할레아칼라는 그보다 500m가 더 높다. 공원 관리 사무소 앞 잔디밭에 앉아 몸이 고도에 적응하도록 한동안 휴식 시간을 가졌다. 그리고 다시 천천히 분화구에 올랐다.

분화구 정상은 만년설이 뒤덮인 추운 곳이라 추측했는데 풀 한 포기 없는 검은 암석 지역에 바람은 많았지만, 기온은 그다지 차갑지 않았다. 추위를 대비해 가져온 외투는 필요 없었다. 반바지에 반팔 차림임에도 크게 냉기를 느끼지 못했다. 하지만 연재에게 고산 증세가 나타났다. 급격히 피곤해하면서 걷기 힘들어했다.

아내와 연재는 주차장 가장자리 벤치에서 쉬도록 하고 윤재와 나는 분화구 정상으로 걸어갔다. 모양과 크기가 사람 머리를 닮은 화산암 사이에 새까만 돌 부스러기가 흩어진 길이었다. 분화구 가장자리 중에서 가장 높은 능선 위가 전망대였다. 거대한 분화구 전체가 한눈에 보였다. 내셔널 지오그래픽에서 보았던 하얀 천문대 건물이 오른쪽 잿빛 언덕 위에서 햇빛을 받아 반짝였다. 할레아칼라는 지구상에서 가장 큰 화산 분화구이다. 분화구 바닥이 그랜드 캐니언만큼 깊었고 반대편 능선은 시야에 가물가물하도록 멀리 보였다. 분화구의 푸른 숲속에서 노루가 뛰어노는 제주도의 성산 일출봉과 작은 오름만 알고 있던 나는 거대하고 황량한 잿빛 분화구 풍경에 한동안 의식을 빼앗겼다. 검붉은 대지가 높은 고도의 강렬한 햇빛을 반사하며 신기루처럼 아른거렸다. 카메라 앵글에 비친 배경은 도무지 현실이라고 믿기 어려운 몽환적인 광경이었다. 예기치 않은 절경에 놀란 윤재도 한동안 말이 없었다. 바람에 날리는 옷깃을 부여잡고 아이와 나는 자연이 그린 독특한 풍경화에 맘껏 취했다.

주변 관광객들 사이에서 한국말이 들렸다. 신혼부부로 보이는 몇 쌍의 남녀들이 풍경에 도취하여 사진을 찍고 행복한 말을 주고받았다. 한 부부는 서로를 강렬하게 끌어안으며 진한 키스를 나누기도 했다. 그들의 모습을 바라보며 아내와 결혼할 때 느꼈던 사랑의 감정을 떠올렸다. 서로 같은 공간에 있는 것만으로도 가슴 벅찼던 그때 그 시절을 상기하며 '과연 나는 신혼 시절의 저 마음을 아직도 간직하고 있는가?' 하고 자문해 보았다. 그녀가 없으면 못 살 것 같았고 그래서 영원히 함께하기 위해 결혼했다. 더 많이 사랑하리라 다짐했지만 살아온 세월은 생각처럼 호락호락하지 않았다. 사랑한 날만큼 미워한 날도 많았다. 그녀와의 만남이 인생의 축복이라 여기다가도 다시 홀로 돌아가고 싶다는 생각이 간절한 적도 있었다. 신비로운 선경 앞에서 느끼는 그들의 사랑이 얼마나 지키기 어려운 사랑인지, 지금 그들은 전혀 눈치채지 못할 것이다. 그러나 모든 것을 녹여 버릴 듯 타오르는 용암이 식으면 그곳이 바로 생물들의 삶이 터전이 되듯, 뜨거운 사랑 뒤에 남는 그들의 단단한 삶을 축복해 주고 싶었다.

좀처럼 고산병에서 헤어나지 못하고 엄마 무릎 위에 누워 있는 연재를 안아 차에 태웠다. 활기 있던 윤재까지 갑자기 피로를 호소했다. 차 실내와 연결된 트렁크에 실려 있는 여행 가방을 뒷좌석으로 옮겨 아이가 편하게 누울 수 있는 공간을 만들었다. 화산 봉우리와 잡목들이 보이던 올라올 때의 풍경과 달리 내려갈 때는 산허리에 감긴 구름과 멀리 짙푸른 바다를 보며 운전했다. 어디까지가 구름이고 어디부터 바다인지 눈으로 느끼는 질감의 경계가 모호한 풍경이었다. 팔을 벌려 구름 위로 풀쩍 뛰어오르면 수면에 띄워 놓은 에어 매트처럼 출렁 내 몸을 받아 줄 것 같았다. 키 낮은 잡목 몇 그루가 유일한 생명체인 잿빛 산비탈을 따라 먹물을 잔뜩 머금은 거대한 붓으로 길게 한 획을 휘갈긴 것처럼 검은 아스팔트가 곡선을 이루며 길이 이어졌다. 검은 붓자국을 따라 달리는 우리 가족의 자동차는 그 아름다운 흑백 풍경화 속의 빨간 포인트였다.

산비탈을 내려가는 동안 지금 눈앞에 보이는 이 광경이 진정

현실이 맞는지, 이국의 바닷가에 누워 깜박 잠든 사이 입가를 헤죽거리며 꾸는 꿈은 아닌지 도무지 현실과 꿈을 구분하기 어려웠다. 해발 2,000m부터 길은 구름 아래로 내려갔다. 구름 속으로 빨려 들어간 자동차는 한동안 짙은 안개에 갇혀 있었다. 고도가 낮아지고 안개가 걷히는 지점부터는 습기를 가득 머금은 작은 꽃들이 길을 따라 피어 있었다.

화산을 다 내려오면 길은 태평양의 수면과 같은 높이로 평평하게 뻗어 있다. 날씨가 산 위와 완전히 달라졌다. 싸늘했던 기온이 높아졌고 습했던 공기가 건조해졌다. 차는 사탕수수가 빽빽하게 자라는 농장 사이를 달렸다. 매끈한 줄기에 넓고 기다란 잎의 자태가 멋진 식물이었다. 줄기의 가운데를 분질러서 진짜 단맛이 나는지 확인하고 싶었지만 낯선 땅에서 행여나 범죄가 되지 않을까 걱정되어 차를 세우지 못했다. 표주박 모양인 섬의 목 부분을 가로질러 화산의 반대편 해안을 따라 우리의 숙소가 있는 라하이나를 찾아갔다. 짙푸른 바다가 한가로이 넘실거리는 이 해안에서는 겨울이 되면 유유히 헤엄치는 고래를 볼 수 있다.

라하이나는 하와이가 왕국으로 번성하던 시절의 수도였다. 우리가 예약한 숙소는 로열 라하이나 리조트라는 거창한 이름의 호텔이었다. 이름처럼 왕들이 소유했던 근사한 곳일까? 기대하며 라하이나 마을을 지나 나지막한 호텔과 골프 코스가 보이는 해안 골목길로 들어섰다. 이곳 역시 3명으로 예약했기 때문에 아내와 아이들은 차에서 기다리라고 하고 혼자 호텔 로비로 갔다. 체크인이 끝나기를 옆에서 기다리고 있던 벨 보이가 우리가 묵을 방이 멀어 전동 카트를 타고 가야 한다며 가족이 어디 있는지 물었다. 우리 가족의 속임수가 꼼짝없이 들통날까 걱정했지만 벨 보이는 우리 가족의 인원수에 관심이 없었다.

짐을 옮겨 싣고 우리를 태운 카트가 호텔 본관을 향해 출발했다. 호텔과 골프 코스, 해변이 어우러진 너른 잔디밭의 덩치 큰 고목들 사이에 있는 2층 목조 빌라 앞에 카트가 섰다. 건물이 낡아 목재들이 거무스름하게 변했고 이곳저곳에 흠집이 많았다. 오래된 열쇠 구멍에 열쇠가 제대로 맞지 않았다. 벨 보이가 몇 번이나 이리저리 돌리며 애를 쓰다가 간신히 출입문을 열었다. 이름과 어울리지 않는 낡은 곳이라고 투덜대며 실내로 들어갔다. 2개의 침실과 2개의 거실 그리고 2개의 욕실이 있는 넓고 멋진 단독 빌라였다. 주방도 깨끗하고 집기도 완벽했다. 새하얀 시트가 깔끔한 큰 침대 위에 수건이 꽃잎 모양으로 정성스럽게 접혀 있었다. 벽면을 거의 다 차지하는 넓은 창문에는 야자수 잎 덧창이 위로 열려 있고 창밖으로 바다가 눈앞에서 넘실거렸다. 창문에서 뛰어내리면 곧장 바다로 빠질 것처럼 파도 소리가 가까웠다. 코발트빛 바다와 하얀 모래사장이 보이는 창문으로 붉게 변하기 시작하는 노을을 감상할 수 있었다. 모든 것이 완벽하게 낭만적인 장소였다.

호텔 내의 멋진 뷔페에서 저녁 식사를 하고 싶었지만 4명이 식사하려면 210불이 필요했다. 여행 경비가 얼마 남지 않은 우리에게는 한 끼 식사로 지출하기 어려운 가격이었다. 벨 보이가 소개해 준 호텔 앞의 이탈리아 식당으로 갔다. 이탈리아 식당이라 쓰여 있었지만 어지간한 서양 요리는 다 팔았다. 그중에서 우리는 스테이크를 골랐다. 실내가 어수선하고 컴컴했지만, 음식은 맛있고 저렴했다.

식사를 마치고 호텔을 산책했다. 해변의 멋진 노을을 정면으로 바라볼 수 있도록 지은 아담한 호텔 본관에 조그만 수영장이 딸려 있었다. 이름처럼 왕이 설립했다고 믿기에는 시설들이 많이 소박했지만 깨끗하게 잘 정돈되어 있었고 직원들도 상냥했다. 수영장 야외 바에 자리를 잡았다. 야자수 잎이 바람에 흔들리면서 나는 사그락거리는 소리 때문에 밤하늘에 들고 나는 바람을 피부에 닿는 촉감보다 청각으로 느낄 수 있었다. 횃불 그림자가 일렁이는 테이블 위에 마가리타가 놓였다. 우쿨렐레 연주에 맞추어 원주민 댄서가 사람들 사이에서 훌라 춤을 추었다. 공연을 마친 댄서가 꽃목걸이를 벗어 아내의 목에 걸어 주었다. 뜻밖의 선물을 받은 아내가 함박웃음을 지었다. 하늘을 물들이는 남국의 석양 아래 앉아 해맑게 웃는 가족들과 한 잔의 달콤한 술을 함께하는 이 행복한 순간을 꿈꾸면서 현실의 고난을 이겨 내는 과정이 인생일지 모른다. 여행은 치열한 생존 경쟁의 전장에서 가끔 내 인생을 끄집어내어 내가 꿈꾸었던 순간을 현실로 만드는 가장 확실한 방법이다.

*

한동안 꿈속에 머물다 다시 현실로 돌아가면 지금 이 행복이 다시 불행으로 바뀔지 모른다는 불안감이 어김없이 엄습한다. 돌이켜 보면 지나온 내 삶은 기대하지 않았던 행운을 짧게 즐기다가 예측하지 못했던 긴 고통을 견디는 과정의 끊임없는 반복이었다.

상경기(上京記)

서울로 가는 고속도로에 함박눈이 쏟아지기 시작했다. 12월의 짧은 해는 이른 노을을 드리웠고 얼마 남지 않은 햇빛은 굵은 눈송이에 가려 하늘이 깜깜했다. 어두운 도로를 밝혀 주어야 하는 헤드라이트 불빛은 시야를 뒤덮은 눈발 때문에 제 기능을 하지 못했다. 와이퍼가 빽빽 소리를 내며 앞유리에 쌓인 눈을 힘겹게 쓸어내렸다. 폭설 속에서 차들의 움직임은 거의 없었다. 내 인생에서 그렇게 많은 눈은 처음 보았다. 그때까지 나는 눈 내리지 않는 겨울과 무더운 여름

날씨로 유명한 남부 내륙 도시에서 벗어나 생활해 본 경험이 전혀 없었다.

"자기야! 이사하는 날에 눈 오면 잘 산다고 하던데, 집 구하러 가는 날부터 이렇게 함박눈이 내리는 걸 보면 우리 앞으로 좋은 일 많겠다. 그치!"

아내는 이런 말을 하면서 차 안에 갇혀 불안해하는 나를 진정시키기 위해 노력했다.

나는 내가 근무할 회사가 어떤 곳인지 잘 알지 못했다. 경영 철학이나 회사의 비전은 궁금하지도 않았다. 대기업이라 불리는 회사의 규모와 내 업무가 연구 개발이라는 사실에 만족했다. 학교 연구실에서 더 이상 지도 교수와 부딪치지 않아도 된다는 게 행복했다. 내가 지원한 회사의 회장 자서전이 한창 베스트셀러 목록에 올라 있었다. 젊은이들의 꿈과 도전을 강조하는 그의 글에 많은 청년이 감동했다. 사람들의 공감을 얻은 그 책으로 인해 회장은 역경을 이겨 내고 국가의 경제 발전을 위해 노력하는 존경받는 기업인으로 각인되었고 회사는 청년들이 일하기를 꿈꾸는 기업이 되었다.

하지만 나는 내가 가진 객관적 능력과 절대적 조건으로는 그 꿈이 결코 내 것이 될 수 없으리라 판단했다. 나는 지방의 이름 모를 학교 대학원에서조차 졸업이 불확실한 처지였다. 내 인생은 낙오되었다고 여겼고 불안한 미래는 금방이라도 나를 나락으로 추락시킬 것이라는 두려움으로 떨었다. 그럼에도 내가 입사를 지원한 이유는 이름 있는 대기업 중에서 그해 공개 채용을 제일 먼저 시작했기 때문이었다. 그동안 내가 해 온 연구 자료를 하나도 빠트리지 않도록 모으고 차례대로 제목과 번호를 달아 우체국에서 회사로 부치면서도 큰 기대는 없었다. 학교에서 저녁 늦게 돌아온 어느 날 아내가 건네주는 우편물의 회사 로고를 보고 믿기지 않는 합격을 알아챘다. 신입 사원 오리엔테이션에 참가하라는 안내문이 합격자 통지서를 대신했다. 어리둥절해진 나는 우편물을 보낸 부서에 전화를 걸어 그 서류가 합격을 의미하는 것이 맞는지 확인까지 했다.

그날은 입사가 확정된 회사 전체의 신입 사원이 처음으로 한자리에 모이는 행사가 열리는 날이었다. H 호텔은 서울역 앞을 거대한 벽처럼 가로막고 있는 회사 본사 건물 바로 뒤쪽 남산 자락에 있었다. 회사에 다니기 위해서는 집을 구해야 했다. 사는 곳을 결정하는 데에는 아내의 의견이 중요했다. 아침 일찍 시작하는 행사 시간에 맞추기 위해 아내와 하루 먼저 서울로 가서 행사가 끝나면 집을 알아볼 계획이었다.

차들이 꼼짝하지 못하고 그 자리에 서 있었다. 아내는 창문을 열고 손바닥을 내밀어 처음 보는 함박눈의 커다란 눈송이가 피부에 닿는 낯선 촉감을 즐기고 있었다. 답답함을 참지 못한 사람들이 차에서 내려 기지개를 켜기도 하고 길가의 방음벽에다 볼일을 보는 남자도 여럿 보였다. 눈은 멈출 기미가 없었고 도로는 점점 눈에 파묻혀 갔다. 이대로 서울까지 가는 것은 불가능했다.

고속도로에서 빠져나갈 수 있는 가장 가까운 곳이 수원 IC였다. 지도를 살펴보니 수원에서 서울역으로 가는 전철이 있었다. 가다 서기를 다시 오랫동안 반복하고서야 수원으로 들어설 수 있었다. 자정이 가까워졌다. 시내 쪽으로 이동하다가 첫 번째로 발견하는 호텔에서 묵기로 했다. 시내로 들어오면서 도로에 차는 많지 않았지만 서툰 눈길 운전은 차가 많고 적음이 문제가 아니었다. 바퀴가 헛돌고 차 꽁무니가 이리저리 미끄러지며 내가 원하는 대로 운전하기가 어려웠다. 힘이 잔뜩 들어간 팔과 어깨에 경련이 일어나기 시작할 즈음 호텔 간판을 발견했다. 우리는 무조건 호텔로 들어갔다. 객실 창 가까이에 설치된 나이트클럽 네온사인이 색깔을 바꿔가며 밤새도록 불규칙하게 반짝였다. 단조롭게 울리는 나이트클럽 음악의 저음 진동이 방바닥에 그대로 전달되었고 침대가 리듬에 맞춰 떨렸다. 타일들이 군데군데 떨어진 욕실 벽에는 지저분한 물때가 누렇게 끼어 있었다. 한쪽

귀퉁이가 떨어져 나간 더러운 스테인리스 욕조에서는 도저히 몸을 씻을 수 없었다. 하지만 그마저도 발견하지 못했다면 눈 속에서 밤을 보낼 뻔했다.

끝없이 쏟아부을 것 같던 폭설은 아침이 되면서 기세가 많이 꺾였다. 길 가는 사람들의 무릎이 푹푹 빠지는 높이까지 쌓인 눈 더미 위로 잔설만 조금씩 내렸다. 눈 속에 파묻힌 자동차 한 대가 얼어붙은 눈 위에서 바퀴가 헛돌면서 시끄러운 엔진음을 내뿜고 있었다. 호텔 앞의 도로를 달리는 다른 자동차는 보이지 않았다. 행사가 열리는 서울 남산의 호텔까지 운전해서 가는 것은 불가능했다. 그나마 덩치가 큰 버스는 움직였다. 수원역에서 서울역으로 가는 전철을 탔다. 주변이 여전히 어둑한 시간, 열차의 승객은 아내와 나뿐이었다. 출발 시간이 될 때까지 전철은 출입문을 닫지 않고 기다렸다. 객차 안으로 꽁꽁 얼어붙은 눈송이들이 쓸려 들어오더니 우리가 앉은 의자 아래에 조금씩 쌓였다.

나는 외투도 없이 결혼식에서 입었던 봄·가을용 양복을 입고 있었다. 통이 넓은 바지 안으로 밀려드는 냉기 때문에 다리가 저절로 부들부들 떨렸다. 좌석 밑에서 히터 돌아가는 소리가 요란하긴 했지만 휑하니 비어 있는 객차를 다 덥히기에는 역부족이었다. 그렇지만 목적지로 가는 교통편에 무사히 올랐다는 사실에 안도했다. 내 인생 첫 번째 직장의 첫 번째 공식 행사에 참가한다는 긴장감 때문에 가슴이 두근거렸다.

행사 시작 시간이 10분도 채 남지 않았을 때 겨우 H 호텔에 도착했다. 금박 유리 회전문을 미는 손가락이 미세하게 떨리면서 목으로 마른침이 꼴깍 넘어갔다. 처음 보는 화려한 호텔에 들어서면서 내가 드디어 큰 회사에 근무하게 되었다는 사실을 실감했다. 어리둥절한 표정으로 뒤따르는 아내 앞에서 나는 살짝 우쭐했다. 지하부터 지상 3층까지 천정이 높게 뚫려 있는 넓은 로비 공간이 방문자에게 심리적인 위압감을 주었다. 매끈한 광택이 나는 대리석 바닥에는 붉은 물결 문양의 조각이 화려했다. 천장에 연결된 긴 쇠줄에 한 층 높이의 거대한 샹들리에가 매달려 있었다. 투명한 크리스털 사이로 비치는 조명이 실내를 사치스럽게 밝혔다.

로비 중앙 에스컬레이터를 타고 오르내리는 사람들의 옷매무새가 세련되어 보였다. 나는 내가 입은 양복을 살폈다. 무릎 위 바짓단에 실밥 한 올이 풀려 나와 있었다. 손가락으로 돌돌 말아 눌러서 표시가 덜 나게 했다. 재킷 주머니 근처에 보풀이 일어나 조그맣게 뭉쳐 있었다. 손톱으로 뜯어냈더니 실밥이 길게 따라 나왔다. 보풀을 손바닥으로 비벼서 얇게 눌러 붙이며 아내의 복장을 살폈다. 결혼을 준비하며 마련했던 회색 트렌치코트가 계절에 비해 얇아 보이긴 했지만 내 양복보다는 호텔의 분위기와 더 잘 어울렸다. 마치 내가 살았던 곳과 다른 차원의 신세계로 들어서는 기분이었다. 발걸음이 조심스러워졌고 목소리가 작아졌다. 화려하고 고급스러운 실내를 정신없이 두리번거리는 내 시선을 한 곳에 붙잡아 두기 위해 애썼다.

회사에서 집으로 보내온 행사 안내장에는 호텔에 일찍 도착해서 아침 식사를 하고 행사장에 입장하라는 설명과 함께 아침 뷔페 식사권 2장이 들어 있었다. 예상치 못했던 폭설과 전철 이동 시간 때문에 나는 아침을 먹을 시간이 없었다. 아내에게 식사하면서 기다리라고 하고 나만큼 어색한 표정을 짓고 있는 사람들의 무리 속으로 들어갔다.

행사는 2시간 정도 소요되었다. 혼자 기다리고 있는 아내가 걱정이었다. 행사장을 빠져나와 약속한 뷔페식당 앞 벤치로 갔다. 아내는 불안한 표정으로 약속한 위치에 앉아서 주변을 두리번거리고 있었다.

"자기야. 여기 음식값 엄청 비싸지?"

나를 발견한 아내가 달려와 내 팔을 감싸 안으며 말했다.

"그렇겠지! 아침은 맛있었어?"

"응! 그런데 이 사람들 엄청 약았더라. 까딱하면 큰 바가지 쓸 뻔했어."

궁금한 표정을 짓는 내게 아내는 아침 식사를 하면서 있었던 일을 설명하기 시작했다.

"아침 뷔페로 뭘 먹을까 고민하고 있었지. 접시를 가지고 이것저것 먹고 있는데, 어떤 남자가 오더니 오믈렛을 만들어 줄 테니 먹으라는 거야. 왜, 있잖아! 달걀을 프라이팬에 풀어서 휘휘 섞어서 익히는 거!"

나는 오믈렛이 어떻게 만들어지는 요리인지 몰랐다. 잠자코 아내의 이야기를 계속 들었다.

"근데 가격이 없는 거야. 내 생각에 분명히 생각보다 많이 비쌀 것 같아서 '아니, 괜찮아요. 이거면 돼요.'라고 했지. 그런데 이 사람이 조금 있다가 또 오더니, 자기가 이 식당 매니저라면서 여자 혼자 오신 손님이 신경 쓰인다고, 필요한 것 있으면 말하래. '고맙습니다.'하고 계속 조금씩 음식을 가져다 먹었지. 음식은 정말 맛있더라. 근데 이 아저씨가 조금 있다가 또 오더니 '소바 한 그릇 말아 드릴까요?' 하는 거야. 느끼한 음식을 많이 먹은 후라, 마무리로 국수 한 그릇 먹으면 좋겠구나 싶었는데 '얼마예요?'라고 물어볼 수가 있어야지! 시골에서 왔다는 티 내면 안 되잖아! 이 사람들 매상 올리려고 너무하네 싶은 생각도 있고, 용기 있게 '얼마예요?' 하고 물어보고 한 그릇 먹어도 비싼 거 먹었다고 당신한테 혼나지는 않겠지 이런 생각도 들었는데 결국 나, 참았다. 자기야, 나 착하지?"

아내는 식당에서 있었던 이야기를 숨 쉴 틈도 없이 빠르게 풀어냈다.

"뷔페에서 주는 음식은 다 공짜 아닌가?"

아내에게 되물었다. 나도 뷔페의 이용 방법을 알지 못했다.

"나도 잘 모르겠더라? 음식은 대부분은 가운데 테이블에 놓여 있어. 그건 마음껏 가져가라는 뜻인 줄 알겠는데 오믈렛이나 소바, 스테이크 같은 음식은 따로 요리 테이블을 만들어서 손님들이 요구하면 요리사가 직접 만들어 주더라고. 그럼 그건 돈을 더 내야 하는 거 아닌가?"

아내의 이야기를 듣고 보니 돈을 더 내야 할 수도 있겠구나 싶었다. 식당에 다시 가서 물어보려면 더 큰 용기가 필요했다. 결국 궁금증을 풀지 못하고 호텔을 나왔다.

결혼 한 해 전 여름의 일이 떠올랐다. 아내가 될 그녀와 나는 여름휴가를 보내기 위해 지리산 계곡으로 여행을 갔다. 아름다운 산사의 모습을 감상하며 산책을 즐기고 해가 숲속에 긴 그림자를 드리기 시작할 무렵, 산속을 벗어나기 위해 주차장을 빠져나오는데 숲과 어울리지 않는 하얀색 건물이 눈에 띄었다. 호텔이었다. 그날 밤 숙소를 정하지 못했던 우리는 그곳에 묵기로 했다. 호텔은 우리 둘 다 처음이었다. 평일 저녁의 숲속 호텔에는 손님이 많지 않았지만, 당시의 분위기로는 처녀, 총각이 호텔로 들어가는 모습이 당당할 수는 없었다.

아내가 로비의 기둥에 어깨를 기대어 민망한 표정을 감추고 있는 사이 나는 체크인을 하고 방 열쇠를 받았다. 직원이 알려 준 번호를 찾아 방문을 열었다. 깔끔하게 정돈된 호텔 방이 눈에 들어왔다. 하얀 반투명 커튼 밖으로 시야를 가릴 만큼 나무가 빼곡한 숲이 바짝 다가와 있었다. 가방을 창가 테이블에 내려놓고 어색한 분위기를 감추기 위해 화장실과 옷장을 열어 보기도 하고 창가의 작은 의자에 앉아 호텔 이용 방법 안내 책자를 읽는 척하다가 의자에서 일어나 매트리스 위에 살짝 앉아 보기도 했다. 화장 거울 앞 등받이 없는 의자에 앉은 아내는 내가 하는 행동을 바라보다 눈길이 마주치면 고개를 돌려 부끄러운 시선을 감추었다.

'침대 커버를 어쩌면 이렇게 구김 하나 없이 정돈했을까?'

나는 매트리스를 손바닥으로 쓸면서 자세히 살폈다. 빳빳하게 풀을 먹인 새하얀 시트로 매트리스 전체를 감싸면서 발 쪽은 매트리스 아래쪽으로 구김 없이 접어 넣었고 머리 쪽은 시트를 두 번 접어서 깔끔하게 정리되어 있었다.

'어! 그런데 무엇인가 빠져 있다.'

매트리스 커버 위에 있어야 할 이불이 없다. 바닥에 까는 요는 매트리스가 대신할 것이고 그렇다면 몸을 덮을 이불이 있어야 하지 않은가? 나와 아내는 그때까지 침대 생활을 해 보지 않았다.

"어허! 이 사람들 매트리스 커버 각 잡아 놓는 걸 신경 쓰다가 이불 갖다 두는 걸 잊어버렸어!"

나는 대단한 것이라도 발견한 사람처럼 큰 소리로 아내에게 알렸다.

"그러네! 이불이 어디 갔지?"

"전화해서 이불 좀 갖다 달라 해야겠다."

나는 침대 옆 탁자의 전화기에서 프런트라고 적힌 버튼을 눌렀다.

"예, 프런트입니다. 무엇을 도와드릴까요?"

"아, 예. 여기 204호인데요. 청소하시는 분이 실수하셨나 봐요. 침대에 이불이 없어요. 이불 하나 가져다주시겠습니까?"

"예? 이불요? 그럴 리가 없을 텐데?"

믿을 수 없다는 말투였다.

"못 믿으시겠으면, 직접 오셔서 확인해 보시죠?"

나는 기가 막혔다. 없으니 없다 하지, 내가 괜히 이러겠냐? 싶었다.

"네, 바로 가서 확인해 보도록 하겠습니다."

5분도 지나지 않아 문 앞에서 벨 소리가 들렸다. 나는 문을 열어 주었고 아내는 창가의 의자에 앉아 창밖을 보면서 민망한 시선을 피했다.

"실례하겠습니다. 이불이 없으시다고요? 확인해 보겠습니다."

직원이 방으로 들어와서 침대와 나를 몇 번 번갈아 보더니 얼굴에 살짝 웃음을 지었다. 침대에 가까이 다가간 직원은 깨끗하게 각이 잡힌 매트리스 커버를 사정없이 벗겨 냈다. 창밖을 보던 아내가 놀란 표정으로 나를 쳐다보았다. 나는 '도대체 무슨 짓이야'라고 생각하며 직원을 말리려고 침대로 다가갔다. 벗겨진 하얀색 커버 아래에 오렌지색의 얇은 담요가 감추어져 있었다. 작업을 끝낸 직원이 나와 침대를 번갈아 보았다. '설명 안 해도 알겠죠?' 하는 표정이었다. 잠깐 정적이 흐른 후 직원은 손으로 입술을 움켜쥐며 도망치듯이 방에서 뛰쳐나갔다. 말할 수 없이 민망해진 우리는 쥐구멍이라도 찾고 싶었다.

다음 날 아침 체크아웃을 해야 하는데, 지난밤 방으로 와서 이불을 찾아 준 직원을 만날까 걱정이었다. 아내를 먼저 주차장으로 보내 놓고 나는 눈치를 살피며 프런트로 갔다.

"아! 204호이시네요."

내가 방 열쇠를 내밀자 직원이 번호를 확인했다. 그의 머릿속 생각이 내 귀에 들리는 듯했다.

"아! 어제 그 이불 찾았다는 애들이구먼! 아! 진짜 웃기는 사람들이야. 어젯밤에 그 이야기 듣고 우리 모두 웃겨 죽을 뻔했어."

나는 고개를 들지 못하고 기어들어 가는 목소리로 대답했다

"네."

방값을 계산하는 그의 손놀림이 무척 느리게 느껴졌다.

그날 이후 우리는 낯선 장소에 갔을 때 발생하는 궁금한 점을 자신 있게 묻지 못하게 되었다.

폭설이 내리던 그날, 우리는 결국 집을 구하지 못했다. 낮 기온이 빠르게 올라서 눈이 녹기 시작하더니 눈이 녹은 시커먼 구정물이 거리를 질퍽하게 만들어 여전히 자동차 운행이 불가능했기 때문이었다.

서울역 앞 본사에서 3개월 동안 신입 사원 연수를 마치고 수원에 있는 연구원으로 공식 발령을 받았다. 우리 부부는 연구원과 가까운 신도시에서 서울 생활을 시작했다. 내가 근무를 시작한 그해 크리스마스이브, 우리나라의 재정을 책임지고 있는 장관이 방송에 나와 IMF의 금융 지원을 받아야 하는 상황에 관해서 설명했다. 그 한 주 전만 하더라도 동남아시아를 휩쓸고 있는 금융 위기에도 불구하고 우리나

라는 경제 모멘텀이 튼튼하기 때문에 걱정할 필요 없다고 장담하던 바로 그 사람이었다. 우리는 IMF라는 국제단체를 처음 알았고 금융 위기가 무엇을 뜻하는지 몰랐다. 나라가 망할 것 같은 불안감과 함께 나의 입사 첫해가 지나갔다.

연구원에서 내가 맡은 첫 번째 업무는 원자력 발전소의 구조물을 안전하게 설계하는 방법을 개발하는 것이었다. 원자력 발전소 근처에서 지진이 발생하거나 항공기가 발전소 건물에 직접 추락하는 사고가 일어난다고 하더라도 구조물의 안전을 유지할 수 있도록 하는 방법을 찾는 일이었다. 우리나라에서 예상되는 최대치의 지진이 발생하는 것을 가정하거나, 운항하는 최대 크기의 비행기가 충돌하는 상황을 컴퓨터로 시뮬레이션하여 안전한 구조물을 설계하는 것이 목적이었다. 물론 내가 핵심적인 기술을 모두 개발하는 것은 아니었다. 나는 단지 한 명의 팀원일 뿐이었지만 큰 프로젝트에 참여할 수 있다는 사실만으로도 커다란 자부심을 가졌다. 입사 3년 차가 되어서는 프로젝트를 완성하는 데 도움을 얻기 위해 원자력 발전소 제작사가 있는 캐나다의 회사로 6개월 일정의 연수를 계획했다.

"이 대리. 나는 애하고 집사람 데려가려고 하는데, 자네는 어떻게 할 거야?"

다른 직원이 없는 휴게실로 나를 불러낸 팀장이 목소리를 낮추어 내 의견을 물었다. 팀장과 내가 캐나다에 머물러야 할 기간이 6개월이나 되었기 때문에 팀장은 처음에 계획했을 때부터 가족과 같이 가려고 생각한 모양이었다. 팀장은 딸이 하나 있었고 나는 아이가 없었지만, 아내를 6개월 동안 혼자 둘 수는 없었다.

"그렇게 할 수 있다면, 저도 집사람 데리고 가고 싶습니다."

나는 기쁜 마음으로 대답했다.

"그래, 그럼 이건 이 대리와 나만 알고 있는 거야. 다른 사람이 알아서 좋을 거 없잖아!"

회사에서는 공식적으로 가족 동반을 허락하지 않았기 때문에 그것은 우리 둘만의 비밀이었다. 호텔 대신 두 가족이 지낼 수 있는 넓은 아파트와 아내의 비행기 표를 알아보았다. 회사에서 지급되는 두 사람의 체류비를 합쳐서 한 아파트에 살면 두 가족의 6개월간 생활비는 충분할 것 같았다.

"여보. 이번에 캐나다 갈 때, 당신도 같이 갈 수 있겠어!"

나의 장기간 연수 계획을 듣고 아내는 한동안 고민이 많았다. 아내는 자라면서 집을 떠나 살아 본 적이 없었고 서울 생활의 막연한 두려움 때문에 여전히 적응하기 어려워하고 있었다. 그런 아내에게 6개월 동안 홀로 생활해야 한다는 사실은 큰 부담이었다. 내가 없는 동안 시골 처가에 내려가 있겠다는 것이 대안이었지만 그것도 편한 일은 아니었다.

"그래? 정말이야? 잘됐다, 잘됐어. 나 정말 걱정 많이 했단 말이야. 6일도 혼자 못 있겠는데 6개월이라니! 말도 안 되지, 다행이야. 정말 다행이야."

그날 이후 아내는 혼자 있어야 하는 걱정에서 벗어나 캐나다에서 자기가 할 수 있는 일을 찾아 행복한 고민을 시작했다. 그런데 캐나다로 출발하기 3개월 전쯤 과장 한 사람이 우리 팀으로 발령되었다. 팀장의 학교 후배였던 박 과장이 우리 팀에 합류한 후로 팀장과 박 과장의 휴게실 대화가 잦아졌다. 나는 그 대화에서 제외되었다. 어느 날 아침 연구원장의 사인이 있는 기안 서류를 팀장의 책상에서 발견하고 나서 나는 그 이유를 알 수 있었다. 캐나다 연수 계획에 대한 결재 서류였다. 명단에는 내 이름이 없었다. 연수 참가자는 팀장과 박 과장으로 바뀌어 있었다. 팀장은 내게 아무런 설명도 하지 않았다. 나는 질문하거나 항의할 수 없었다.

그날 나는 서둘러 퇴근하면서 집 근처 호수가 잘 내려다보이는 곳에 차를 세웠다. 간이매점에서 피우지도 못하는 담배를 샀다. 몇 개비를 연거푸 피우며 수면이 석양에 벌겋게 달아오르다가 빛을 잃기 시작하는 모습을 눈물에 일그러진 시야를 통해 지켜보았다.

회사의 경영은 불안했다. 현장 수가 줄어들고 매출은 쪼

그라들었다. '구조 조정', '명예퇴직', '무급 순환 휴가' 같은 처음 들어 보는 용어들이 신문 기사에 등장했다. 그러던 어느 날 회사 게시판에 공고가 올랐다. 직원들의 업무 역량을 강화하기 위해 기술사 교육을 실시한다는 내용이었다. 전체 기술직 직원이 3개월씩 돌아가면서 진행할 계획이라고 했지만, 사실은 IMF 이후 줄어든 공사 때문에 유휴 인력이 남게 되자 이를 처리하기 위한 고육지책이었다. 월급은 깎지 않는다고 하고 교육을 마치면 원 근무지에 복귀시킬 것이니 걱정하지 말라는 당부가 있었다.

3개월을 하나의 차수로 하는 교육팀 분류와 일정을 작성하기 시작했다. 회사의 설명과 달리 유휴 인력으로 낙인찍히면 교육이 끝난 후 명예퇴직 대상이 될 것이라는 소문이 돌았다. 누구도 첫 차수의 교육팀에 해당되지 않기를 바랐다. 저마다 팀장과 개별 면담을 하거나 명단 작성을 결정하는 기획팀을 찾아가서 심각한 대화를 나누기도 했다. 자기는 필수 인력이라는 점을 부각하기 위해 원장에게 장문의 이메일을 보내서 화제가 되는 사람도 있었다. 팀원들의 분위기는 싸늘해졌다. 첫 번째 교육자는 곧 강제 퇴직 예정자로 여겨지는 분위기였다. 네가 희생되지 않으면 내가 희생해야 한다는 절박한 심정이 흘렀지만 모두 겉으로는 아무렇지도 않은 듯 행동했다.

"야! 이 기회에 교육도 받고 기술사 자격도 얻고 좋겠구만. 업무는 안 해도 될 테니까! 편안하게 휴식도 취할 수 있고, 좋네! 아무나 먼저 갔다 와. 어차피 자기 차례가 오면 가야 하잖아. 먼저 갔다 오는 게 좋지 않아? 이왕에 이렇게 된 거 내가 먼저 갈까?"

아무렇지도 않은 듯 회의 시간에 교육자 명단을 작성하는 문제를 이야기하던 팀장은 이야기 끝에 이런 말을 잊지 않았다.

"그래도, 팀장이 자리를 비우는 건 무리겠지. 이런 기회에 한 3개월 아무 생각 없이 교육이나 받았으면 참 좋겠구만."

그 말에 동의하는 팀원들은 없었다. 서로가 시선을 마주치지 않기 위해 눈길을 피할 뿐이었다. 얼마 후 최종 교육자 명단이 결정되었다. 총 5회의 교육팀 중 첫 번째 팀에 내가 배정되었다. 나는 담담히 받아들였다. 나는 겨우 초년 대리였고 나를 비호해 줄 상사는 아무도 없었다. 아내에게는 본사의 특별 프로젝트팀에 발령받아 당분간 본사로 출근해야 한다고 했다.

본사의 교육장에 모인 사람들은 서로 인사를 나누지 않았다. 우리는 자신이 속한 팀에서 어떤 존재인지가 명확해진 사람들이었다. 나는 강사가 지껄이는 말에 집중할 수 없었다. 강의실을 빠져나와 명동이나 세종로, 경복궁을 혼자 걸으며 강의가 끝나고 집으로 돌아갈 수 있는 시간이 되기를 기다렸다. 걷는 것이 무료해지면 서점에 갔다. 서가 사이 바닥에 앉아 책을 읽고 있는 동안에는 패배감에 휩싸인 내 현실에서 잠시나마 벗어날 수 있었다. 당연히 내 교육 성적은 형편없었다. 좋은 성적을 얻지 않는 것이 내가 할 수 있는 유일한 저항이라고 여겼다. 걱정했던 것처럼 강제 퇴직은 당하지 않았다. 3개월의 교육이 끝나고 원래 팀으로 무사히 돌아갔다. 내가 제자리로 돌아온 것을 확인한 다음 차수의 교육팀들은 안심하고 교육을 받을 수 있었다. 교육 이후 나는 언제나 내가 유휴 인력으로 분류될 수 있는 존재임을 깨달았다. 아무도 나를 보호해 주지 않는 조직에서 내 존재 가치는 언제나 쉽게 사라질 수 있다는 것을 알았다. 회사와 업무에 대한 나의 충성심과 소속감은 빠르게 소멸했다.

내가 연구원으로 돌아와 우리 팀이 새로 맡은 프로젝트는 콘크리트 구조물의 균열을 줄이는 방법을 연구하는 것이었다. 1년 예정이던 프로젝트가 반쯤 지났을 무렵, 팀장은 갑자기 현장 근무를 지원하더니 연구소를 떠났고 박 과장은 캐나다 연수 결과를 현장에 적용하기 위해 다른 팀에 배속되었다. 결과적으로 나는 우리 팀의 유일한 팀원이 되었다. 나는 그것이 내 역량을 발휘할 좋은 기회라고 생각했다. 진행하던 연구를 완성하기 위해 혼자 열심히 일했고, 그해 말

나는 완성된 연구 결과를 발표해 호평을 얻었다. 사내 우수 연구로 선정되어 사장에게까지 알려진 신기술은 현장에 적극적으로 알려서 적용할 수 있도록 해야 한다는 특별 지시를 받았다. 많은 현장에서 강연 요청이 들어왔지만, 전국 각지에 흩어져 있는 현장을 다른 일은 제쳐 두고 매일같이 방문할 수는 없었다. 1주일에 한 곳 정도씩 현장을 방문하여 기술 설명을 하고 콘크리트 구조물을 좀 더 안전하게 시공하는 방법에 대해 컨설팅해 주었다. 고질적인 불량으로 애를 먹고 있던 현장에서는 내가 제시한 해결 방법을 듣고 고마워했다. 오지의 현장을 힘들게 찾아가는 수고도 충분히 감수할 만큼 보람이 컸고 신나게 일할 수 있었다.

어느 날 다른 프로젝트의 팀장을 맡고 있던 송 박사가 나를 불렀다.

"이 대리. 균열 저감 대책 강연하면 현장 반응이 어때?"

"예. 사람들이 엄청나게 좋아합니다. 균열이 생기지 않도록 하는 것도 중요하지만, 발생한 균열을 구조적으로 안전한 위치로 유도하는 제 이론이 현장 상황을 잘 반영하는 방법이라고 합니다. 어느 정도의 균열은 인정하고 그 균열을 우리가 설계 단계에서 예정된 지점으로 유도한다는 역발상이 상당히 효과적인 방법이라며 감탄합니다."

나는 그동안의 현장 반응을 신이 나서 설명했다. 설명을 듣고 있던 송 박사가 말했다.

"연구 자료 좀 보여 줄 수 있어?"

"예, 물론입니다."

나는 연구 자료와 현장 프레젠테이션 자료를 그에게 가져다주었다.

"고마워. 내가 좀 보고 줄게."

나는 무슨 칭찬을 들을까 다시 한번 들뜬 마음이 되었다. 며칠 후, 송 박사가 다시 나를 불렀다.

"이 대리. 현장 강연은 얼마 만에 한 번 가지?"

"네. 일주일에 한 개 현장씩 갈 예정입니다. 사내에 있는 현장이 300곳 조금 넘는데, 강연 요청을 한 곳이 약 반쯤 됩니다. 일주일에 한두 곳씩 방문하면 일 년은 족히 걸릴 것 같습니다."

"어! 그렇구만. 그럼 다음 현장에 갈 때는 나도 같이 가서 참관할 수 있을까?"

"예, 알겠습니다. 이번 주 목요일 날 부산 지하철 현장에 일정이 잡혀 있는데 같이 가시겠습니까?"

"그래! 어떻게 가지?"

"네. 비행기로 김해 공항에 도착하면 현장에서 차를 보내기로 했습니다. 송 박사님과 두 사람이 간다고 연락하겠습니다."

나는 현장에 다시 전화했다. 혼자가 아니라 두 사람이 같이 갈 거라고 알리고 비행기 좌석을 하나 더 예약했다.

부산 현장에서 내가 강연하는 동안 그는 말없이 듣고 있었다. 그다음 주 인천과 김포 사이에 건설하는 운하 현장에서 강연할 때도 현장 직원들 사이에 앉아 조용히 듣고만 있었다. 3주째는 대전의 지하철 현장이었다.

강연을 약속한 이틀 전이었다.

"이 대리. 강연 자료 좀 고쳤으면 좋겠는데. 시간을 조금 줄이고 시각 자료를 좀 보완했으면 좋겠어."

송 박사는 자료의 일부를 빼고 사진 몇 장을 첨가하라고 권유했다. 나는 괜찮은 아이디어라고 생각했다. 자료를 수정해서 그에게 주었다. 그날 이후로 나는 자료를 돌려받지 못했다. 약속한 날 대전 지하철 현장에 내려갔다. 그때까지 현장에서 조용히 내가 강연하는 모습만 지켜보던 송 박사가 그날은 이상했다. 현장에 도착한 뒤에도 강연 자료를 돌려주지 않았고 현장 직원들에게 나보다 앞서 인사를 나눴다. 강연이 열리는 회의실에 들어가서야 그는 강연 자료를 가방에서 꺼내 놓았다. 이틀 전 내가 준 자료가 상당히 변형되어 있었다. 순서가 바뀌었고 보지 못했던 자료가 몇 장 더 첨부되어 있었다. 사람들이 모이는 동안, 송 박사는 조용히 자료를 살폈다. 청중들이 모두 모이고 강연 시작 시간이 되었다.

그가 자리에서 일어나며 내게 말했다.

"이 대리. OHP 좀 넘겨줄래?"

나는 어안이 벙벙했다. 무슨 상황인지 퍼뜩 정신을 차릴 수 없었다. 회의실에 불이 꺼지고 OHP 불빛이 벽을 비추면서 그가 강연을 시작했다. 나는 그가 말하는 순서대로 OHP 필름을 반사 유리 위에 차례로 넘겼다. 직원들의 반응은 뜨거웠다. 강연이 끝난 뒤에도 질문이 계속 이어졌다. 송 박사의 답변은 매끄러웠다.

연구원으로 돌아오는 차 안에서 나는 아무 말도 하지 않았다.

'에이! 송 박사가 한번 경험 삼아 해 본 거겠지? 설마 그러지는 않을 거야. 연구에 아무것도 기여한 게 없는 사람이 그럴 리가 있겠어. 설마 그러지는 않을 거야.'

"이 대리."

"네?"

혼란한 생각에 빠진 나를 부르는 목소리에 깜짝 놀라 대답했다.

"야! 정말 현장 반응 좋은데. 건축 현장과 플랜트 현장에도 도움이 많이 될 것 같은데 전사 게시판에 알려서 더 많은 현장에 강연 다니자고."

대전 현장의 강연 이후 나는 더 이상 그 기술의 개발자가 아니었다. 송 박사의 강연을 위해 OHP를 넘겨주는 조수일 뿐이었다. 두세 곳의 현장에서 더 강연하고 연구원에서 열리는 회사 전체 현장 소장 회의에서 그가 강연할 예정이란 소식을 들었다. 가장 중요한 강연이 있던 날 내게는 OHP를 넘기는 역할조차 주어지지 않았다. 시설이 좋은 연구원에서 열리는 강연을 위해 송 박사는 나도 모르게 강연 자료를 파워포인트로 바꾸어 놓았다. OHP보다 다이내믹한 프레젠테이션이 가능한 파워포인트는 강연의 질을 더 높였을 것이다. 현장 소장들이 찬사를 보냈다는 소식을 접했을 때, 나는 일이 어떻게 되어 가는지 명확히 깨달았다.

그 후 나는 현장 강연을 가지 않았다. 이런저런 핑계로 강연 요청을 거절했고 송 박사가 요청받은 현장에는 혼자 가도록 내버려 두었다. 사실 두 사람이나 갈 필요도 없는 일이었다.

그해 여름휴가는 길게 신청했다. 보통은 2박 3일, 길어야 3박 4일이었지만 나는 눈치 보지 않고 앞뒤 주말들을 붙여 9일을 신청했다.

"이봐, 누가 여름휴가를 이렇게 길게 써? 정신이 있는 거야?"

내 휴가 신청서를 받아 든 부서장은 쓰고 있던 안경을 벗어 책상에 집어 던지듯이 내려놓더니 흥분한 목소리로 물었다. 그때까지의 회사 관례대로라면 그런 긴 휴가는 있을 수 없는 일이었다.

"유럽 여행을 다녀오려고 합니다."

나는 부서장의 눈을 똑바로 보며 짧게 대답했다. 나는 결심했고 그 계획은 바뀌지 않는다는 것을 분명하게 나타내고 싶었다. 유럽은 내가 꿈꾸는 다른 세상의 상징이었다. 내가 당시에 느꼈던 분노와 허무함을 이겨 내기에 적절한 곳이라 생각했다.

"마음대로 해."

부서장은 신경질적으로 휴가 신청서를 결재했다.

나는 휴가 신청서 사유대로 여행을 가지 않았다. 9일의 긴 휴가 동안 집에만 틀어박혀 지냈다. 오로지 한 가지 생각에 골몰하였다. 휴가가 끝나는 날 나는 사표를 제출했다. 대단한 계획은 없었다. 내 꿈이 그곳에 있지 않았음을 깨달았을 뿐이었다. 내가 무슨 이유로 갑자기 사표를 제출하는지 대부분의 동료는 알았다.

부서장이 다시 나를 불렀다.

"조직 생활이 다 그런 거야. 이 정도도 못 참으면 어떡해? 내가 자네 마음 다 아니까 너무 개의치 말게. 송 박사도 그렇게 나쁜 사람은 아니야. 송 박사에게 내가 잘 이야기할 테니까 참아."

소식을 들은 송 박사가 퇴근을 같이 하자고 했다.

"이 대리. 나 때문에 사표 내는 거야?"

나는 아무 대답도 하지 않았다.

"이 대리. 나만 믿고 회사 생활해 봐. 자네 뒤는 내가 봐 줄 테니까."

나는 결코 조직의 주류에 끼지 못하리란 사실을 확인했고 다른 길을 찾아야 했다. 마지막으로 연구원에 출근하는 날 아침, 나는 다시 호수에 갔다. 희뿌옇게 해가 떠오르기 시작하는 수면 위에 물안개가 자욱했다. 바람이 불었다. 차갑고, 외롭고, 서글픈 바람이었다. 생각해 보면 참으로 겁에 질려 살아온 세월이었다. 내가 갖지 못한 것을 얻어 내기 위해 언제나 외롭게 싸웠다. 그리고 그 결과는 늘 홀로 남겨지는 것이었다.

바람이 얼굴을 스치며 눈동자 아래에 축축한 냉기가 돌았다. 차갑고 외롭고 슬픈 기운이 뺨을 타고 흘러내렸다.

6월 2일. 마우이

천국의 밤

'하나'에 갈 것인가? 아니면 호텔에서 한적하고 편안하게 하루를 빈둥거릴 것인가? 결정해야 했다. 마우이섬 동쪽 해안의 원시림 사이를 드라이브하여 '하나'라는 작은 마을까지 다녀오는 길은 천국으로 가는 길이라고 표현할 만큼 아름다워서 마우이에서 꼭 방문해야 하는 곳으로 알려져 있다. 마우이 여행 이틀 동안 할레아칼라 화산에 오르는 데 하루, '하나'에 다녀오는 데 하루로 나누어 일정을 정했다. 하지만 호텔의 아름다움에 홀딱 반해 버린 아이들은 긴 시간 창밖만 보는 지루한 드라이브보다 아름다운 해변과 수영장에서 즐기는 편안한 물놀이를 원했다. 나도 이토록 아름다운 호텔에서 잠만 자고 떠난다면 너무 아쉽다고 생각했다.

"그래! 애들아. 내일은 그냥 해변에서 종일 놀자."

다음 날은 마음 느긋하게 늦잠을 잤다. 2명이 숙박하는 것으로 예약했기 때문에 조식 식사권도 하루에 2명뿐이었다. 이틀 치 4장을 모아 우리 가족이 함께 첫날 아침을 먹고 마우이를 떠나는 날 아침 식사는 공항에서 해결할 작정이었다. 식당 입구 안내 직원에게 이틀 조식 쿠폰을 오늘 한꺼번에 사용할 수 있는지 물었다. 직원은 어딘가에 한참 동안 전화 통화를 끝낸 후에 난처한 표정으로 어떻게 할지 결정하지 못했다. 우물쭈물 시간을 끄는 바람에 식당 입장 순서를 기다리는 사람들의 줄이 늘어나면서 시선이 점점 따가워졌다. 어쩔 수 없이 아내와 연재만 식당에 들여보내고 윤재와 나는 수영장에서 기다렸다. 수영장 가는 길에서 보이는 식당 테라스에서 모녀가 식사하는 모습이 보였다. 우리를 발견한 연재가 신나게 손을 흔들었다. 식사를 마치고 수영장에 도착한 아내가 냅킨에 싸서 숨겨온 머핀 두 개를 내밀었다.

우리는 온종일 마음껏 여유를 누렸다. 수영장에서 물장난을 치고 풀 바에서 칵테일을 마시고 바다에 에어 매트를 띄워서 파도를 탔다. 그러다 지치면 썬 베드에 누워 편안한 낮잠도 즐겼다. 아내는 '하나'에 가지 못해 아쉬워했지만, 이보다 더 멋진 천국은 없을 만큼 호텔과 바다가 아름다웠다.

뙤약볕이 따가워 수영이 어려운 오후에는 라하이나 시내를 구경했다. 방파제에서 바다 수면 위로 내민 목제 테라스 위에서 식사할 수 있는 해산물 식당에 들어갔다. 여객선 갑판에 앉아 바다를 내려다보는 느낌이었다. 파도가 규칙적으로 발밑의 방파제에 부딪혔고 테라스의 헐렁한 나무판자가 걸음을 옮길 때마다 삐걱거렸다. 식탁에서 보이는 탁 트인 바다 풍경이 좋았다. 주문한 새우와 크랩 요리를 가져온 웨이터는 우스꽝스러운 제스처와 농담을 섞어 가며 먹는 방법을 알려 주었다. 즐겁게 식사를 마치고 나가는 우리에게 그는 악수를 청하며 행복한 여행이 되라고 인사했다.

뜨거운 햇살이 스러지고 난 뒤 우리는 다시 해변으로 나갔다. 강렬했던 햇볕의 그림자가 길어지더니 한낮의 더위와 다르게 바닷바람이 쌀쌀해졌다. 지치지 않는 아이들을 달래서 저녁을 먹이고 바닷물에 절어 있던 몸을 씻겼다. 목욕을 마치고 침대로 들어간 아이들은 금방 잠에 빠졌다.

아이들이 깨지 않도록 조용하게 문을 잠그고 아내와 나는 빌라를 나와 다시 시내로 갔다. 밤거리는 낮보다 사람들이 더 북적였다. 경쾌한 음악이 흐르고 손님이 많은 레스토랑을 골라 들어갔다. 마가리타와 안주 한 접시를 주문했다. 라스베이거스에서 처음 먹어 본 마가리타는 맛이 상큼하고 알코올이 적어 내게 딱 어울리는 술이었다.

한 접시를 둘이 나눠 먹으려고 안주를 주문했는데 웨이트리스는 음식 두 접시를 가져왔다. 주문한 것과 다르다고 의아한 표정을 짓는 우리에게 한 접시를 둘로 나누어 왔다고 했다. 반 접시였지만 각자 하나씩 먹어도 충분한 양이었다. 미국 여행에서는

음식 1인분을 주문해서 혼자 다 먹은 기억이 없다. 미국 사람 모두가 식사 때마다 그 많은 양을 모두 먹어 치우는지는 확인하지 않았지만, 음식이 많아질수록 버려지는 음식물 쓰레기의 양도 상당할 것이다. 미국인이 버리는 음식물 쓰레기를 줄이면 아프리카 대륙의 기아 문제를 해결하고도 남는다는 통계도 있다. 말로만 환경 보호를 부르짖는 선진국의 위선이 얄미웠다.

날이 어두워 바다의 물결은 보이지 않았지만, 방파제를 때리는 파도 소리가 가깝게 들렸다. 특이하게 식당의 조명이 가스등이었다. 무덥고 바람 많은 날씨에 열기를 더하며 바람에 불꽃이 위태롭게 흔들렸다. 하지만 특유의 따뜻한 불빛이 로맨틱한 분위기를 연출했다. 식당 한쪽에서 오늘 결혼한 현지인의 피로연이 소란스럽게 진행되었다. 하얀 웨딩드레스를 입은 신부는 수줍어하기는커녕 술잔을 한 손에 들고 이리저리 테이블을 오가며 입을 크게 벌려 웃고 환호성을 질렀다. 행복한 분위기에 취한 아내가 테이블 위로 내 손을 살며시 잡으며 웃었다. 아내의 사랑이 달콤하게 전해져 왔다. 천국의 밤이 서서히 저물어 가고 있었다.

6월 3일. 라하이나

미련 때문에 다시 올 수 있다

풀 냄새, 바다 냄새가 섞여 있는 한없이 맑은 공기 속에서 규칙적으로 찰랑거리는 파도 소리의 선율을 들으며 세상에서 가장 편안한 밤을 보냈다. 늦게 일어나는 바람에 호놀룰루로 돌아가는 비행기 탑승 시간이 빠듯해졌다. 비행기 출발 시간에 맞추려면 식사할 시간이 부족했다. 서둘러 공항으로 가야 했다. 아침 뷔페 쿠폰 2장은 결국 사용하지 못했다. 아내는 여전히 '하나'에 가지 못한 것을 아쉬워했다. 나는 그런 미련이 우리가 다시 하와이에 와야 할 이유가 될 것이라며 아내를 위로했다. 짧은 비행 후에 우리 가족은 다시 호놀룰루로 돌아왔다. 해변에서 느긋하게 쉬면서 미국 여행을 마무리할 계획이었기 때문에 이번에는 차를 빌리지 않고 택시를 타고 호텔로 돌아왔다. 공항에서 시내로 들어오는 H1 고속도로의 정체가 심했다.

달리 부탁하지 않았는데도 호텔의 한국인 직원이 우리 객실을 오션 뷰로 업그레이드해 주었다. 창밖으로 산이 보이던 전망과 달리 바꿔 준 방의 테라스에서는 태평양의 수평선과 와이키키 해변이 한눈에 보였다.

마른기침이 여전히 계속되었고 몸이 무거웠다. 쌀밥을 먹어야 기운이 날 것 같았다. 2층 한식당에서 된장찌개와 비빔밥을 배불리 먹고 일찍 잠자리에 들었다. 연재가 몸을 긁으면서 건조한 피부에 손톱이 스치는 사각사각 소리가 잠결에도 또렷하게 들렸다. 설핏 잠이 깨서 몸을 뒤척이면 낡은 침대 스프링이 삐걱거렸다. 오랜 여행 끝에 몸이 많이 지쳤다.

6월 4일. 호놀룰루

간절히 기도합니다

하와이에서 보내는 마지막 사흘은 와이키키 해변에서 할 일 없이 빈둥거리는 것이 유일한 계획이었다. 연재는 물놀이를 무척 좋아하지만, 짠물이 피부에 닿으면 긁은 상처가 자극을 받아 따가워서 견디질 못한다. 어깨 위에 아이를 태워 장난을 걸고 물속을 헤엄치는 물고기를 찾자며 주의를 돌리려고 노력했지만, 바닷물이 피부에 닿자마자 아이는 괴로워했다. 그래서 바다보다 호텔 수영장에서 대부분의 시간을 보냈다. 시야가 넓은 해변과는 달리 사방이 건물로 막혀 답답한 호텔 수영장은 이용하는 사람이 거의 없어서 한나절 내내 우리 가족의 전용 수영장이 되었다.

아이의 몸은 늘 상처투성이다. 피부에 발진이 일어나 가려움을 참지 못하고 긁으면 금방 염증이 생긴다. 상처에서 흘러나오는 진물을 막기 위해 온몸을 붕대로 감싸고 다녀야 했던 몇 년 전에 비하면 많이 나아지긴 했지만, 여전히 음식을 조심해야 하고 소금물이 닿으면 심한 자극이 일어난다. 밤에 잠을 푹 자지 못해서 곧잘 짜증과 피로를 호소하고 아이의 신체 성장을 방해한다. 이런 날들이 지속될수록 그렇지 않아도 예민해지는 사춘기 아이의 성격 형성에 좋지 않은 영향을 미칠 것이 분명했다. 아이의 병이 처음 발견되었을 때 별다른 고민 없이 찾아간 대학병원 치료는 아이의 증상을 심각하게 악화시켰다. 성의 없는 진료와 점점 강력해지는 스테로이드성 약을 먹고 바르는 동안 관절 부위에서 시작한 아이의 증상은 몸 전체로 걷잡을 수 없이 퍼졌다. 얼굴과 목과 두피까지 번진 발진에서 고름이 흘렀다. 그때서야 이건 아니다 싶어 치료를 멈추기는 했지만, 의사에게 책임을 물을 수는 없었다. 우리는 의학적 지식이 전혀 없었고 그들은 공인된 대학 병원의 의사였다.

병원 치료를 포기하고 우리는 방법을 바꿔 자연 요법에 의지했다. 좋은 약이나 아이의 증세를 낫게 하는 처방을 구하기 위해 수소문했다. 용하다는 한의사나 민간요법 전문가가 있다면 전북 김제, 경북 경산, 서울 시내의 어느 오래된 한의원 등 지역과 거리를 가리지 않고 열심히 찾아다녔다. 아토피에 효험이 있다는 약초를 알게 되면 약재상에 주문하거나 시골 장모님께 부탁해 채취하여 먹이고 씻겼다. 전국의 온천을 찾아다니거나 공기가 맑은 숲에서 며칠을 머물기도 했다. 아예 경북 의성 산골 마을에

있는 처가 근처 초등학교로 아이를 전학시켜 몇 개월을 보내기도 했지만 모든 것이 허사였다. 밤이 되면 아이를 조심스럽게 씻겨서 보습제를 발라 주고 자다가 손톱으로 긁어서 염증이 생기지 않도록 팔과 다리를 붕대로 감싸는 것도 모자라 아이의 손에 면장갑을 끼워야 했다.

나는 가려워서 뒤척이는 아이를 긁어 주기 위해 침대 옆에 앉아 밤새 졸음을 쫓았다. 그런 노력 덕분인지 작년부터는 진물이 나는 증상은 호전되었고 상처도 많이 줄어들었다. 하지만 여전히 피부는 외부의 자극에 민감하고 아이는 가려움 때문에 편안히 잠들지 못한다. 힘겹게 잠든 아이 옆에 앉아 팔다리를 긁어

주며 나는 신에게 간절하게 기도한다.

'제발 이 병을 저에게 주시고 아이를 치료해 주세요. 당신이 그리 해 주신다면 저는 당신이 정한 어떤 일이라도 감당하겠습니다.'

그러다가 내 몸도 지치면 나도 모르게 버럭 아이에게 화를 냈다가 금방 측은한 마음이 들어 아이를 안고 울어 버리길 반복했다. 이 세상에서 가장 고통스러운 일은 아픈 아이의 고통을 속절없이 지켜봐야 하는 부모의 마음일 것이다.

어두워진 해변에서 불꽃 쇼가 펼쳐졌다. 바다에 정박한 두 척의 배에서 폭죽이 번갈아 쏘아 올려졌다. 하늘에서 작열하는 꽃잎이 파도에 휩쓸리는 달빛 위에 어우러졌다. 우리는 테라스에 몰려나가 탄성을 질렀다. 아이가 고통 없이 자라서 저 불꽃처럼 아름다운 인생을 살아가기를 간절히 빌었다. 뜻하지 않은 광경을 넋 잃고 바라보는 아이의 정수리에 입을 맞추었다.

6월 5일. 와이키키

80세의 내가 18살의 나를 다시 만난다면

아이들이 파도 가까이에서 모래성을 쌓는다. 모래성이 바닷물에 씻겨 내려가지 않도록 자기들 나름대로 모래를 더 높이 쌓고 주위를 깊게 파 보기도 하지만 끝없이 밀려드는 파도 앞에서는 별 도움이 되지 못했다. 애써 쌓아 놓은 모래성이 파도에 쓸려 내려가면 아이들은 바다를 향해 잘 알아듣지 못할 말로 꾸지람을 퍼부었다. 다시 성을 만들고 또 파도가 쓸어 가면 이번에는 무엇이 그리 좋은지 해변이 떠나갈 듯 웃는다.

나는 야자수 그늘에 누워 스르륵 낮잠에 빠질 참이었다. 아이들이 파도와 장난치는 소리가 들렸다 말기를 반복했다. 아내는 길 건너 쇼핑센터에 다녀오겠다며 자리를 비웠다. 나무 그늘 아래 파릇한 바람이 땀을 식혀 주었고 잎사귀 사이로 아른거리는 햇살이 얼굴을 간질였다. 별로 살 만한 게 없다며 돌아온 아내의 다리를 베고 누웠다. 작년 유럽 여행과 이번 미국 여행의 기억이 머릿속에

꿈결같이 스쳤다. 하늘을 보고 누운 채로 눈을 감았다. 창공의 푸른빛이 얇은 눈꺼풀을 투과했다. 눈꺼풀 안쪽 하늘빛 영사막에 여행의 추억들이 투영되었다. 이대로 시간이 멈추었으면 좋겠다.

내게 불행이 닥칠 것이라는 막연한 불안으로 인생을 고통스럽게 낭비하고 있었던 것은 아닐까? 실현 가능성이 매우 적은 불행을 미리 걱정하며 불안에 떨기보다는 내가 진정으로 행복함을 느끼는 일을 찾아 즐기는 삶을 사는 것이 옳다. 간절히 원하는 어떤 것을 얻기만 하면 영원한 행복이 지속될 것이라 생각했다. 지금 처해 있는 어려움이나 고통을 끝낼 수만 있다면 나에게 불행은 없을 거라고 확신했다.

하지만 인생은 하나의 불안을 다른 불안으로 대체하고 하나의 욕망을 다른 욕망으로 대체해 가는 과정일 뿐이다. 행복한 삶은 목표를 성취하고 고난을 극복하면서 만들어지는 것이 아니다. 작은 행복의 경험들이 꾸준히 쌓이면서 조금씩 행복해지는 것이다. 불행을 피하기 위한 삶은 언제나 두렵고 쫓기는 생활이 반복될 가능성이 크다. 반면 행복을 찾아다니는 삶은 즐거운 상상을 하느라 항상 마음이 풍요롭다.

80세가 된 내가 18살의 나를 다시 만나게 된다면 어떤 삶의 가르침을 전해 줄 수 있을까? 또 내 아이들이 18살이 되면 어떤 조언을 해 줄 수 있을까? 자신의 가슴을 잔잔하게 울리는 작은 행복들을 조금씩 쌓아 가는 일이 세상을 살면서 가장 중요하다고 말해 주고 싶다. 모두가 부러워하는 보편적인 성공을 이루었다고 해서 인생이 궁극의 행복에 도달하는 것은 결코 아니다. 과정이 불행하다면 행복한 결과가 이루어질 가능성은 적다. 내가 진정으로 행복함을 느끼는 무엇을 발견하고 그것을 위해 정열을 바치는 삶이 가장 행복하다. 자신이 하는 일의 원대한 결과를 기대하며 고통을 참기보다 그 일을 해나가는 일상 하나하나를 즐겁게 만드는 방법이 무엇인가를 고민해야 한다. 인생의 긴 여행에서 진정으로 나를 행복하게 하는 일이 무엇인지 확인해야 한다. 나의 심장을 뛰게 하고 피를 끓게 하는 일이 무엇일까 고민해야 한다. 여행을 통해 내 안의 수많은 나를 만나는 일은 이런 고민을 해결하는 최고의 방법이다.

해가 저물어 가는 해변을 걸었다. 다이아몬드 헤드의 넓적한

능선에 가까스로 걸린 태양이 마지막 붉은 열기를 불태우며 이글거렸다. 길게 깔린 야자수 그림자가 해변 카페에서 연주되는 하와이안 리듬에 맞추어 춤을 추었다.

또 한 번의 긴 여행이 끝나 간다.

나는 앞으로도 가족과 함께 여행을 계속할 것이다.

내 일상은 점점 더 행복해지고 우리 가족은 더욱더 서로를 사랑할 것이다.

6월 6일. 마지막 밤

Epilogue

....

기취비상락(旣取非常樂)
수방불측우(須防不測憂)

"기대하지 않은 즐거움을 얻었으면 예측하지 못한 불행에 대비해야 한다."

꿈같은 여행에서 다시 현실로 돌아오면 지금 이 행복이 언제 다시 불행으로 바뀔지 모른다는 불안감이 어김없이 나를 엄습한다. 내가 지나온 삶은 기대하지 않았던 행운을 짧게 즐기다가 예측하지 못한 긴 불운을 견디는 과정을 끊임없이 반복해 왔다.

두 번의 특별한 여행은 내 인생에서 결코 기대하지 못했던 즐거움이었다. 사업을 처참하게 실패하고 도망가듯이 감행했던 48일간의 유럽 자동차 여행은 내가 삶을 포기하지 않고 다시 이어가도록 용기를 주었다. 그리고 이번 미국 여행을 마치며 내 인생을 행복하게 지속하는 방법을 어렴풋이 깨달았다. 하지만 앞으로 내가 살아갈 날들에서 예측하지 못한 불행과 다시는 마주치지 않을 것이라고는 확신하지 못한다.

아내를 변함없이 사랑할 수 있을까?
아이들을 건강하고 행복하게 키울 수 있을까?
늙어 가는 나를 기꺼이 받아들일 수 있을까?
부모 형제와 좋은 관계를 지속할 수 있을까?

다른 사람의 시선과 평가가 여전히 두렵다.
경제적 욕망과 지적 허영을 적절하게 조절하는 일도 쉽지 않다.
욕심을 채우려는 욕망과 가진 것을 잃을지도 모른다는 두려움을 무한히 반복하면서 내 짧은 삶은 흘러간다. 더 행복해지려고 무리하기보다 지금 행복을 견고하게 유지하고 예측하지 못한 불행이 일어나지 않도록 살아가야 한다.

행복은
행복한 척 말하고
행복한 척 행동하는 데서 비롯된다.
행복은 명확한 물리적 실체가 아니다.
행복은 심리의 모호한 변화일 뿐이다.
부귀영화를 갈망하기보다 사랑하는 아내와 연재와 윤재와 함께 내년도, 내후년에도 또 그다음 해에도 여행을 계속하며 살고 싶다.

피천득 선생의 글처럼
여러 사람을 좋아하고
아무도 미워하지 아니하며
몇몇 사람을 끔찍이 사랑하며 늙어가고 싶다.

Comment

미래에 대한 불확실함에서 벗어나고자 도망치듯 여행하며 괴로워한다.
때론, 치열하게 살아온 나 자신에게 보상하고자 여행을 떠나며 행복해한다.
죽을 만큼 괴로운 여행도, 온 세상을 성취한 듯한 행복한 여행도, "나만 믿고 따라와."라고 말할 사랑하는 가족이 있기에 선택하지 않았을까?

방○○

삶의 고비에서 가족에 대한 애정과 책임감으로 버텨내었던 그가 두 번째 여정을 시작합니다.
서투른 여정이지만, 따라가는 내내 소소한 즐거움과 더욱더 깊게 빛나는 가족에 대한 애정을 읽었습니다.
가족여행과 맞물려가는 과거로의 시간여행은 뭉클함이 차오르지만, 그의 정교한 감성을 따라 흘러가 봅니다.
어렴풋하게만 그려지던 가족여행.
비단 여행의 길라잡이일 뿐만 아니라, 삶에 다시금 희망을 주는 기회를 만나게 됩니다.
앞으로의 그의 삶을 응원하고 지지합니다.

함○○

자유를 원하면 혼자 살아야 하고,
행복을 원하면 가족을 이루어야 한다.
행복에는 대가가 따르는 법,
자유를 반으로 줄이고 배려해야 한다.
행복은 얼마나 불일치를 감당할 수 있느냐에 달려 있듯,
나도 '짧은 고통, 긴 행복'을 위해 내일부터 여행을 떠나고자 한다.

한○○